Klarant Verlag

Elke Nansen ist das Pseudonym einer Autorin, die den Norden und Ostfriesland liebt. Die Nordsee, die unendliche friesische Weite, das platte Land mit seinen ganz speziellen Charakteren – diese Region hat ihren eigenen rauen Charme, hier kann Elke Nansen ihrer Fantasie freien Lauf lassen. Und so schreiben sich die spannendsten Geschichten manchmal wie von selbst … Besonders angetan haben es der Autorin die Ostfriesischen Inseln, die sie alle schon besucht hat. Als leidenschaftliche Taucherin liebt Elke Nansen die See und das Wasser. 8 Jahre hat sie im niedersächsischen Städtchen Verden an der Aller gelebt.

Elke Nansen

Tödliches Ostfriesengold

Ostfrieslandkrimi

Klarant Verlag

Klarant Verlag, www.klarant.de – www.ostfrieslandkrimi.de
ISBN: 978-3-96586-820-5
1. Auflage 2023
Umschlagabbildung: Klarant Verlag

Klein Hauen ist ein fiktives Dorf in Ostfriesland. Es liegt in der Nähe von Greetsiel und ist dem Ort Neu Hauen nachempfunden. Bis auf Klein Hauen sind alle anderen im Roman beschriebenen Orte real, und genau dort, im echten und wirklichen Ostfriesland, spielt auch die Handlung.

Printed in the EU.

Prolog

Vor fünfzehn Jahren

Obwohl der Wind immer mehr zunahm, sich die Baumwipfel und Äste gefährlich bogen, war sie nicht verängstigt. Dunkle Wolken zogen über die einsetzende Dämmerung und es roch bereits nach Regen. Doch all das interessierte die Frau nicht. Ich habe das Geschäft meines Lebens gemacht, dachte sie habgierig und wollte sich gerade auf den Rückweg machen. In dem Moment hörte sie ein Geräusch. Es war trotz des heulenden Windes und des mittlerweile einsetzenden Regens zu hören. Es war kein natürliches Knacken der Äste im Sturm, jemand oder etwas war auf einen morschen Ast getreten. Sie war sich sicher, jemand näherte sich ihr. Sorgenvoll strich sie über den Rucksack in ihrer Hand und sah sich suchend um. Ihren Schatz ließ sie sich nicht mehr nehmen, und damit erwischt werden war jetzt auch keine gute Idee. Darum lief sie zum nächstgrößeren Baum, der am Hang runter zum See stand. Sie schob den Rucksack hinter den Stamm unter das zum Teil offenliegende Wurzelgeflecht. Als sie sich umdrehte, sich ein paar Meter von dem Baum entfernte, stand plötzlich unweit ein Mann. In dem Moment entspannte sie sich.

»Mein Gott, was willst du denn hier?«, sagte sie erleichtert, denn von ihm ging wirklich keine Gefahr aus. Er war einer dieser Männer, die zusammenzuckten, wenn man nur einen energischen Schritt auf sie zuging.

»Ich bin dir gefolgt, wir müssen reden, jetzt!«, schrie er gegen die Windböe an und kam näher.

»Du kannst mich mal«, war alles, was sie erwiderte. Sie drehte sich von ihm weg, um wieder zu dem Baum zu gehen. Ich hole den Rucksack und dann bin ich weg, dachte sie. Plötzlich stand er neben ihr und hielt sie ungewöhnlich hart am Arm fest.

»Wir reden jetzt. Was willst du mit dem Kind? Du hast dich dein Leben lang einen Dreck gekümmert, und jetzt glaubst du, du kannst es mir wegnehmen?«

»Ich bin die Mutter, und wenn du dich querstellst, bin ich morgen beim Anwalt und beantrage offiziell das Sorgerecht. Ich gehe mit dem Kind weg von hier, werde eine neue Familie haben und alles, auch meinen verdammten Freund in Weener, hinter mir lassen. Du hast schon gar nichts zu sagen, wir waren noch nicht einmal verheiratet!«, schrie sie ihn an. Es regnete inzwischen stärker, und nicht mehr lange, dann wäre sie klitschnass. Daher kürzte sie die ganze Sache ab und sagte gnadenlos: »Ach was, gleich morgen mache ich das! Ich sorge dafür, dass du ihn nie wieder siehst. Das Gericht überzeuge ich schon. Ich sage einfach, dass der Junge sich verändert hat durch deinen schlechten Einfluss. Glaubst du im Ernst, der Richter gibt ihn dir? Klar, der Junge jammert anfangs ein bisschen, bis er dich schneller vergisst, als du denken kannst. Mein neuer Freund ist Professor und wird ein wunderbarer Papa. Der zieht ihn gerne groß, denn er will ein Kind! Und er ist es wert, er bekommt das Gesamtpaket. Mich und ein Kind dazu!«

Das Entsetzen war ihm plötzlich tief ins Gesicht gegraben, aber sie lachte nur laut. Es war ihr gemeines Lachen, lauter als der heulende Sturm, das etwas in seiner Seele zerspringen ließ. Ein fast schmerzhafter Jähzorn legte einen roten Schleier über seine Augen. Er wusste nicht, wie es geschah, doch er schlug mit aller Kraft nach diesem widerwärtigen, gehässigen Lachen. Noch nie hatte er seine Hand gegen einen Menschen oder auch nur ein Tier erhoben. Es war, als stände er neben sich und betrachtete den gewalttätigen Mann, der so brutal zuschlug. Die Faust traf sie völlig unvorbereitet. Bei ihm hätte sie mit Flehen und Wimmern, mit Heulen und Jammern gerechnet, aber nie mit einem solch hemmungslosen körperlichen Übergriff. Irgendetwas knirschte in ihrem Mund und sie konnte sich nicht halten. Sie fiel rücklings in Richtung des Baums. Ohne dass sich ihre Hände abfangen konnten, knallte ihr Hinterkopf auf die Baumwurzel.

Er wusste nicht, wie lange es dauerte, bis er zu sich kam. »Das wollte ich nicht«, sagte er und kniete sich neben den leblosen Körper. »Bitte steh auf«, flehte er jetzt wirklich. Er schüttelte sie, während die Regentropfen kalt niederprasselten. Es roch nach feuchter Erde und verrottetem Holz. Ihr Haar war blutig und Blätter klebten darin, als er ihren Kopf hob. Sie jedoch rührte sich nicht mehr. Voller Panik sprang er auf und rannte los. ›Ich bin ein Mörder‹, diese vier Worte drehten sich immer wieder wie ein Karussell in seinem Kopf. Blind vor Tränen und Regen stolperte er durchs Unterholz. Er fiel über Wurzeln und Brombeergestrüpp, griff wie Leichenhände nach seinen

Hosenbeinen. Schlammverschmiert rappelte er sich auf, befreite sich und verschwand irgendwann auf der anderen Seite des kleinen Wäldchens.

Ihr war eisig und der Schädel brummte, als sie endlich wieder die Augen aufschlug. Sie schmeckte Blut und spürte mit der Zunge den abgebrochenen Zahn. Vorsichtig öffnete und schloss sie den Mund, doch ihr Kiefer war nicht gebrochen. Dann tastete sie vorsichtig nach ihrem Hinterkopf. Auch dort klebte Blut und eine gehörige Beule fühlte sie jetzt schon. »Du verdammtes Schwein«, nuschelte sie. »Das wirst du mir büßen, aber gehörig.« Sie rappelte sich auf, um den Rucksack zu holen. Erst wurde ihr ein bisschen schwummrig, jedoch verschwand der Schwindel nach ein paar Sekunden. Ich gehe zur Polizei und dann brauche ich nicht einmal einen Anwalt, dachte sie. Das Jugendamt ließ keinen Fünfjährigen bei einem Schläger, da gab es noch nicht einmal Umgangsrecht. Bei dem Gedanken grinste sie und dachte noch: Für einen solchen Angriff geht es mir erstaunlich gut.

Kapitel 1

Die Sonne brannte auf das Gebäude des Polizeikommissariats in Emden. Polizeimeister Steiner hatte die Jalousien bereits ganz runtergezogen. Dabei war es gerade mal neun Uhr und die Fenster lagen nach Westen. Doch es sollte ein heißer Tag werden und am Nachmittag hatten sie vollen Sonnenschein. Eine Klimaanlage hatte auf dem recht kleinen Polizeirevier noch keinen Einzug gehalten. Was bei den steigenden Energiekosten auch in naher Zukunft nicht zu erwarten war. Kriminalhauptkommissar Richard Faber, der Leiter des Kriminal- und Ermittlungsdienstes, kurz KED genannt, kam aus dem einzigen Einzelbüro. Seine kleine Klause lag nach Osten zum Polizeiparkplatz hin und er hatte die Morgensonne schon seit einer Stunde. Daher machte er es sich mit seinem Laptop und einer Akte an einem der freien Schreibtische gemütlich.

»Na, wird dir da drüben etwa zu heiß?«, fragte Kommissarin Rike Waatstedt, die nicht nur mit ihm arbeitete. Die beiden waren seit einigen Jahren ein Ehepaar. Ursprünglich stammte Richard Christian Faber aus Frankfurt. Er hatte sich damals wegen privater Probleme nach Ostfriesland versetzen lassen. Hier oben fand er mit seiner Frau, Opa Knut, seinem Freund Philipp Schorlau und auch seinem Team des KED eine Heimat. Opa Knut war Rikes Großvater und behandelte Faber wie einen Sohn. Er hatte ihn mit offenen Armen in Ostfriesland und in seiner Familie willkommen geheißen. Als dann letztes Jahr Fabers kleiner Sohn Benny zu der Familie stieß, war das Glück des Hauptkommissars vollkommen. »Und wenn es dann heute Nachmittag hier brennt, verziehst du dich wieder in dein Chefbüro, richtig?«, stichelte Rike weiter.

»Einen Vorteil muss es doch haben, der Chef zu sein«, erwiderte er und grinste seine Frau an.

»Einen?«, fragte Laurien Heiligenstadt sarkastisch. Die kleine hübsche Kommissarin mit ihrem braunen Lockenkopf saß wie immer in ihren PC vertieft am Schreibtisch. Dennoch entging ihr nichts. »Du hast mich für die Recherchen, die Staatsanwälte und richterlichen Verfügungen. Tamme erledigt die IT, und mit Sonja und seiner Schlagkraft ersetzen die zwei ein Sondereinsatzkommando für dich. Rike ist die beste Ermittlerin und bewahrt dich vor Dummheiten. Und Friedhelm und Torben halten dir den Rücken frei, während Philipp Schorlau alles Wissenschaftliche erledigt. Sag mal: Wofür wirst du hier noch einmal bezahlt, Chef?«, fragte sie und grinste schelmisch vor sich hin. Sie meinte in Wahrheit nicht ein Wort so, wie sie es gesagt hatte. Niemand von Fabers Team konnte sich einen besseren Chef überhaupt vorstellen. Sie waren in den letzten Jahren zusammengewachsen wie eine Familie.

Faber kräuselte die Stirn, während die Truppe schmunzelte und zustimmend nickte. Er stand auf, um in die Kaffee-Ecke zu gehen, drehte sich aber noch mal nach der Truppe um. »Was ist das denn? Ein Aufstand? Eine Verschwörung?«, fragte er nicht gerade ernsthaft. »Immerhin halte ich euch den Kriminalrat vom Hals und fange die Schläge auf, wenn wir mal wieder Mist gebaut haben. Außerdem bremse ich unseren guten Doktor Schorlau aus, denn sonst hätte der euch bereits mit seinem übersteigerten Selbstwertgefühl in den Wahnsinn getrieben«, argumentierte er. Rikes warnendes Kopfschütteln interpretierte er jedoch falsch und fuhr fort: »Was glaubt ihr eigentlich, KK Heuer ist auch nicht immer einfach. Ich bin so was wie euer Prellbock, der alles abbekommt, damit meinen Schäfchen nichts passiert.« In dem Moment legte Rike entsetzt ihre Hand an die Stirn, als müsste sie ihren Kopf aufstützen. Die Gesichter seiner anderen Mitarbeiter hatten plötzlich einen sehr ernsten Ausdruck. Darum drehte er sich mit einem verdammt miesen Gefühl um.

Hinter ihm stand Kriminalrat Heuer zusammen mit dem Chef der Forensik Philipp Schorlau. Der Wachhabende hatte sie gerade hochgebracht und Faber war sich sicher, dass die beiden seine Ansprache gehört hatten. Denn Philipp Schorlau zog eine Schnute. »Übersteigertes Selbstwertgefühl?«, fragte er reichlich dramatisch. »Wenn du nicht mein bester Freund wärst und nicht auch mein Trauzeuge, dann würde ich dir jetzt mein übersteigertes Selbstwertgefühl um die Ohren hauen!«

Markus Heuer grinste jedoch nur. Er kannte seine Pappenheimer und besonders Faber. Der Hauptkommissar war einer seiner besten Leute, wenn es um die Aufklärung von Gewaltverbrechen ging. So gestand er Faber bei brisanten Fällen eine recht eigenwillige Interpretation der Dienstvorschriften zu. Der Hauptkommissar und jeder Einzelne seines Teams waren brillante Ermittler, nur schien keiner von ihnen Karriere machen zu wollen. Dabei war sich Heuer sicher, dass Richard Faber das Zeug zum Kriminalrat hatte, wenn er ein bisschen politischer und kompromissbereiter agieren würde.

»Ähm, wir scherzen hier rum«, sagte der Hauptkommissar und hatte rote Wangen bekommen. »Hebb man weer en groten Snabel«, entschuldigte er sich auf Platt.

Heuer winkte ab. »Na, lassen Sie mal. Ich kenne doch Ihr Mundwerk und dass Sie selbst bei Vorgesetzten keine Gefangenen machen«, meinte der KK recht entspannt. »Und das ist der Grund, warum Sie nicht Kriminalrat sind, sondern ich es bin. Und zusätzlich bekommen Sie dafür die übelsten Fälle!«

Jetzt grinste Faber ebenfalls. »Übler Fall, das klingt gut. Kommen Sie rein, ich brüh uns erst einmal einen Espresso. Und Philipp, nichts für ungut. Ein Genie wie du darf ruhig etwas extravagant sein. Wir lieben dich trotzdem alle«, wandte er sich an seinen Freund und machte schön Wetter. Was bei Schorlau sofort wirkte. Er hörte das Wort Genie in Bezug auf seine Person nur zu gerne. Deshalb holte er jetzt auch die große Tüte hinter seinem Rücken hervor.

»Hört, hört, darum hat euch das Genie die besten gefüllten Windbeutel aus Oldenburg mitgebracht«, meinte er und hielt Tamme die Riesentüte hin. »Schön vorsichtig, die sind mit Schokosahne, Vanillepudding und Quarkkirschen gefüllt.« Tamme, den alle den Wikinger nannten, weil er zwei Meter groß war und vor allem erdbeerrotes längeres Haar hatte, lächelte erfreut. Er war eine Ausgeburt an Kraft und sein lauter Bariton brachte Fenster zum Klirren. Und weil solch ein starker, kräftiger Mann Energie brauchte, aß er für sein Leben gerne. Genau wie im Übrigen der schlanke Philipp Schorlau, der Kalorien verbrannte wie ein Hochleistungssportler. Nur dass er sich dabei nicht unbedingt viel bewegen musste. Seine nervöse und manchmal hektische Art reichte aus, um einen guten Stoffwechsel zu produzieren.

Schnell war eine Kaffeetafel angerichtet und die sieben Mitglieder des Emder KED und ihre zwei Besucher ließen sich die Kalorienbomben schmecken. »Und Sie sind hier, um mir mal wieder einen üblen Fall anzutragen?«, fragte Faber neugierig, nachdem er seinen Kirschwindbeutel verspeist hatte.

»Eigentlich bin ich auf dem Weg nach Papenburg zu einer Besprechung und schaue hier lediglich vorbei. Und was den Fall angeht, wird diese Art von ›übel‹ nicht nach Ihrem Geschmack sein.« Der

Kriminalrat holte eine Tageszeitung aus seiner Aktentasche. Es war das größte Boulevardblatt Deutschlands, die fetten roten Buchstaben sprangen einem regelrecht entgegen. Das Foto einer anscheinend berühmten Dame befand sich neben dem Leitartikel. Typisch für diese Zeitung war das Foto so gewählt, dass der große Ausschnitt ihrer Bluse tiefe Einblicke gewährte. Man las dort: *Auch sie wurde vom Monster nicht verschont. Das Seeungeheuer fordert auf Sylt sein erstes Todesopfer.*

Es war Friedhelm Steiner, der laut auflachte. Er und sein Kollege Torben Husmann waren die beiden Polizeimeister des Kriminaldienstes und die Urgesteine hier im Emder Polizeikommissariat. Als Rike vor vielen Jahren als junge Frau hier angefangen hatte, waren ihre beiden Kollegen schon vor Ort gewesen. Die Männer, die mittlerweile Anfang fünfzig waren, hatten sich bis zum Polizeimeister hochgearbeitet. Sie waren damit zufrieden und trugen ihre offizielle Uniform täglich mit Stolz. Opa Knut behauptete von Friedhelm und Torben immer, dass die beiden Ostfriesen in der Krummhörn geboren worden waren, hier geheiratet und ihre Kinder gekriegt hatten und auch hier sterben würden.

»Na, die Zeitung ist aber schon ein paar Wochen alt, denn den Artikel über den sogenannten Ekke Nekkepenn habe ich auch gelesen«, meinte Friedhelm gut gelaunt.

Markus Heuer bekam große Augen. »Woher kennen Sie den Namen?«, fragte er überrascht und ein wenig besorgt. »Der wurde aus der Presse rausgehalten!«

Friedhelm runzelte die Stirn und meinte: »Nu, elk und een en Freesland kennt de Seespöök!«

»Wie bitte?«, war alles, was der Kriminalrat rausbekam. Als Oldenburger war er dem ostfriesischen Snack nicht unbedingt mächtig.

»Die Sage von Ekke Nekkepenn wird Christian Peter Hansen zugeschrieben, der etwa um 1850 seine Sagen und Erzählungen der Heidebewohner auf Sylt herausgegeben hat. Eine der Geschichten ist die vom Meermann Ekke Nekkepenn«, erklärte Friedhelm erstaunlich informiert. Doch er war wie Knut und kannte alle Sagen und Legenden, die an der Küste und auch auf den friesischen Inseln erzählt wurden.

»Nu, vertell man, aver hannig«, forderte ihn Rike auf. Auch sie hatte die Geschichte irgendwann einmal von Opa gehört, doch konnte sich nicht richtig erinnern. Als Faber und der Kriminalrat zustimmend nickten, fing Friedhelm mit der Sage an:

»Nun, Ekke Nekkepenn wird manchmal das Rumpelstilzchen von Sylt genannt. Wenn ihr das wirklich hören wollt, dann erzähl ich es euch, wie es meine Oma erzählt hat. Ob die Erzählung aber so ganz richtig ist, weiß ich nicht«, meinte der Polizeimeister etwas unsicher.

»Nu maak hen, anners vertell ik de Geschicht. Mien Grootmoder vertellde di ok!«, drängte ihn sein Freund und Kollege Torben.

»Dien Ootje hett de ok von mien Grootmoder!«, echauffierte sich Friedhelm.

»Leute, es ist doch egal, welche Oma die Geschichte zuerst hatte. Jetzt erzähl, Friedhelm!«, forderte der Hauptkommissar seinen PM auf.

»Nu, der Ekke ist ein Meermann und lebt mit seiner Froo, der Rah, auf dem Grund der Nordsee. Als seine Froo ein Kind bekommt, bittet er einen Kapitän um Hilfe, dessen Schiff im Sturm segeln muss. Die Frau des Kapitäns ist eine ganz schmucke und nette Deern und hilft bei der Geburt. Mit Gold und Silber beschenkt, kommt sie wieder an die Meeresoberfläche. Der Kapitän und seine Frau haben nun bestes Wetter und fahren in ihre Heimat nach Rantum auf Sylt«, berichtete Friedhelm derart lebhaft, als wollte er kleinen Kindern eine Gutenachtgeschichte erzählen. Immer wieder rutschten ihm ein paar Worte auf Platt in den Text, doch der Kriminalrat schien zu verstehen.

»Un denn?«, nörgelte Schorlau, weil Friedhelm eine dramatische Pause machte. Dabei waren Theatralik und Dramatik bei Vorträgen eigentlich Philipps Spezialität.

Friedhelm nickte beflissen und fuhr fort: »Jahre später, als die Rah langsam alt wurde, erinnerte sich der Ekke an die schöne Kapitänsfrau. Und als der Kapitän wieder einmal mit seinem Schiff rausfuhr, ließ Ekke seine Froo am Meeresgrund Salz mahlen. Und in dem dabei entstehenden Strudel verlieren der Kapitän und seine Besatzung ihr Leben. Das Schiff sinkt. Als Ekke, mittlerweile als stattlicher Seefahrer verwandelt, zu der Kapitänswitwe will, trifft er deren Tochter Inge am Strand. Gegen ihren Willen steckt er dem Mädchen einen Ring an den Finger und erklärt sie zu seiner Braut.

Das Mädchen bittet unter Tränen, sie freizugeben. Er verspricht, das zu tun, wenn sie bis zum nächsten Abend seinen Namen kennt. Dann wäre sie frei, andernfalls werde er sie heiraten.«

»Jetzt erinnere ich mich«, meinte Rike und erzählte einfach weiter. »Sie fragt jeden auf der Insel, ob jemand den fremden Mann kennt, doch niemand weiß den Namen. Vor lauter Verzweiflung geht sie den Strand entlang, und an der Südspitze der Insel bei Hörnum erklingt eine Stimme, die singt.« Und jetzt fiel Friedhelm mit ein. Er und Rike sprachen: »Heute soll ich brauen, morgen soll ich backen, übermorgen will ich Hochzeit machen. Ich heiße Ekke Nekkepenn, meine Braut ist Inge von Rantum, und das weiß niemand als ich allein.«

»Tja«, trug auch Torben bei, »das sagt ihm die Braut und er zerreißt sich nicht wie Rumpelstilzchen vor Wut, sondern geht zurück ins Meer. Seither hegt er gegen die Sylter eine große Wut und treibt sein Unwesen auf der Insel und im Sturm, wann immer ihm danach ist.«

Der Kriminalrat schüttelte sich regelrecht. »Himmel noch mal. Was ein Glück, dass auf Sylt nicht alles an die Presse weitergegeben wird. Wenigstens haben die von Ekke Nekkepenn nichts gehört. Für die Zeitungen ist es weiterhin das Ungeheuer aus dem Meer«, meinte er.

Faber räusperte sich. »Können wir mal einen Schritt zurückgehen. Wovon reden wir hier eigentlich? Ehrlich gesagt verstehe ich nur Bahnhof beziehungsweise Rumpelstilzchen und Meeresungeheuer.«

»Entschuldigen Sie, aber als PM Steiner den Namen Ekke Nekkepenn nannte, war ich sehr erstaunt. Ich wusste ja nicht, dass es sich um eine alte Sage handelte. Ich hatte den Namen auch erst heute Morgen gelesen, als ich den Fall überflog«, erklärte der Kriminalrat. »Es geht um Einbruchdiebstähle in Villen. Alles fing auf Sylt an.«

»Na, da lohnt es sich einzubrechen. Bei diesem Bohlen, dem Jauch, Otto Waalkes und dem Fußballtrainer, diesem Klopp, ist bestimmt was zu holen«, steuerte Philipp bei.

»Bist du eifersüchtig? Hast wohl keine Immobilie auf der Insel bekommen«, lästerte der Wikinger.

Philipp war manchmal einfach rührend, denn sein Ego war irgendwie immun gegen Sarkasmus. Deshalb meinte er lediglich: »In der Tat. Man kriegt da einfach nichts, ohne ein Promi zu sein!«

»Leute, könntet ihr bitte den Kriminalrat ausreden lassen«, unterbrach Faber die illustre Unterhaltung.

Markus Heuer schmunzelte und fuhr dann fort: »Unser Glück ist, dass der Einbrecher es gar nicht auf die Promivillen abgesehen hat. Es sei denn, einer der VIPs ist ein leidenschaftlicher Sammler von Antiquitäten. Denn unser Meeresungeheuer lässt jedes Handy, Tablet und jeden Laptop einfach stehen. Auch Schmuck nimmt er nur mit, wenn er antik ist. Denn anderenfalls wären die Zeitungen voll von den Diebstählen. Dass er oder sie es überhaupt in die Boulevardpresse geschafft hat, liegt an der Sängerin«, meinte Markus Heuer und tippte auf das Foto der Dame mit dem großen Ausschnitt auf dem Titelblatt. »Diese Dame ist nämlich eine leidenschaftliche Sammlerin von alten Seekarten. Sehr teure Stücke aus aller Welt und die verschwanden bei einem Raubzug auf der Insel.«

»Okay«, meinte Faber skeptisch. »Und dieses Ungeheuer ist in mehrere Villen eingebrochen? Erstaunlich, weil die Schönen und Reichen doch bestimmt hervorragende Kameras und Alarmsysteme haben. Und warum nennen Sie den Einbrecher eigentlich immer Ungeheuer?«

Heuer lachte kurz und meinte: »Na, Sie werden sich wundern. Sehen Sie sich das mal an.« Er holte sein Tablet hervor und suchte darauf ein Video. Es war eine recht dunkle Nachtaufnahme, die wahrscheinlich von einer Überwachungskamera aufgenommen worden war. Sein Team stand auf und gruppierte sich hinter Faber und den Kriminalrat, um ebenfalls etwas sehen zu können.

»Saterdag! Wat is dat denn?«, rutschte es Rike raus und sie sprach aus, was alle dachten.

Auf dem körnigen Schwarz-Weiß-Film sah man erst einmal einen Schatten, bei dem ein irgendwie verformter Kopf auffiel. Doch als dann die Füße in den Kamerabereich kamen, bestanden die nur aus zwei Zehen. Die Stiefel waren der Anomalie angepasst und darin steckten schwarze etwas unförmige Hosen. Der Rest des Körpers war völlig dunkel und dann kam der Kopf in Sicht. Trotz des groben Filmmaterials sah man den Kopf eines Ungeheuers. Der Schädel war haarlos und das Gesicht völlig verformt. »Sind das da an der Seite Kiemen?«, fragte Laurien und tippte auf das Tablet.

»Sieht so aus«, bestätigte Heuer. »Zwar hat niemand von der Presse die Aufnahmen gesehen, doch einer der Sylter Polizisten hat denen was gesteckt. Wahrscheinlich nach dem letzten Einbruch in die Villa eines Schönheitschirurgen oder, um es politisch korrekt auszudrücken, eines Facharztes für plastische und ästhetische Chirurgie. Der Inhaber der Villa war an dem Abend bei Freunden eingeladen und plante, dort zu übernachten. Seine Wirtschafterin, eine alte Einheimische, ging jedoch gegen zehn Uhr noch einmal zur Villa, um Hemden zu bringen, die sie ihm regelmäßig bügelt.«

»Ging die Frau immer erst spät zur Villa?«, unterbrach ihn Kommissarin Sonja Withuus, die berufliche Partnerin von Tamme Hehler. Die Blondine war ein Hingucker, jedoch als deutsche Polizeivizemeisterin im Karate für Verbrecher brandgefährlich. Faber nannte Tamme und Sonja deshalb scherzhaft sein Sondereinsatzkommando. Die beiden waren ein Duo infernale, wenn es mit Kriminellen handgreiflich wurde.

»Guter Punkt, Frau Withuus. Nein, es war eine Ausnahme, weil der Arzt sie angerufen hatte. Er brauchte unbedingt ein frisches Hemd am anderen Morgen. Er wollte nur schnell in die Villa, sich umziehen und dann sofort zu seiner Praxis.«

»Und sagen Sie bloß, die alte Frau hat ihn gesehen, ich mein den Meermann?«, meldete sich Torben zu Wort.

Markus Heuer nickte. »Ja, leider. Sie hatte ein Herzleiden und bekam bei seinem Anblick einen Infarkt. Aber irgendjemand rief einen Krankenwagen und die Polizei. Dem Polizisten, der zuerst bei ihr eintraf, konnte sie noch zwei Worte sagen: Ekke Nekkepenn. Anschließend verstarb die Frau.«

Faber runzelte die Stirn. »Hat etwa der Einbrecher den Krankenwagen gerufen?«, fragte er.

»Ist anzunehmen«, antwortete der Kriminalrat, »wir haben jedenfalls keinen anderen Zeugen gefunden, der von dem Unglück etwas wusste. Der Anrufer hatte eine unterdrückte Handynummer. Das Gerät konnte nicht weiterverfolgt werden.«

»Dönnerslag«, meinte Friedhelm und verschränkte die Arme vor der Brust. »Aber dieses Ding, das wir auf dem Video gesehen haben, dat is nich Ekke Nekkepenn! Der sieht ganz anners aus.« Außer Polizeimeister Husmann, der seinen völlig ernsten Kollegen mit einem bestätigenden Nicken unterstützte, hielt sich der Rest der Truppe zurück. Keiner wollte Friedhelm durch eine blöde Bemerkung brüskieren. Denn sowohl Friedhelm als auch Torben waren prima Jungs. Wenn es jedoch um die Traditionen in Friesland ging, reagierten sie manchmal etwas abenteuerlich.

Nur Philipp Schorlau, der mal wieder das Feingefühl eines ausgewachsenen Walrosses an den Tag legte, grinste breit. »Aha, aver du weetst man, as de Ekke utsücht?«, fragte er Friedhelm auf Platt, ob er denn wüsste, wie der Meermann aussah. Faber fand einfach keine Worte, um dem Zinnober ein Ende zu bereiten.

»Aver klaar, du nich?«, erwiderte Friedhelm todernst und wischte auf seinem Tablet. Der Kriminalrat war zu erstaunt über die Diskussion, um etwas zu sagen. »Da kiek hen!«, wandte sich der Polizeimeister an Schorlau.

Er hielt Philipp eine Art alten Kupferstich unter die Nase, den er auf einer Webseite aufgerufen hatte. Dort gab es mehrere Abbildungen aus dem sechzehnten und siebzehnten Jahrhundert, die nicht einmal entfernt Ähnlichkeit mit ihrem Ungeheuer auf der Kameraaufnahme hatten. Ekke Nekkepenn oder den Seebischof, wie er auch genannt wurde, hatte man damals angeblich im Ärmelkanal an der Ost- und Nordsee und ebenfalls im Roten Meer gesichtet. Es war aber ein wesentlich kleineres Wesen mit einem Schädel, der wie eine Mitra aussah, und schuppigem Körper. An den Füßen gab es lediglich zwei Zehen. Und auf der Abbildung von Johann Zahn hatte der Seebischof sogar eine spitze Nase und einen weißen Bart.

»Und Friedhelm, wenn du weiterliest, dann steht da auch, dass den Beschreibungen der Seeleute wahrscheinlich Sichtungen von Engelhaien zugrunde liegen«, konnte Philipp nicht an sich halten.

»Papperlapapp! Wat weetst du woll. Büst nich man en anstennigen Oostfreese!«, konterte Friedhelm und Torben stellte sich zur Verstärkung an seine Seite.

»Na, na, meine Herren«, griff Markus Heuer ein. »Ich denke, wir können uns darauf einigen, dass das Wesen oder der Mensch auf dem Film der Sicherheitskamera nicht Ekke Nekkepenn ist, richtig?« Während Friedhelm und Torben bestätigend nickten, sah Philipp den Kriminalrat an, als wäre er verrückt geworden.

»Das ist ja wohl …«, selbstverständlich, wollte Philipp noch sagen, doch Faber griff jetzt ebenfalls ein.

»Ist ja gut. Die Sylter und Krummhörner glauben an ihren Meermann und in Nepal schwört man, einen Yeti zu haben. Toleranz, Philipp, bitte Toleranz!«

Schorlau verschränkte die Arme vor der Brust und meckerte: »Kann ja jeder glauben, was er will. Aber die beiden hier sind immerhin Polizisten.«

Faber nickte genervt. »Ja, und ich kenne einen Rechtsmediziner, der mir letztes Jahr begeistert von einer Séance erzählt hat, an der er aktiv beteiligt war. Keine Ahnung, was für die Seele schädlicher ist, der Glaube an Meermänner oder sich mit seinen aufgeschnittenen Kunden unterhalten zu wollen.«

Philipp setzte sein beleidigtes Gesicht auf und nuschelte: »Dir erzähl ich noch mal was!« Währenddessen blickten Friedhelm und Torben ihren Chef dankbar an.

»Von wie vielen Einbrüchen dieses Seemonsters reden wir eigentlich? Und warum wenden Sie sich an uns? Wollen Sie, dass wir nach Sylt fahren?«, überschüttete Rike den Kriminalrat mit Fragen, um das Gespräch wieder in ordentliche Bahnen zu lenken.

»Auf Sylt waren es vier«, begann Markus Heuer ruhig wie immer mit den Antworten. Er war kein Mann, der sich drängen ließ, und verfiel nur selten in Hektik. »Nachdem die alte Frau an dem Herzinfarkt verstarb, hörten die Einbrüche auf der Insel auf. Wahrscheinlich wurde dem Dieb die Insel zu heiß. Aber es ging auf dem Festland weiter. Erstaunlicherweise nicht in Nordfriesland, sondern hier in Ostfriesland. Wir hatten den ersten Einbruch in Wittmund und dann vor zwei Tagen einen in Aurich. Am erstaunlichsten ist, dass das Ehepaar in der Villa in Aurich in der Nacht zu Hause war. Sie haben tief und fest geschlafen und nichts mitbekommen«, meinte der Kriminalrat und sah Schorlau an.

»Ja, ich habe beide Tatorte bei uns in Ostfriesland bearbeitet«, fing der Chef der Forensiker an. »Wir haben so gut wie nichts! Und wenn ich sage nichts, dann meine ich nichts. Wenn ich wie einige meiner Kollegen an Geister glauben würde«, fuhr er fort und sah Friedhelm und Torben strafend an, »dann würde ich sagen, nur ein Geist ist in der Lage, keine Spuren zu hinterlassen.«

»Du meinst, es gibt noch nicht einmal Einbruchspuren an der Tür oder irgendwelchen Fenstern?«, hinterfragte Faber.

»Nein, keine Kratzer, nichts. Und wäre er durch die Haustür oder eines der Fenster gekommen, hätte die Alarmanlage angeschlagen. Es gibt beim Tatort in Aurich lediglich oben am First eine Lüftungsklappe, die nicht mit der Alarmanlage verbunden ist, da der

Wind sonst ständig ein Signal auslösen würde. Doch diese Klappe ist nicht viel größer als der Hüftumfang eines Erwachsenen.«

»Was eventuell für einen beweglichen Jugendlichen kein Problem wäre«, schlug Tamme vor.

Philipp schüttelte den Kopf. »Nein, denn die Lüftungsklappe ist in einer Höhe von etwa sieben Metern an der Frontseite des Hauses angebracht, die zur Straße hin steht. Eine belebte Straße, wenn ich das bemerken darf. Man kann die Fassade nicht hochklettern, sie ist zu glatt, und Fenster und Fallrohre sind zu weit weg. Man müsste sich vom Dachfirst abseilen, was einer Zirkusnummer gleichkäme. Anschließend müsste jemand hängend versuchen, sich durch das Loch zu arbeiten. Damit käme als Täter ein Zirkuskind, ein Akrobatenzwerg oder ein Gummimensch infrage. Selbst bei denen würde ich solch eine Nummer eine Sensation nennen«, verfiel Philipp wieder in seinen typischen Sarkasmus. »Außerdem habe ich auf dem Dachfirst, den ich natürlich unter Einsatz meines Lebens erklettert bin, keine Befestigungsspuren von Seilen, Haken oder dergleichen gefunden.«

Faber hörte sich das alles gelassen an und ging nicht weiter darauf ein. Zwar wusste er, wie genial Philipp in seinem Beruf war, doch hatte er auch den Hang zur Dramatik. Dieses Haus würde er sich selbst ansehen und eigene Schlussfolgerungen ziehen. »Sagen Sie, wenn er sich nur auf Antiquitäten spezialisiert, kann es nicht so einfach sein, die Beute zu verkaufen, oder irre ich mich da?«

Markus Heuer lächelte. »Da sprechen Sie nachher mal mit Monika Altmann, die hat bereits einige Strippen mit dem BKA und LKA gezogen und sich in der Hinsicht schlaugemacht.« Die Pressesprecherin der Polizeidirektion Oldenburg war eine sehr kompetente Kollegin. Wenn jemand Informationen ausgraben konnte, dann sie. Zusätzlich war sie eine Virtuosin, wenn es um Public Relations und besonders die Presse ging. Faber arbeitete gerne mit Monika, auch wenn sie beim letzten Fall einen gehörigen Groll gegen ihn gehabt hatte. Auf Philipps Hochzeitsfeier hatte er jedoch Abbitte geleistet. Nicht nur hatte er ordentlich das Tanzbein mit ihr geschwungen. Sie alle und noch ein paar Gäste waren an der Bar des Schlosshotels Münchhausen ziemlich versackt. Man hatte zu sehr früher Morgenstunde und nach dem Genuss von Unmengen Wein und Schampus Brüderschaft getrunken.

»Na gut, wissen alle Reviere in Ostfriesland, dass wir den Fall übernehmen? Bekommen wir automatisch eine Meldung, wenn es wieder einen Einbruch gibt?«, wollte Faber die Diskussion zum Abschluss bringen.

Der Kriminalrat nickte. »Ja, wird über Monika koordiniert. Sie hat das organisiert und Sie sollten bald alle Unterlagen von den Diebstählen bekommen. Wenn es sein muss, Faber, fahren Sie rüber nach Sylt und sehen sich die Tatorte dort ebenfalls an. Sie haben von mir das Okay und ich stelle die Mittel zur Verfügung. Unser Hauptaugenmerk sollte darauf liegen, die Presse nicht weiter mit Sensationsnachrichten über Meeresungeheuer, die Promis beklauen, zu füttern«, meinte der KR erstaunlich salopp. In dem Moment klingelte sein Handy. Er meldete sich und sagte dann recht schnell: »Einen Moment, Monika, wir haben gerade über Sie gesprochen. Ich bin noch in Emden, und Faber und sein Team sind hier. Ich stelle auf Lautsprecher!«

»Moin zusammen«, hörten sie die Stimme der Pressesprecherin. »Faber, ich habe gerade alles zusammengestellt und wollte es dir schicken, als eine Meldung aus Leer reinkam. Die haben sich bei mir gemeldet, weil ich das Rundschreiben bezüglich der Diebstähle und dass du in Emden übernehmen wirst, gestern Abend rausgeschickt hatte«, erläuterte sie. Faber sah den Kriminalrat an und verzog den Mund. Es war zwar nett, dass der KR hier persönlich erschienen war, um ihnen die Fälle zu übergeben, doch Monikas Aussage bestätigte nur, dass Faber die Sache gar nicht hätte ablehnen können. Markus Heuer schmunzelte ein wenig und legte den Kopf zur Entschuldigung etwas schief, als Monika fortfuhr. »Es gab wieder einen Einbruch heute Nacht in Leer. In die Villa eines schon älteren, ziemlich bekannten Schlagersängers. Gott sei Dank war der Mann nicht vor Ort«, meinte sie und schnaufte empört. »Vielleicht sagt euch der Name Jürgen Horle etwas, er hatte in den achtziger Jahren ziemliche Erfolge. Es gab da ein Lied über die Liebe, die wie ein Gewitter ist.« Alle bis auf Friedhelm und Torben runzelten nur die Stirn, dafür waren die meisten im Team noch zu jung.

»Laaten Se man, Frau Altmann«, meinte Torben und wechselte auf Hochdeutsch. »Der Chef und seine Kinners hier kennen doch die Hitparade mit Dieter Thomas Heck gar nicht mehr. Die Hitparaden, die danach kamen, gelten nicht, nur die mit Heck war echt. Woher sollen die den Jürgen Horle kennen?«

»Na ja, ich persönlich habe die auch nicht mehr live gesehen. Aber man hat ja von solchen Schlagersängern gehört«, erwiderte die Pressesprecherin. Faber musste daran denken, wie sie bei Philipps Hochzeit zu Udo Jürgens' Lied ›Griechischer Wein‹ so richtig aufgedreht und den Text auswendig in sein Ohr gejohlt hatte. »Ist nun mal nette Musik«, fügte sie an.

»Frau Altmann ist ein großer Fan von Schlagermusik der siebziger und achtziger Jahre«, erklärte der Kriminalrat. »Also, wenn dieser Jürgen Horle bei Ihren Ermittlungen in Leer auftaucht, dann bitten Sie ihn unbedingt um ein Autogramm für Monika«, meinte er und räumte seine Papiere zusammen.

»Das wäre reizend«, sagte die Pressesprecherin über das Telefon. »Na gut, ich schicke jetzt alles los, und die Streife in Leer erwartet euch bei der Villa. Adresse ist ebenfalls in der Mail vermerkt«, sagte sie. »Ach, Philipp, Doktor Moser und dein Team sind bereits unterwegs nach Leer. Die kommen bestimmt zeitgleich mit euch an. Wenn ihr noch was braucht, dann meldet euch.«

Keine fünf Minuten später hatte sich der Kriminalrat verabschiedet, um weiter nach Papenburg zu fahren. Was auch immer für ein Meeting er dort hatte, er wollte nicht zu spät kommen. Faber nutzte die Gelegenheit, seinen Freund Philipp erst einmal richtig zu begrüßen. Er zog ihn in den Arm und klopfte ihm herzlich auf die Schulter.

»Na, du Ehemann«, sagte er, »wie waren die Flitterwochen? Schön braun bist du ja geworden, also wart ihr ab und zu doch am Strand.«

Philipps Züge wurden sofort weich und er grinste wie ein kleiner Junge. »Hallo Trauzeuge«, erwiderte er irgendwie gerührt. »Diese kleine Insel auf den Malediven hatte nur ein Resort. Ein wunderschöner kleiner Bungalow direkt am Strand und im Haupthaus ein Sternerestaurant. Es waren drei Wochen im Himmel!«, schwärmte er. »Und meine Ehefrau war das Highlight.« Als er das sagte, wurden seine blauen Augen richtig wässrig.

»Gut, so gehört sich das. Aber kaum bist du wieder im Job, geht der alte Sarkasmus los. Ich dachte, Silvia hätte dich vielleicht davon geheilt«, meinte Rike und ließ sich ebenfalls von dem Forensiker in den Arm nehmen.

»Dienst ist Dienst und Schnaps ist Schnaps, nicht wahr, Friedhelm?«, erwiderte Philipp und nickte dem Polizeimeister zu.

»Och, laat mi doch de Ruh«, sagte der nur und winkte ab.

»Friede, Kinners«, sagte der Chef. Dann wandte er sich an Laurien. »Bist du so lieb und kümmerst dich um die Mail von Monika? Fangt schon mal an, euch das Material anzusehen. Tamme, Sonja, Friedhelm und Torben, alles hört auf Lauriens Kommando. Sie verteilt die offensichtlichen Aufgaben und ihr fangt an zu recherchieren. Rike, Philipp und ich fahren jetzt nach Leer zum neusten Tatort. Laurien, schick mir die Adresse in Leer aufs Handy!«

Kapitel 2

Faber fuhr gerne mal über die Pektumer Straße und an der Ems entlang nach Leer. Einfach weil es eine hübsche Strecke war und gemütlicher als der schnellste Weg. Doch da Schorlaus Team wahrscheinlich schon bald am neuen Tatort ankommen würde, nahm er heute die A31 und wechselte am Autobahndreieck Leer auf die A 28. Nach ein paar Kilometern fuhr er rechts auf die B464 in Richtung Stadtmitte. Auf Höhe des Schlosses Evenburg ging es rechts rein zum Julianenpark. Von dort war es nicht mehr weit in die Gartenstraße.

»Ah, da steht ja schon das Forensik-Mobil«, meinte Philipp gut gelaunt. »Dann sind mein Doktor Moser und die Truppe bereits bei der Arbeit.«

Sie parkten hinter dem Transporter der Kriminaltechnik aus Oldenburg und stiegen aus. Die Villa in der Gartenstraße war zwar nicht uralt, dennoch war der Bau definitiv erst kurz nach dem Krieg gebaut worden. Der Stil der Villa hatte sich an den alten Gebäuden der Jahrhundertwende ein Beispiel genommen. Es gab viele Erker und Gauben in dem roten Backsteingebäude. Die Fassade war vor Kurzem renoviert worden und es sah so aus, als ob alle Fenster ebenfalls modernisiert worden waren. Das Grundstück, auf dem nach vorne hin alter Baumbestand angenehmen Schatten warf, umgab ein leicht zu überwindender Zaun. Als sie durch die geöffnete Pforte gingen, erschien oben auf der Treppe Philipps Mitarbeiter Doktor Moser.

»Moin zusammen«, meinte er und stellte einen Karton an die Tür. Darin die weißen Spurensicherungsanzüge, Schuhüberzieher und Latexhandschuhe. »Schön umziehen, bevor hier reingetrampelt wird. Meine Forensik-Kollegen und ich müssen ja nicht die Einzigen sein, die sich totschwitzen an diesem wunderbar warmen Tag«, meinte der Doktor und nahm damit die Kripobeamten auf den Arm. Doch das wussten sie noch nicht und stöhnten, weil sie ein aufgeheiztes Haus erwarteten, in dem es mit den Spurensicherungsanzügen unerträglich würde. Du hast definitiv zu viel mit Philipp zusammengearbeitet, dachte Faber und sah Moser nur verächtlich an. Wahrscheinlich hatte Moser die beiden Wachhabenden ebenso vergrault. Denn erst jetzt sah er die beiden Leeraner Polizisten am Streifenwagen vor dem Transit stehen.

Während Philipp sich umzog, meinte er zu Moser: »Und wie ist der Erkenntnisstand?«

»Gemach, gemach, wir sind seit einer Viertelstunde hier und mein Vorgesetzter hat mich gedrillt, nicht zu spekulieren«, bügelte Moser ihn ab und ging einfach wieder rein.

»Na, deine Mitarbeiter hören ja aufs Wort«, stichelte Faber. »Ich gehe erst einmal zu den Leeraner Kollegen und spreche mit ihnen. Willst du mit oder gehst du mit Philipp?«, fragte Faber seine Frau. Sie zwängte sich bereits in einen der Spurensicherungsanzüge und nickte in Richtung Philipp.

Faber war froh, bei der Hitze noch eine Schonfrist zu haben, und ging zu der Streife. »Moin, Kollegen«, begrüßte er die beiden mit Handschlag. Er stellte sich vor.

»Wir haben schon gehört, dass Sie diese Einbrüche übernehmen. Das wird nicht einfach«, meinte einer von ihnen. »Auf den ersten Blick haben wir nämlich keinen Schimmer, wie der Dieb reingekommen ist.«

»Wer hat Ihnen den Einbruch denn gemeldet?«, fragte der Hauptkommissar.

»Ein gewisser Helge Freese, er ist mittlerweile schon wieder nach Hause gegangen, doch wir haben alles aufgenommen. Er ist wohl der Verwalter des Hauses und kümmert sich um alles, wenn dieser Sänger, Herr Horle, nicht hier ist. Außerdem macht er den Garten und den Außenpool.« Außenpool, dachte Faber, und gleich sammelte sich mehr Schweiß unter seinem Jackett. »Der Mann ist heute Morgen zur Villa gekommen, um nach dem Rechten zu sehen und das Laub aus dem Pool zu fischen. Als er aufschloss, fand er das Wohnzimmer durchsucht vor. Auf den ersten Blick fehlt ein …«, setzte er an, aber blickte auf seinen Notizblock und fuhr fort, »Theodolit von etwa 1870.«

»Saterdag, wat is en Theodolit?«, rutschte es Faber auf Platt raus und die beiden Streifenpolizisten grinsten.

»Mussten wir auch erst googeln«, gab der Jüngere gleich zu. Dann las er von seinem Notizbuch ab. »Das ist ein Winkelmessinstrument, welches in der Vermessungskunde zur Messung von Horizontalrichtungen und Zenit- oder Vertikalwinkeln Verwendung findet.«

»Aha«, meinte Faber. »Und das Ding ist antik. Habt ihr ’ne Ahnung, wie viel es wert ist?«

»Na, der Helge Freese meinte, in etwa zehn- bis fünfzehntausend Euro«, erwiderte der junge Polizist prompt.

»Und fehlt sonst noch was?«, bohrte Faber weiter.

»Nicht, soweit Helge es in der Hektik sehen konnte, denn wir haben ihn schnell aus dem Haus gescheucht, damit die Forensiker sich nicht beschweren. Er hat angeboten, sich alles im Einzelnen anzusehen, wenn das Team mit der Spurensicherung durch ist.«

Faber runzelte die Stirn. »Solange wir nicht wissen, wie der Dieb ins Haus kam, lassen wir diesen Herrn Freese nicht wieder da rein. Er hat immerhin einen Schlüssel. Wer sagt uns denn, dass er nicht zugelangt hat? Nein, besorgen Sie mir doch lieber mal die Telefonnummer von diesem Sänger, dem Horle. Der wird ja wohl eine Liste der Antiquitäten für die Versicherung haben.«

»Machen wir, Kommissar Faber. Aber momentan wohnt anscheinend noch eine Person in dem Haus. Der Neffe von Herrn Horle, das hat uns der Freese ebenfalls mitgeteilt. Der Junge ist anscheinend in der Nacht nicht zu Hause gewesen«, berichtete der junge Polizist weiter.

»Prima, bestimmt erfahren wir später von Herrn Freese, wo wir den Neffen finden können. Haben Sie sonst noch etwas Wichtiges? Andernfalls schäle ich mich mal lieber in die Schutzkleidung und schwitze eine Runde im Haus«, meinte Faber und die beiden Polizisten lachten.

»Müssen Sie nicht, wir haben für Doktor Mosers Team die Klimaanlage bereits auf Höchststufe angeschaltet. Lassen Sie lieber Ihr Jackett an. Einen ausführlichen Bericht bekommen Sie später von uns. Sollen wir denn jetzt die Nachbarn befragen oder wird Ihr Team das machen?«

Faber machte große Augen, so viel Mitdenken und Umsicht fand man auch nicht alle Tage. »Nein, prima, machen Sie das ruhig. Und danke, dass Sie die Klimaanlage eingeschaltet haben!«

***

Bis er in dem Schutzanzug war, war der Hauptkommissar durchgeschwitzt, ließ aber sein Jackett an, um sich nicht eine Sommererkältung zu holen. Als er in das großzügige Wohnzimmer kam, war die Temperatur wie im Kühlschrank. Es war eine Erholung nach der Hitze draußen.

»Von wegen heiß, unser Doktor Moser beliebt zu scherzen«, meinte Philipp.

Faber sah sich erst einmal um. Die Einrichtung war mal teuer gewesen, jetzt hatte sie jedoch einige Jahre auf dem Buckel. Für seinen Geschmack war es hier ein bisschen zu altbacken, aber soweit er wusste, war dieser Sänger mittlerweile in Knuts Alter. Daher wunderte es ihn nicht. Es gab viele Erinnerungsstücke, Fotos von seinen großen Zeiten, und auf einer Anrichte standen ein paar Trophäen. Es waren Auszeichnungen, die von der deutschen Musikbranche verliehen wurden. Was Faber aber ins Auge fiel, war, dass einige antike Stücke wie Jugendstilfiguren und mehrere alte Sextanten immer noch in einer Vitrine standen, deren Glas eingeschlagen war. Dort war ein freier Platz, auf dem wohl dieses Messgerät, dieser Theodolit, gestanden hatte.

»Warum hat er die Sextanten nicht mitgenommen?«, fragte der Hauptkommissar deshalb laut, ohne direkt jemanden anzusprechen. »Die sind doch bestimmt auch wertvoll!«

Philipp, der gerade vor dem niedrigen Couchtisch kniete, schickte sich an, den Kopf auf den Boden zu legen, um unter die Couch und die anderen Möbel zu schauen. »Das sind Sextanten aus Messing. Ich schätze, Ende des neunzehnten Jahrhunderts, die kosten zwischen drei- und fünftausend Euro. Die wären eigentlich seine Beute gewesen. Vielleicht wurde er gestört?«, nuschelte er am Boden liegend und blickte weiter unter die Möbel. »Aber hallo, was haben wir denn dort?«, meinte er plötzlich und krabbelte auf allen vieren rüber zu einer großen antiken Vitrine, die nicht berührt worden war. Philipp legte sich auf den Bauch und robbte regelrecht unter den Schrank, bis er mit der Hand etwas greifen konnte. Mit seiner Beute stand er auf und betrachtete sich das Ding.

»Was ist das denn?«, fragte Faber. »Na, hoffentlich nicht ein getrocknetes Hundehäufchen!«

Philipp blickte ihn entsetzt an und schüttelte den Kopf. »Manchmal bist du einfach nur geschmacklos!«, sagte er und bröselte an dem braunen zusammengebackenen Ding herum. Plötzlich kam an einer Stelle etwas Glänzendes zum Vorschein. »Schau an, wenn das nicht eine alte Münze ist. Ich würde sogar noch weitergehen, das ist eine alte Goldmünze.« Er kratzte erneut sehr vorsichtig an der dunklen Schicht, bis ein weiterer Brocken Dreck oder Korrosion, was immer es auch war, absprang. »Das, mein lieber Freund«, sagte Philipp dann mit tragender Stimme, »ist eine römische Goldmünze, die ich jetzt ganz schnell in einen Asservatenbeutel lege. Denn daran dürfen nur noch Archäologen kratzen.«

»Dann hat dieser Sänger ebenfalls alte Münzen gesammelt? Ich dachte, die lässt man aufarbeiten und legt die in solche Samtschatullen«, kommentierte Faber die Sache.

»Diese Art von Münze, hier schau mal«, meinte er und hielt ihm den Asservatenbeutel unter die Nase, »ist, falls ich mich nicht irre, ein Aureus. Wenn ich mir den Kerl da so ansehe, würde ich sagen, er sieht Kaiser Augustus ähnlich«, referierte Philipp, was er für sein Leben gern tat.

»Manchmal machst du mir Angst. Wer weiß schon, wie Augustus aussah«, murmelte der Hauptkommissar.

»Jeder, mein Lieber, der ein humanistisches, in meinem Fall altsprachliches Gymnasium besucht hat. Wenn du im Lateinunterricht mit den Übersetzungen *Res gestae divi Augusti* gequält wurdest, dann vergisst du den Kaiser mit seinem fliehenden Kinn nie mehr!«, erklärte Schorlau und deutete wieder auf die Münze, die jetzt in dem Beweisbeutel lag. »Der Augustus war ein ziemlicher Schönling, als er jung und karrieresüchtig, geradezu skrupellos war. Aber an die Macht gelangt, hat er mit seinem Prinzipat eine dauerhafte Staatsordnung geschaffen. Und das in einer von Bürgerkrieg völlig zersplitterten Republik. Auf jeden Fall ist das hier Augustus.«

»Und was kostet ein solches Teil?«, fragte Faber.

»Also, da musst du dich schon selbst schlaumachen. Ruf mal einen Münzhändler an«, schlug Philipp vor. Faber machte sofort ein Foto von der Münze. »Ich hab mal von einer Augustus Aureus gelesen, die kurz vor Christi Geburt geprägt wurde. Die wurde für sechshunderttausend Euro versteigert. Aber das sind seltene Schätze. Ich glaube, davon gab es nur etwa zwanzig Stück. Die hier liegt meines Erachtens bei einem vier- bis fünfstelligen Wert.«

Faber sah Philipp entgeistert an. »Du redest pro Stück, oder?«

»Klar, mein Herzchen. So, ich nehme die mit wie alles hier und bestimme das Alter genauer mit einem auf römische Münzen spezialisierten Museum beziehungsweise einem Altertumsforscher. Jetzt muss ich weitermachen, steh mir nicht im Weg rum.«

»Einen Moment noch, Phil. Was heißt das denn jetzt? Hat unser Einbrecher die Münzen von Horle geklaut und die ist ihm bloß runtergefallen, oder was?«, bohrte Faber weiter nach.

Philipp schnaufte. »Wenn dem so ist, dann ist dieser Sänger auch kriminell. Solche Münzen gehören in ein Museum. Dadurch, dass sie noch nie poliert wurde, sieht mir das nach einem unerlaubten Raub von einer Ausgrabungsstelle aus. Wenn der Horle die Münzen in dem Zustand gekauft hat, dann garantiert ohne Zertifikat.«

»Und das ist illegal. Damit wäre er selbst kriminell«, beendete der Hauptkommissar Philipps Satz. Der zwinkerte ihm zu und machte sich wieder an die Spurensicherung. »Ach, wo ist denn eigentlich Rike?«

Philipp deutete mit dem Arm zur Treppe. »Die ist mit Moser oben, sie versuchen rauszufinden, wo der Dieb eingestiegen ist. Geh mal hoch zum Dachboden, ich glaube, die beiden vergnügen sich dort.«

Als Faber die alte massive Holztreppe hochging, wurde ihm warm. Denn die Klimaanlage im Wohnzimmer schaffte im ersten Stock schon keine Abkühlung mehr. Die Treppe aus dunklem Mahagoniholz wand sich hoch in den zweiten Stock. Mittlerweile bildeten sich Schweißperlen auf Fabers Stirn. Er sah im Flur die offene Bodenluke. Rike und Moser hatten sie mit einer Stange aufgezogen und die Treppe runtergelassen. Langsam stieg er die Stufen rauf, und als er halb mit dem Oberkörper durch die Luke war, blickte er sich um. Moser und Rike sahen sich vorsichtig den verstaubten Boden an.

»Bitte um Erlaubnis einzutreten«, meinte Faber. Er sah jedoch, wie die beiden kollektiv den Kopf schüttelten, und wartete auf der Treppe. Die Hitze im Dachboden war zum Schneiden.

»Noch ein paar Minuten, bis wir alles angesehen haben. Wir sind gleich fertig«, sagte Rike, und er blieb auf der Treppe stehen.

»Nee, nee und noch mal nee«, meinte Moser und winkte ab. »Sie brauchen gar nicht kommen, Faber, hier ist nichts. Kein müder Abdruck, die Staubschicht ist so solide, dass hier schon seit Monaten kein Mensch mehr war.«

»Tja«, meinte Rike und wischte sich mit dem Ärmel des Spurensicherungsanzugs den Schweiß von der Stirn. »Hier ist der Dieb nicht reingekommen, es sei denn, das Seemonster kann fliegen. Wir haben auch alle Fenster geprüft, keine Beschädigung.«

»Vielleicht kann euer Seemonster durch Wände gehen«, stichelte Moser, der sich solch abstrusen Theorien wie der eines Ekke Nekkepenn nur mit Humor und Ironie nähern konnte. Daher hatte er nur müde gelächelt, als ihn Rike aufgeklärt hatte, um was es ging.

»Gehen wir wieder runter«, meinte Rike und kam auf ihren Mann zu, der sofort in den zweiten Stock heruntersstieg. Als sie die Treppe runtergingen, meinte Rike: »Ich denke, der Dieb hatte einen Schlüssel. Wir sollten uns mit diesem Helge Freese unterhalten. Vielleicht hat er den Schlüssel irgendwo liegen lassen und jemand hat die Gelegenheit genutzt, ihn nachzumachen.«

»Einspruch, es ist ein Sicherheitsschloss, der Schlüssel hat einen Code und kann nicht einfach von jedem Mister Minit beziehungsweise Hobbyschlosser nachgemacht werden«, brummte Moser von hinten. »Wenn, dann hat er sich den Schlüssel geliehen, um hier einzusteigen, und zurückgebracht.«

Faber nickte, dann ging er gefolgt von Rike vor die Tür und zog sich den Anzug aus, um ihn in die bereitliegende Tüte zu stecken. In dem Moment kamen auch die beiden Streifenpolizisten wieder zum Haus zurück.

»Nichts zu machen, Herr Faber«, sagte der Ältere der beiden. »Keiner in der Nachbarschaft hat etwas gesehen oder gehört. Die Frau gegenüber sagte, dass Herr Horles Neffe gerade da ist, hat ihn aber gestern nicht gesehen.«

»Vielen Dank. Sagen Sie, Helge Freese wohnt hier in der Nähe?«

»Ja, am Ende der Straße, das kleine unscheinbare Häuschen. Es passt eigentlich gar nicht in die Villengegend. Hinter dieser Villa«, meinte der Polizist und nickte zu dem Haus von Herrn Horle, »ist ein Pool im Garten, bei Helge Freese ein kleiner Hühnerstall. Wahrscheinlich muss er sich mit ein paar Eiern die Rente aufbessern.«

»Wenn Sie uns nicht mehr brauchen, dann fahren wir zum Präsidium zurück. Wie gesagt, den Bericht bekommen Sie per Mail«, sagte der Jüngere, und sie verabschiedeten sich mit Handschlag bei den Kommissaren.

Die Waatstedt-Fabers gingen die Straße runter Richtung Freeses Haus, nachdem sie Philipp Bescheid gegeben hatten.

***

Der Beamte hatte recht behalten, Helge Freeses Haus war eine kleine Hütte im Vergleich zu den schönen alten Villen und Neubauten. Es wirkte in dieser Straße wie aus der Zeit gefallen. Als hätte man das kleine Haus mit den Schuppen im Hof vor Jahrzehnten vergessen. Wahrscheinlich hätte der Bau Anfang des zwanzigsten Jahrhunderts genauso dastehen können, wie er es jetzt tat. Was jedoch trotz des kargen Häuschens wunderschön herausstach, waren die blühenden Sträucher und Hecken im Vorgarten. Es war eine wahre Blütenexplosion, und um die Schmetterlingsbäume tanzte und flatterte es ausgiebig. Auch lag ein schwerer Duft in der Luft, der Bienen und Insekten anzog. Die beiden Kommissare gingen in die Hofeinfahrt, und weil sie jemanden hinten werkeln sahen, liefen sie weiter. Der Hinterhof erinnerte an die Siedlungen im Ruhrgebiet nach dem Krieg oder einen typischen ostdeutschen Hinterhof zu DDR-Zeiten. Es gab zwei kleine Holzschuppen mit Wellblechdächern. Eines davon war wohl ein Hühnerstall, denn als Faber den Hof betrat, kamen ihm mehrere Hennen entgegen, die ohne Scheu in seiner Nähe scharrten und gackerten. Wobei sich das Gackern eher wie ein ›Tock-tock-tock‹ anhörte. An dem kleinen Holztisch im Schatten des Hauses lag ein großer alter Berner Sennenhund, der sich jetzt auch gemüßigt sah, aufzustehen und die Besucher zu begutachten.

»Na du«, meinte Rike und kraulte das gutmütige große Tier. Faber sah sich nach Helge Freese um. Der stand an einem Holzverschlag mit Gittertürchen und fütterte gerade seine Kaninchen mit Löwenzahn und Gemüseresten.

»Moin, Herr Freese«, rief der Hauptkommissar laut und der Alte drehte sich um. In aller Ruhe verschloss er die letzte Tür und kam auf sie zu. Er trug einen Blaumann mit einem dunklen T-Shirt darunter und Sandalen an den Füßen. Auf seinem Kopf saß eine

Schiebermütze und in seinem faltigen Gesicht wuchsen weiße Bartstoppeln. Er mochte in etwa zehn Jahre jünger sein als Opa Knut und damit Anfang siebzig, doch er bewegte sich immer noch geschmeidig und voller Kraft. Auch hatten seine hellblauen Augen, die fast ins Grau übergingen, einen festen, energischen Ausdruck.

»Du büst mi en Hundje, to lei to blaffen«, meinte er vorwurfsvoll an seinen Berner Sennenhund gewandt und tätschelte seinen Kopf.

»Immerhin ist er hergekommen und hat uns begrüßt, wenn auch nicht gebellt. Ganz so faul ist er nicht«, meinte Faber und dann hielt er dem Mann die Hand hin. »Kriminalhauptkommissar Faber und das ist meine Kollegin Frau Waatstedt«, übernahm er die Vorstellung.

Helge Freese wischte seine Hand am Blaumann ab und schlug ein. »Wegen Horles Haus, richtig? Aber wieso Kripo, oder lag da ein Toter drin, den ich nicht gesehen habe?«, fragte er nicht ganz so ernst und erwartete keine Antwort. »Na, dann kommen Sie mal mit, hier im Schatten ist es angenehmer. Ich habe einen recht frischen Kaffee in der Thermoskanne.« Die beiden folgten Freese und nahmen Platz. Der Hof hatte etwas Heimeliges und Faber überlegte, ob er nicht endlich aus dem kleinen Stall, der neben seiner Alten Schule stand, etwas machen sollte. Benny, sein kleiner Sohn, fände Hühner bestimmt toll. Hier hinten summte und brummte es, weil überall Büsche mit Blüten standen. Neben dem Kaninchenstall war ein Gemüsebeet zu sehen mit Salat und Kartoffeln. Die Stangenbohnen waren gerade aufgegangen und blühten weiß und rot.

Der alte Mann hatte ihnen zwei Tassen Kaffee eingeschenkt und kleine Milchportionen aus dem Kühlschrank geholt. Dann setzte er sich zu ihnen und trank von seinem schwarzen Kaffee. »Sie wollen bestimmt wissen, wie das heute Morgen war?«, fragte er, fügte aber an: »Viel kann ich nicht sagen, habe nix gesehen!«

»Bitte erzählen Sie einfach, wie es war am Morgen, und auch, was Ihre Aufgabe in der Villa Horle ist«, meinte Rike und kraulte den Hund. Er saß neben ihr und hatte seinen schweren Kopf auf ihre Oberschenkel gelegt. Genüsslich schloss er die Augen, weil er mit Streicheleinheiten verwöhnt wurde.

Freese kratzte sich am Kopf und schob die Schiebermütze in den Nacken. Es erinnerte beide sofort an Knut, der das ebenfalls mit seiner Kapitänsmütze tat, wenn er nachdenken musste. »Ich kümmere mich um die Villa schon fast zwanzig Jahre, schon bevor

Horle sie kaufte. Früher nur als Gärtner, als dort noch permanent Leute lebten. Als der Horle das Grundstück gekauft hat, dachte ich schon, ich müsste mir was Neues suchen. Aber der brauchte auch jemanden in der Nähe, der nach dem Anwesen, dem Garten und vor allem dem Pool schaut, den er da eingebaut hat«, erklärte Freese und fing an erst einmal seine Pfeife zu stopfen. »Dabei ist das hier oben eine Verschwendung. So richtig heiß, um zu baden, wird es nur selten bei uns.«

»Und Sie wollten heute Morgen nach dem Garten sehen?«, drängte Rike ihn weiterzuerzählen.

Freese hielt einen Kaminanzünder an die Pfeife und paffte ein paar Mal, bis der Tabak rot glühte. »Ich sehe jeden Morgen nach dem Garten und dem Pool, und zwar immer um halb sieben, nachdem ich meine Viecher gefüttert habe. Erst danach frühstücke ich. Ich holte also zunächst das Laub aus dem Pool, damit Robert schwimmen kann. Er ist der Neffe, der momentan hier seine Ferien verbringt. Dann sah ich nach dem Garten und stellte den Rasensprenger an«, hielt sich der Mann penibel an den Ablauf seiner Tätigkeiten. »Weil der Rollladen vom Gästezimmer im ersten Stock nicht zu war, dachte ich, der Junge ist wach. Ich wollte kurz mit ihm einen Kaffee trinken und reden. Also ging ich an die Haustür.« Er runzelte die Stirn.

»War etwas außergewöhnlich?«, fragte Faber sofort.

»Na ja, ich fluchte ein wenig, weil die Haustür nicht abgeschlossen war, lediglich zugezogen. Aber da ich den Jungen im Haus wähnte, dachte ich, er war schon im Garten und hat nur hinter sich zugezogen. Darum ging ich ins Wohnzimmer, und da sah ich die Bescherung. Die kaputte Vitrine und das, was aus dem Schrank fehlte. Ich rief den Jungen laut, und als er sich nicht meldete, ging ich hoch. Sein Bett war unberührt. Dann rief ich gleich die Polizei und wartete draußen, wegen der Spuren und so.«

Faber nickte und trank von dem recht bitteren Kaffee, der wohl schon eine Weile in der Thermoskanne warmgehalten wurde. »Dieser Neffe, Robert …?«

»Robert Maasch«, half ihm Freese.

»Wissen Sie, wo sich Herr Maasch aufhalten könnte, wenn er heute Nacht anscheinend nicht zu Hause war? Hat er eine Freundin hier?«, hakte Faber nach und dachte an das Gästezimmer und das unbenutzte Bett, das er auch gesehen hatte.

Der alte Mann lachte laut auf, was einige seiner Hühner wohl als Aufforderung deuteten. In der Hoffnung auf Futter staksten sie auf den Tisch zu. Freese griff die letzten Salatblätter aus dem Korb auf dem Tisch und schmiss sie seinen Hühnern hin. Anschließend meinte er: »Der Junge sieht prima aus, ein bisschen so wie sein Onkel, als er ein junger berühmter Schlagersänger war. Robert hat an jeder Hand mindestens drei Deerns. Deshalb bekommt er hier in den Ferien auch öfters Ärger. Denn Leer ist ein Dorf und die Mädels erfahren früher oder später voneinander. Dann verschwindet er derart schnell, wie er manchmal gekommen ist.« Ein breites Lächeln erschien auf seinem faltigen Gesicht. »Ach ja, jung müsste man noch einmal sein!«

»Dann wissen Sie also nicht, wo wir ihn erreichen können?«, bohrte Rike nach.

»Eventuell hat er heute auf dem Boot geschlafen. Wenn er in Leer ausgeht und en bietje to vööl suppt, landet er zum Schlafen auf dem Boot. Herr Horle hat sein Boot, die Lavitare, dort im Yachthafen auf den Liegeplätzen der Stadtwerke. Ist direkt bei der Altstadt, dann schwankt man nur zum Boot und kann schlafen. Versuchen Sie es mal dort«, schlug Freese vor. »Wenn nicht, rufe ich Sie an, sobald der Jung wieder ins Haus kommt.«

Faber und Rike standen auf, der Hauptkommissar reichte ihm seine Visitenkarte und schüttelte Freese die Hand. Rike kraulte den großen Hund zum Abschied noch mal richtig, sodass er vor Wonne grunzte wie ein glückliches Schweinchen. »Ach, fast hätte ich vergessen zu fragen. Herr Horle sammelt ja so antike Geräte wie dieses Messinstrument, das verschwunden ist.« Freese nickte bestätigend. »Hat Herr Horle auch eine Münzsammlung oder interessiert er sich für alte Münzen?«

Freese kratzte sich am Kopf und blickte erstaunt. »Nicht, dass ich wüsste. Wie kommen Sie darauf?«, fragte er.

»Wir haben eine sehr alte Münze unter einem Schrank gefunden. Wir dachten, die sei dem Dieb vielleicht runtergefallen, ohne dass er es gemerkt hat«, erwiderte Faber und sah dem alten Mann ins Gesicht.

»Eigenartig, meines Wissens hat er keine Münzen gesammelt. Ich habe jedenfalls nie eine antike Münze bei ihm gesehen. Aber fragen Sie Herrn Horle, wenn Sie anrufen. Der hat alle seine Sachen extra versichert, weil die wertvoll sind. Die Liste schickt er Ihnen bestimmt.«

***

Philipp wartete bereits wieder in Zivilkleidung vor dem Haus. Doktor Moser und sein Team standen am Transit. Sie frühstückten gerade, anscheinend hatten sie sich heute Morgen gleich eine Thermoskanne Kaffee und belegte Brötchen mitgebracht. »Gut, dass ihr kommt, wir haben noch einen Tatort. Laurien hat angerufen, habt ihr denn eure Handys nicht an?«, meinte er vorwurfsvoll, und Faber sah Rike an. Sofort holte sie ihr Handy raus, sie hatte drei verpasste Anrufe vom Revier. Genau wie Faber auf seinem Handy.

»Verflucht, wir haben vergessen, sie laut zu schalten«, meinte er an Rike gewandt, dann sah er in Philipps anklagendes Gesicht. »Benny hatte heute Nacht ein bisschen Fieber und ist furchtbar schwer eingeschlafen. Weil er bei uns lag, haben wir Dienst mal Dienst sein lassen und die Handys stumm geschaltet.«

Sofort wurde aus Philipps arrogantem Blick der besorgte Ausdruck eines liebenden Onkels. »Ist denn mein Tüütje wieder okay?«, fragte er.

Rike nickte gelassen. »Heute Morgen war alles wie weggeblasen. Kinder eben, da kommt das Fieber und geht. Meistens hat es nicht viel zu sagen.«

»Also wisst ihr«, meinte der Doktor empört. »So etwas muss ich doch erfahren. Und mit dem Spruch ›Bei Kindern hat das nicht viel zu sagen‹ seid ihr ganz schön leichtsinnig.«

»Ach, Philipp, werde du erst mal Vater, dann weißt du auch, was wir meinen«, seufzte Faber. »Was ist jetzt mit dem neuen Tatort? Wo, wann und warum sind wir nicht schon unterwegs?«

Philipp schmunzelte geheimnisvoll und meinte: »Ich übe fleißig mit mien Froo!«

»Was?«, fragte Faber verwirrt, weil er gedanklich schon beim nächsten Tatort war.

Rike lachte laut und klärte ihn auf. Der Hauptkommissar runzelte die Stirn, doch als er verstand, lächelte er ebenfalls und meinte: »In dem Fall beeil dich, damit der Altersunterschied zu Benny nicht zu groß wird. So, und mehr Details will ich gar nicht hören. Also, was ist jetzt mit dem neuen Tatort? Ist ja wohl eine Premiere, dass unser Ungeheuer gleich zweimal in einer Nacht zuschlägt«, dachte er laut. »Na gut, man los, Philipp, worauf wartest du?«

»Für mich geht es nicht zum Tatort. Ihr bekommt mein Team, die fahren gleich nach Hesel, Moser hat die Koordinaten schon. Ich habe mich mit einem Altertumsforscher in Oldenburg verabredet, und wir werden eine Skype-Konferenz mit dem Museum Hannover abhalten. Daher werde ich die Münze im Labor zusammen mit dem Experten aufbereiten«, erklärte Philipp. Dann hob er den schweren Alu-Forensik-Koffer an und steuerte auf seinen Porsche zu. »Ich habe auch alle Spuren aus dem Haus dabei und lasse mit der Auswertung beginnen. Ich melde mich morgen, zur Not komme ich wieder«, rief er ihnen noch zu, stieg in seinen Sportwagen und war mit einem Kavalierstart verschwunden.

Rike und Faber schlenderten zu Moser, der gerade den Becher wieder auf die Thermoskanne schraubte. Doktor Moser war jetzt schon seit Jahren Philipps Assistent. Er schaute seinem Chef versonnen nach und meinte recht abgebrüht: »Nun, jetzt kann es wider Erwarten doch noch ein schöner Tag werden.«

»Moser, manchmal tun Sie Philipp unrecht«, wandte sich Rike an ihn.

»Meine liebe Kommissarin, Sie sind nur mit dem Chef befreundet. Ich hingegen arbeite für ihn, das ist, wie von ihm versklavt zu sein. Wenn die Gewerkschaft der Polizei in dem Fall nicht intervenieren würde, hätte er uns allen einen Nasenring verpasst, der uns als seine Leibeigenen kennzeichnet.«

Faber schüttelte den Kopf. »So ein Quatsch, Moser, Sie sind ihm lediglich zu ähnlich. Deshalb rappelt es dauernd zwischen Ihnen beiden. Und jetzt hören Sie mit Ihrem Zynismus auf und sagen uns lieber, wo der nächste Tatort liegt.«

»Hab ich Ihnen schon geschickt. Geben Sie uns ein bisschen Vorlauf, damit Sie nix zertrampeln. Wer weiß, was die Streife da schon angestellt hat.«

Rike nickte. »Okay, wir fahren erst mal zum Hafen und suchen den Neffen auf dem Boot. Danach kommen wir zu der Adresse. Dann hopp, hopp, Sklave!« Sie ließ ihr glockenhelles Lachen hören.

Auch Moser grinste verstohlen. »Lassen Sie das nicht Ihren Mann hören, meine hübsche Kommissarin. Der denkt sonst wer weiß was«, musste Moser das letzte Wort haben. Doch bevor ihn Faber zur Ordnung rufen konnte, war er schon auf der Beifahrerseite des Transits eingestiegen, und der verschwand genauso sportlich wie Schorlaus Porsche.

»Manchmal denke ich, unsere Kriminalmediziner haben beim Studium in der Pathologie zu viel Formalin eingeatmet«, brummte er nur. Formalin war ein Aldehydhydrat, das sich in wässriger Lösung bildete und mit dem Leichen für medizinische Universitäten aufbereitet wurden. Wer schon einmal eine medizinische Vorlesung in der Pathologie mit durch Formalin vorbereiteten Körpern erlebt hatte, kannte die reizende Wirkung auf Augen, Stimme und Lunge. Boshafte Zungen, besonders die der Physikstudenten, warfen den Kommilitonen in der Medizin immer vor, sich das Hirn beim Formalinschnüffeln in der Pathologie aufgeweicht zu haben. »Also, wie hieß das Boot von diesem Sänger noch?«, fragte er an seine Frau gewandt.

»Hast wohl auch ein paar Vorlesungen in der Pathologie zu viel gehabt«, ärgerte sie ihn und fügte an: »Oder wirst du alt? Es heißt Lavitare! Genau wie der Titel eines von Horles Liedern.« Dann fing Rike an die Melodie zu pfeifen und Faber wunderte sich. Denn auch er kannte das Stück, aber hatte es auf Englisch von einem Country-Sänger gehört, dessen Name ihm gerade nicht einfiel.

Während Faber aus der Gartenstraße fuhr, um am Julianenpark entlang zurück zur Hauptstraße zu kommen, telefonierte Rike mit Laurien. Sie sollte bei den Stadtwerken versuchen, den Liegeplatz der Lavitare herauszubekommen. Denn telefonisch konnte man solche Informationen nicht bekommen, da musste man den Stadtwerken schon die Mailadresse der Polizei in Emden geben. Sie waren mittlerweile von der Hauptstraße auf die Bremer Straße gefahren und hielten sich Richtung Altstadt. Der Freizeithafen mit den Liegeplätzen befand sich in der Nähe des Gebäudes der Touristeninformation. Von dort waren es nur ein paar Schritte zum Wasser und fünf bis zehn Minuten Fußmarsch zur Altstadt. Faber hatte Glück, denn gerade, als er zum Touristenbüro einbog, fuhr ein Wagen von einem der wenigen Parkplätze weg. Mittlerweile hatte Laurien Dampf gemacht und erfahren, dass die Lavitare unterhalb des Touristenbüros in Richtung des Rudervereins 1903 e.V. vor Anker lag.

»Hoffentlich ist es direkt an der Kaimauer, damit wir nicht noch über zwei schwankende Boote müssen«, meinte Faber besorgt. Er war nicht ganz so seefest, wie Rike und Knut es gerne gehabt hätten. Denn mit ihm auf dem Krabbenkutter rauszufahren endete jedes Mal mit stundenlanger Übelkeit. Da war sein kleiner Sohn Benny ein ganz anderes Kaliber. Er fuhr mit seinen vier Jahren leidenschaftlich gerne auf jeder Art Jolle oder Kutter. Hauptsache, sein Opa Knut war mit dabei, dann konnten die höchsten Wellen dem kleinen Kerl nichts antun.

»Keine Sorge, du Landratte«, meinte seine Frau. »Ich glaube, ich sehe das Boot. Ist gleich am Kai.« Sie zeigte zu dem Boot, das alleine etwas weiter rechts von ihnen festgemacht war. Sie gingen an dem sonnigen Tag gemütlich durch die Gruppen Eis schleckender Touristen. Manche Familien saßen auf den Stufen, die zur Kaimauer führten, und sonnten sich.

Die Lavitare war ein recht kleines Bénéteau-Boot mit einem Schlafzimmer und Kombüse. Aber die Lady war schon ordentlich in die Jahre gekommen. Nichtsdestotrotz hatte sie vor Jahren einmal einen Haufen Geld gekostet. Rike und Faber zogen sich die Schuhe und Strümpfe aus, wie es sich gehörte, wenn man eine Yacht mit Holzboden betrat, und stiegen über die Reling an Bord. Faber klopfte gegen die Holztür, die zugezogen war und nach unten führte. Da sich niemand meldete, schob er die Tür kurzerhand auf und rief laut Hallo. Entfernt hörte er ein Aufstöhnen und dann kam einer bis auf die Boxershorts unbekleideter junger Mann aus dem Schlafzimmer zur Treppe.

»Was wollen Sie?«, fragte er angestrengt. Rike und Faber sahen sich kurz an und schmunzelten. Dem jungen Mann standen die Haare zu Berge. Die Augen waren blutunterlaufen und er hielt sich krampfhaft an der Treppenführung fest.

»Sind Sie Robert Maasch?«, fragte Rike und ging ein paar Stufen nach unten. Die Kommissarin stoppte jedoch, als ihr ein Mief aus menschlichen Ausdünstungen und Alkohol entgegenkam. Noch bevor er antworten konnte, drehte sich Maasch plötzlich rasant um und flüchtete durch eine Tür, die er laut hinter sich zuknallte. Rike war völlig baff, doch als sie das Würgen hörte, ging sie recht schnell wieder hoch zu ihrem Mann.

»Hast du ihm schon angesehen, dass er gleich kotzen muss?«, fragte sie vorwurfsvoll, weil er nicht mit runtergekommen war.

»Ich habe die feinere Nase, und in dem Mief hätte ich mich gleich mit übergeben«, entschuldigte er sich. In dem Moment kam Robert Maasch erneut in die Kombüse zur Treppe.

»Entschuldigung, wer immer Sie sind, kommen Sie doch bitte heute Nachmittag wieder«, meinte er und sah noch elender aus.

»Okay«, meinte Rike. »Ich lasse Ihnen meine Visitenkarte da. Kommen Sie einfach aufs Präsidium in Emden, wenn Sie wieder nüchtern sind! Wenn das heute nichts mehr wird, rufen Sie mich an. Wir müssen dringend mit Ihnen sprechen.« Sie ließ ihre Visitenkarte nach unten segeln. In dem Moment fuhr ein Motorboot recht forsch ins Hafenbecken der Leda, und der Kahn fing durch die Wellen an zu schaukeln. Faber hielt sich erst krampfhaft fest und verließ anschließend das Boot so schnell, wie es ihm möglich war.

»Was ist denn eigentlich passiert? Sie sind eine Kommissarin«, sagte Herr Maasch, nachdem er die Karte aufgehoben hatte. Dann hob er die Hand und schien zu überlegen, ob er erneut ins Bad musste. »Ich komm später zu Ihnen, viel spä…«, weiter kam er nicht und verschwand wieder. Rike war froh, dass Faber das anschließende mitleiderregende Würgen nicht hörte. Denn als sie zu ihm auf den Kai trat, wo er sich die Schuhe gerade anzog, war er verdammt blass um die Nase.

»Du Ärmster! Die paar Minuten auf dem Boot haben gereicht. Ist dir sehr übel?«

Faber holte tief Luft. So langsam bekam er wieder Farbe im Gesicht. »Ich verstehe das nicht. Wie kann unser Benny bloß seefest sein und ich eine solche Landratte?«

»Das hat er von Opa«, scherzte Rike, weil die Familie Waatstedt nichts mit Bennys Genen zu tun hatte. Benny war der Sohn von Fabers Ex und damit nicht mit Rike blutsverwandt. »Apropos Opa Knut. Der sagt, wenn man seekrank ist und noch nicht rückwärts snackt, mutt man wat snabuleren!« Was auf Hochdeutsch nichts anderes bedeutete, als dass man etwas essen sollte, wenn einem schlecht war und man sich nicht bereits übergeben hatte. »Komm«, fuhr sie fort und sah auf die Uhr. »Fast Mittag, ich lade dich auf einen feinen *Fit und Vital*-Bowl hier am Hafen ein. Das Lokal *Schöne Aussichten* ist nur ein paar Schritte von hier entfernt. Dort schmeckt es und wir können auf das Hafenbecken schauen.« Sie reckte den Hals und sah auf die Terrasse des Restaurants. »Da sind sogar noch ein paar Tische frei.«

***

Wie so oft hatte Knut mit seinen Lebensweisheiten recht. Kaum war der erste Bissen runter, ging es Faber viel besser. Faber konnte danach seinen Bowl mit Thunfisch, Feta, Trauben, Walnüssen und Rucolasalat sehr genießen. Rike war ein bisschen wie Schorlau, sie hatte keine Probleme mit Kalorien und verschlang eine Portion Nachos und dazu hausgemachte Aioli mit Baguette und Oliven. »Loff un Dank«, sagte der Hauptkommissar und schob seine Salatschale von sich. »Mir geht es wieder gut. In der nächsten Zeit kriegt mich keiner mehr auf ein Boot.«

»Das hast du damals auch schon gesagt, als wir von Emden Richtung Helgoland rausmussten wegen der illegalen Verklappungen. Trotzdem bist du danach zweimal mit Benny und Opa raus. Du musst es wirklich lassen, es sei denn, wir holen dir was aus der Apotheke gegen Reisekrankheiten«, meinte seine Frau und zahlte. »Ich denke, Moser hatte jetzt auch genug Zeit, schon mal vorzuarbeiten. Lass uns jetzt zu dem zweiten Tatort fahren.«

Als sie zum Auto zurückgingen, fragte Faber: »Was hältst du eigentlich davon, dass unser Seemonster heute Nacht angeblich an zwei Stellen zugeschlagen hat?«

Rike zuckte mit den Schultern und stieg auf der Fahrerseite ein. Als auch Faber im Auto saß, startete sie und antwortete: »Unlogisch, das wäre eine Abweichung von der Vorgehensweise. Außerdem stört mich, dass in der Villa Holm so gar keine Spuren zu finden sind. Lass uns erst einmal herausbekommen, was an dem zweiten Tatort los ist.«

»Worauf willst du hinaus?«

»Also entweder der Tatort in Hesel, zu dem wir jetzt fahren, war der erste Bruch letzte Nacht, bei dem nichts zu holen war, was die Nummer zwei hier in Leer erklären würde, oder irgendwas stimmt nicht«, präzisierte sie.

»Du meinst, hier in der Gartenstraße, das war ein Trittbrettfahrer?«, erkundigte sich Faber eher rhetorisch und fuhr fort: »Denn das Seemonster hätte nicht die beiden Sextanten liegen lassen, oder? Außerdem sieht alles so aus, als hätte der Dieb in Leer einen Schlüssel gehabt.«

»Lass uns aufhören zu spekulieren, ich stell das Navi ein und du rufst mal diesen Schlagersänger an. Wir sollten die Liste der versicherten Antiquitäten bekommen. Vor allem sollte er uns etwas über die Münze erzählen«, meinte Rike und tippte die Adresse in Hesel ein. Sie fuhr zurück zur Hauptstraße und von dort zur Bundesstraße 436. Diese ging kurz vor Hesel in die B 72 über, und am Ende der Ortschaft hielt sie sich rechts in Richtung Altenheim. Das Haus, in das eingebrochen worden war, stand im Waldwinkel gegenüber der Kreuzgemeinde Bagband-Hesel. Als Rike vor einer alten Villa gegenüber der Kirche anhielt und den Motor abstellte, hörte Faber auf zu telefonieren.

»Netter Kerl, dieser Horle«, sagte der Hauptkommissar überzeugt. Er sah sich um und ließ die Umgebung auf sich wirken. Es war eine hübsche Wohngegend mit viel Grün. Nicht umsonst hieß die Straße Im Waldwinkel. Gleich neben der Villa auf der anderen Straßenseite fing ein schattiger, dichter Laubwald an. Der Heseler Wald war ein fünfundzwanzig Hektar großes Naturschutzgebiet, das sich östlich von Hesel erstreckte und Eigentum der Niedersächsischen Landesforsten war. »Horle hat nie Münzen gesammelt und kann sich den Fund der alten Münze nicht erklären. Er war sehr traurig, diesen Theo-Dingsda verloren zu haben. Ich meine, das antike Messgerät, es war wohl um die fünfzehntausend Euro wert. Die Sextanten, die stehen blieben, sind aber auch nicht billig. Warum der Dieb die nicht mitnahm, sei dahingestellt.«

Rike nickte, und sie gingen in Richtung der offenen Haustür. »Hast du daran gedacht, für Monika um ein Autogramm zu bitten?«, meinte sie eher scherzhaft.

»Da ich in letzter Zeit auch mal an meine Karriere denke und ein wenig nach oben buckele, habe ich das getan. Er schickt mir ein Autogramm mit Widmung für Monika Altmann, die Pressesprecherin des Polizeipräsidenten Oldenburg, zu. Zusammen mit einer Kopie der Versicherungspolice und der detaillierten Liste«, erwiderte Faber.

»Brav! So langsam wirst du ein guter Ehemann und Familienvater. Dazu gehört, dass du ab und zu an deine Karriere denkst«, verkohlte Rike ihn eher, als dass sie es ernst meinte.

Faber sah sie an und griff in den Karton neben der offenen Tür, um sich wieder einen Spurensicherungsanzug rauszunehmen. Dieses Mal zog er sein Jackett jedoch aus, denn das alte Haus sah nicht nach Klimaanlage aus. »Apropos Familienvater, meinte Philipp das ernst? Will er wirklich Vater werden?«, fragte er skeptisch. Seine Frau war in diesen Dingen etwas intimer mit seinem Freund und vor allem mit Philipps Frau.

Rike lachte auf und zog den Reißverschluss des weißen Anzugs hoch. Dann nahm sie sich die blauen Plastiküberzieher für die Schuhe. »Und ob«, erwiderte sie. »Die beiden gehen da ganz wissenschaftlich ran. Die Verhütung wurde bereits vor den Flitterwochen gänzlich eingestellt«, erzählte sie und fügte an: »Und wenn Philipp es mal ganz eilig hat, nach Oldenburg zu kommen …«

Faber unterbrach sie und sagte: »So wie heute!«

»So wie heute, dann ist damit zu rechnen, dass fruchtbare Tage anstehen!« Sie zwinkerte ihrem Mann zu und Faber grinste in sich hinein.

Anschließend sah er sie nachdenklich an. »Weißt du was, du findest doch unsere Situation mit Benny mittlerweile ganz klasse, oder?«, fragte er und wartete, bis Rike enthusiastisch nickte. »Wollen wir nich auch noch was Kleines angehen?« Er sah seine Frau genau an. Bevor Benny wie ein Komet eher unfreiwillig in ihre Ehe eingeschlagen hatte, hatte Rike keine eigenen Kinder gewollt. Mittlerweile war sie eine wunderbare Mama und liebte Benny sehr. Weil ihre Gesichtsmimik nicht viel hergab, fügte er an: »Ich meine ja nur, Benny reicht auch, wenn du nicht willst. Wir sind glücklich, so oder so!«

»Ofwachten un Tee drinken!«, war alles, was Rike mit einem Schmunzeln auf Platt sagte, dann ging sie ins Haus.

»Aber vom Abwarten und Teetrinken klappt das nicht«, murmelte Faber in sich hinein, obwohl ihn die Reaktion seiner Frau ermutigte. Im Gegenteil zu früher hatte sie ja nun nicht Nein dazu gesagt.

Während Faber mit den Forensikern unten eine Bestandsaufnahme machte, ging Rike gleich wieder hoch auf den Dachboden, wo Doktor Moser zugange war. Wie es den Anschein hatte, waren hier wesentlich mehr antike Stücke gestohlen worden als bei dem Sänger Horle. Damit war ihre Theorie, dass dies der erste, erfolglose Einbruch der letzten Nacht gewesen war, dahin. Faber kam immer mehr zu der Einsicht, dass die beiden Einbrüche nichts miteinander zu tun hatten.

»Faber, komm mal hoch«, hörte er dann dumpf Rikes Stimme von oben. Er machte sich wieder auf in die obersten Stockwerke. Auch in diesem Gebäude gab es einen Dachboden, den man mit einer sogenannten Ruckzuck-Treppe ausgestattet hatte. Obwohl diese bereits 1922 patentiert worden war, fand man sie vermehrt in den Nachkriegshäusern. Der Hauptkommissar krabbelte hoch und blickte zu Moser und Rike, die vorsichtig auf dem verstaubten Boden agierten und Beweis-Markierungsschilder aufgestellt hatten. Wenn das jedoch Schuhabdrücke im Staub darstellen sollten, war der Einbrecher ein Riese mit einer Schrittlänge von mehreren Metern, dachte der Hauptkommissar.

Moser schoss professionellere Fotos mit einer Canon, die extra für die Forensik umgebaut worden war. Die Kommissarin schickte Faber per SMS ein paar der Aufnahmen, die sie schnell mit ihrem Handy gemacht hatte. Als er sich, immer noch auf der Treppe stehend, die Bilder ansah, seufzte er. Es war ein recht glatter Abdruck, aber nicht von einem Fuß mit nur zwei Zehen, wie sie es auf dem Video der Sicherheitskamera aus Sylt gesehen hatten. Dafür war die Spur zu klein.

»Was zum Teufel ist das denn? Jagt ihr hier auf dem Dachboden Tierspuren nach?«, konnte sich Faber nicht bremsen.

»Wenn dem so wäre, kämen die größeren Abdrücke einem Kamel am nächsten«, meinte Moser trocken. »Das ist jedoch noch unwahrscheinlicher als diese unmöglichen Bewegungen, die wir gerade dokumentieren. Es sieht so aus, als ob unser Monster mit den zwei Zehen eine Art Pas de deux getanzt hat. Wobei das in dem Fall dann wohl Pas d' un heißen müsste«, meinte Moser nachdenklich.

»Nein, es heißt Pas seul«, korrigierte ihn Rike. »Aber es stimmt, wer immer hier über den Dachboden gehüpft oder geflogen ist, hat sich bewegt wie ein Trapezkünstler, der ab und zu unten aufgekommen ist. Vielleicht hätte ein Rudolf Nurejew so etwas geschafft! In seinen besten Zeiten hatte er die Sprungkraft, um solche Distanzen zu überwinden.«

Moser blickte demonstrativ nach oben und schüttelte wieder den Kopf, bevor er fotografierte. »Also, wenn ich mich nicht irre, ist dein Nurejew hier abgesprungen, hat sich dann mit dem Fuß am Balken an der Decke abgestoßen und flog weiter, bis er etwa bei der Treppe aufkam. Weniger Ballett, mehr Spiderman!«

Faber schnaufte laut und ging runter. Manchmal ging ihm Moser genauso auf den Wecker wie Philipp. Hier war also ihr mysteriöser Ekke Nekkepenn unterwegs gewesen. Ein Typ mit dem Fußabdruck eines Kamels, der springt wie Nurejew und an der Decke rumkrabbelt, als wäre er Spiderman. »Na klasse!«, sagte der Hauptkommissar laut zu sich selbst.

Kapitel 3

Sie kamen erst am Nachmittag wieder im Polizeipräsidium Emden an. Mittlerweile war Faber völlig genervt. Moser hatte ihm noch einen Vortrag gehalten über Schwerkraft. Jedoch hatte er am Ende versprochen, eine Computersimulation mit den gefundenen Abdrücken anzufertigen. Damit wollte er prüfen, ob solche Bewegungsabläufe überhaupt für einen Menschen möglich wären. Philipp hatte das schon des Öfteren für sie gemacht, vorrangig mit von Blut verspritzten Tatorten, um den Tathergang ungefähr rekonstruieren zu können. Daher beschloss Faber erst einmal, jegliche weitere Spekulation über dieses eigenartige Eindringen in das Haus auf Eis zu legen. Sie parkten wie immer hinter dem Revier und wollten gerade die Treppe hoch in ihr Großraumbüro, als der Wachhabende sie abfing.

»Hauptkommissar, da wartet ein gewisser Robert Maasch auf Sie. Er sagt, Sie wollten ihn so schnell wie möglich sprechen.«

»Danke, lassen Sie ihn rein, wir nehmen ihn gleich mit«, erwiderte Faber. Der Summer der Glastür ertönte und man winkte den Neffen von Jürgen Horle herein. Faber schüttelte ihm die Hand. Der junge Mann war zwar immer noch ein bisschen blass, erweckte jedoch den Eindruck, endlich nüchtern zu sein.

»Na, da haben Sie ja gestern ordentlich gefeiert«, bemerkte Rike und schmunzelte, während sie hoch ins Großraumbüro gingen.

»Erinnern Sie mich ja nicht daran. Herrje, ich hatte vielleicht einen sitzen!«

Rike führte ihn erst einmal in eines der Verhörzimmer, während Faber für alle drei Espresso macchiato brühte. Er steckte nur kurz seinen Kopf ins Büro, um seine Leute zu begrüßen, ging dann aber gleich weiter ins Besprechungszimmer.

»Haben Sie etwas dagegen, wenn wir das Gespräch aufzeichnen?«

Robert Maasch blickte zwar ein bisschen erstaunt, nickte jedoch. So schaltete Faber das Gerät ein und nahm die Personalien auf. »Herr Robert Maasch wird befragt im Zusammenhang mit dem Einbruch in die Villa seines Onkels Jürgen Horle, in der Gartenstraße in Leer.«

»Wie jetzt, da ist eingebrochen worden?«, fragte Maasch erstaunt und klang dabei verdammt ehrlich. Anschließend machte er ein schnaubendes Geräusch und fügte an: »Da hab ich ja Glück gehabt, dass ich nicht dort war in der Nacht. Ist viel geklaut worden?«

»Sie sagen, dass Sie nicht dort waren in der Nacht. Wann waren Sie denn das letzte Mal in der Villa?«, fragte Rike und ignorierte seine Frage.

Robert dachte nach und meinte dann: »Gegen halb fünf etwa. Ich habe geduscht, mich umgezogen und bin mit dem Bus runter in die Innenstadt. Mirco, ein Freund von mir, hat beim Boot auf mich gewartet. Wir haben uns am Hafen im Lokal *Schöne Aussichten* ordentlich scharfe Tacos, Burger und Pommes reingezogen. Sie wissen schon, eine echte Basis schaffen. Dort haben wir vorgeglüht und sind anschließend ins *Mulligan's*. Ich glaube, danach weiter in die Szenerie und dann ins *Night Fever*«, erzählte der junge Mann und verzog das Gesicht. »Ab da wird es etwas nebelig, aber wir waren in netter Gesellschaft, daran erinnere ich mich noch.«

»Sagen Sie mal, hatten Sie Geburtstag oder feiern Sie immer so?«, konnte sich Faber nicht bremsen, auch wenn das nicht gerade eine professionelle Frage war.

Robert Maasch grinste den Kommissar an. »Nö, richtigen Grund brauchen wir nicht, um hier loszulegen. Ich war früher als Kind oft in den Ferien bei meinem Onkel, deshalb habe ich immer noch echt tolle Freunde hier. Aber gestern hatten wir etwas zu feiern!«

Da er nicht weitersprach, meinte Rike: »Und?«

»Na, meinen Schatz!«, sagte der junge Mann und klang wie Gollum aus *Herr der Ringe* von Tolkien. »Ich habe wirklich durch Zufall einen Schatz gefunden!«

»Wie bitte?«, fragte Faber und dachte einen Moment, das Kerlchen wollte ihn auf den Arm nehmen. Redet er vielleicht von der Münze, die wir gefunden haben?, dachte er.

»Stellen Sie sich vor, ich hab diesen alten Rucksack gefunden und darin waren völlig zusammengebackene alte Münzen«, erzählte Maasch.

»Moment mal. Von vorne, wie war das und vor allem, wo war das?«, hakte Rike nach.

»Gestern Nachmittag war ich mit Mieke beim Ammersumer Sieltief. Wir haben einen Fahrradausflug dahin gemacht. Ist etwa eine Stunde Fahrt«, erklärte er jetzt detaillierter. »Da ist ein lauschiges Plätzchen, ein kleiner See, in dem man sogar schwimmen kann.

Umgeben von einem Wäldchen«, sagte er und sah die Polizisten besorgt an. »Tut mir leid, das ist zwar Privatbesitz, aber wir sind trotzdem da hin, weil es einsam ist.«

»Sie wollten also schwimmen gehen?«, fragte Faber immer noch nicht sicher, ob das Kerlchen ihn verulken wollte.

Robert Maasch wurde ein bisschen rot im Gesicht. »Na ja, wir hatten keine Schwimmsachen dabei und ich versuchte Mieke zu überreden, mit mir nackt zu schwimmen. Doch die Dame war nicht gerade davon begeistert. Als ich hüllenlos, wie ich geschaffen wurde, vor ihr stand, fand sie das nicht so prall und schubste mich ins Wasser«, drückte er es reichlich poetisch aus. »Dabei flog ich über einen großen Baum, der dort entwurzelt lag, in den See. Mieke haute unter lautem Fluchen einfach ab. Als ich aus dem Wasser kam, sah ich den Rucksack im Wurzelgeäst. Der war verdammt schwer. Tja, da lagen die Münzen dann drin. Die sahen aus, als wären sie gerade erst ausgegraben worden und in dem Rucksack gelandet. Auch der Rucksack hatte schon seine Jahre auf dem Buckel. Das war so ein alter Gebirgsjägerrucksack und schwer verwittert, doch er hielt trotz der Münzen, die verdammt schwer waren.«

»Und dann?«, half Rike ihm auf die Sprünge.

Maasch sah sie mit großen Augen an. »Na, was wohl. Ich habe mich wieder angezogen, den Rucksack hinten in den Fahrradkorb geschmissen und bin zurück zur Villa. Dort habe ich mir die Münzen etwas genauer angesehen. Mit ein bisschen Glück sind die vielleicht vergoldet und bringen was bei Sammlern oder in einem Antiquitätengeschäft. Wie gesagt, ich habe dann geduscht und mich mit Mirco getroffen.«

»Haben Sie den Rucksack in der Villa gelassen?«, bohrte Faber weiter.

Maasch nickte. »Im Wohnzimmer«, meinte er und plötzlich fiel es ihm wie Schuppen von den Augen. »Oh nein, sind die etwa weg?«

»Tut mir leid, wir haben keinen Rucksack mehr gefunden. Der verschwand zusammen mit einem antiken Messgerät«, klärte Rike ihn auf. »Jedoch haben wir eine Münze unter der Vitrine gefunden und die ist mittlerweile in unserem Kriminallabor und wird bestimmt.«

»Wie gewonnen, so zerronnen«, konstatierte der junge Mann und zuckte mit den Schultern. »Stimmt, mir ist eines der Dinger aus dem

Rucksack gekugelt und weggerollt. Aber ich habe nicht lange gesucht, weil ich weg wollte. Sagen Sie, die waren doch wohl nicht wertvoll, oder? Das mit dem Schatz war eigentlich nur ein Vorwand, richtig einen trinken zu gehen. Ich habe nicht damit gerechnet, dass ich da wirklich was Hochwertiges gefunden habe.«

»Wem haben Sie denn von den Münzen erzählt?«, fragte Rike ihn.

Maasch biss sich auf die Unterlippe, er schien nachzudenken. »Mirco auf jeden Fall und dann der Barkeeperin vom *Night Fever* und auch den beiden Mädels, mit denen wir rumzogen. Deswegen habe ich die eine oder andere Runde auf den Schatz geschmissen.«

Faber nickte und konnte sich vorstellen, wie er damit angegeben hatte, um ein Mädchen abzuschleppen. »Wir brauchen die Namen aller, wenn es geht, ebenfalls Adressen und Telefonnummern.«

»Auweia, ob ich die noch zusammenkriege«, bezweifelte der junge Mann lautstark.

Faber stoppte die Aufnahme und überließ Maasch einen Block und einen Stift, um die Namen aufzuschreiben. Bevor er den Verhörraum verließ, drehte er sich noch mal um. »Sagen Sie mal, wieso fährt man zu einem See mit einem Mädel, wenn man im Garten einen Pool hat?«, fragte er etwas naiv.

Maasch bekam wieder rote Wangen. »Was meinen Sie, wenn mich der alte Freese in flagranti beim, na Sie wissen schon, erwischt hätte? Dem trau ich zu, dass er mir immer noch den Hintern versohlt, so wie früher, wenn wir Dummheiten machten.«

***

Der Hauptkommissar riet dem jungen Mann, heute Nacht erneut auf dem Boot zu schlafen. Er hatte von Jürgen Horle am Telefon erfahren, dass Helge sich morgen um die Reinigung des Tatorts kümmern würde. Wobei es sich in dem Fall hauptsächlich um eine gründliche Säuberung des Fingerabdruckpulvers in der Villa handelte. Leichentatorte hingegen waren ein ganz anderes Kaliber. Denn so verrückt es auch klingen mochte, bei der Reinigung und den Kosten ging es um das Verursacherprinzip. Und der Verursacher war die Leiche. Damit mussten sich Angehörige darum kümmern, was bei einem Mord oder Suizid eine zusätzliche Belastung darstellte. Daher war es meistens die Polizei, die Angehörigen und Hinterbliebenen die Adressen von Tatortreinigungsunternehmen gab. Diese Arbeit konnte und sollte nur von speziell ausgebildeten Mitarbeitern solcher Unternehmen ausgeführt werden, da man normalen Putzkräften den Anblick von Leichentatorten in der Regel nicht zumuten konnte. Abgesehen davon waren andere Reinigungsmittel und Chemikalien vonnöten, um auch Schädlinge und Gerüche wieder wegzubekommen.

Wenn man nicht gerade bei der Polizei arbeitete, machte man sich als Normalbürger wahrscheinlich nie Gedanken darüber. Erst die Comedy-Miniserie ›Der Tatortreiniger‹ hatte diesen Beruf vor ein paar Jahren bekannt gemacht. Der Schauspieler Bjarne Mädel hatte den fast philosophischen Tatortreiniger Schotty so himmlisch gespielt, dass Faber darüber hatte laut lachen können. Etwas, das wahrscheinlich bei Kriminalisten und dem Thema Tatort nicht oft vorkam.

»Wir holen Sie morgen früh am Boot ab und fahren mit Ihnen zur Fundstelle der Münzen«, sagte Faber zu Robert Maasch. »Darum lassen Sie besser die Finger vom Alkohol heute Abend. Wir sind gegen neun Uhr bei Ihnen!« Der junge Mann nickte brav und trollte sich.

»Willst du wirklich ohne Spusi dahin?«, fragte ihn seine Frau, als sie in Richtung Großraumbüro gingen.

Der Hauptkommissar überlegte kurz, dann meinte er: »Bevor wir gleich nach Hause gehen, rufe ich Philipp noch mal an. Vielleicht kann er morgen rüberkommen. Außerdem möchte ich wissen, ob er mit der Münze weitergekommen ist.«

»Aber vorher willst du Laurien interviewen, was sie heute rausbekommen haben, richtig?«

Faber sah sich um, und da niemand zu sehen war, drückte er ihr einen kurzen Kuss auf. »Richtig!«, beantwortete er ihre Frage.

Friedhelm und Torben hatten bereits um halb fünf Feierabend gemacht, weil sie an den Montagen immer gemeinsam mit ihren Frauen zum Kegeln gingen. Die Routine wurde nur unterbrochen, wenn ein Fall die beiden Polizisten davon abhielt. Ekke Nekkepenn schien ihnen nicht so dringlich zu sein. Auch Tamme und Sonja räumten gerade zusammen.

»Gab es etwas Interessantes, das heute noch besprochen werden muss?«, fragte der Chef deshalb. Er wollte seine Leute in den verdienten Feierabend entlassen. An irgendeiner Stelle wurden die meisten Fälle brandheiß und es reichte, wenn sie sich dann die Überstunden um die Ohren schlagen mussten.

»Deine Stellvertreterin klärt dich auf«, meinte Tamme und tippte sich zum Abschied an die Stirn. Er grinste in Lauriens Richtung. Die schüttelte nur den Kopf, als er mit Sonja fröhlich pfeifend die Treppe nach unten ging.

»Wie hältst du es bloß aus mit diesen Kindern?«, fragte sie in ihrer unterkühlten hanseatischen Art.

Faber lachte. »Wie mit euch allen. Ich sage mir immer: Jedem Tierchen sein Pläsierchen!«

»Sehr witzig!«, konterte Laurien. »Willst du jetzt ein Briefing von mir?«

Faber seufzte. »Muss das unbedingt sein, hast du was Gutes für uns?«

»Nichts, das nicht bis morgen warten kann. Haut schon ab, ihr wollt sicher auch nach Hause«, meinte die Kommissarin und sah auf die Uhr. »Melde dich bei Philipp, der hat es vor einer Stunde versucht, als du im Verhör warst. Er sagte, er hätte interessante Neuigkeiten, die nicht warten können.«

»Alls klaar, maakt wi von unnerwegens«, antwortete er auf Platt. »Weest bedankt för di good Arbeid un en fein Fieravend. Koom, mien Froo, of na Huus«, erwiderte Faber fröhlich und zog Rike bei der Hand zur Tür.

Laurien schüttelte erneut den Kopf. »Der ist genauso ein Kindskopf wie alle hier. Gut, dass ich auf den Kindergarten aufpasse!«

Rike saß am Steuer und lachte immer noch über den Auftritt ihres Mannes. Faber schaltete die Freisprechanlage an, als sie Emden gerade in Richtung Pewsum verließen. Philipps Handy klingelte drei Mal, bis er dranging. »Na endlich, wird Zeit. Mann, Mann, Mann, da bittet man um einen Rückruf und es dauert Stunden«, musste sich der Hauptkommissar vom Chef der Forensik anhören.

»Jaja«, war erst einmal alles, was Faber dazu sagte. Plötzlich hörte er bei Philipp im Hintergrund ein helles Kinderlachen, das er nur zu gut kannte. »Sag mal, wo bist du? Das ist doch unser Benny, der da lacht.«

»Tja, wenn du dich nicht meldest und zurückrufst, kann ich dich ja auch nicht fragen, ob es dir recht ist, wenn Silvia und ich heute bei euch in Klein Hauen bleiben. So sah ich mich gezwungen, einfach loszufahren. Jedenfalls hat sich dein Sohn und auch Knut über unsere Ankunft sehr gefreut. Und gerade habe ich beim Griechen in Greetsiel leckeres Essen für uns alle sechs bestellt. Fahr beim *Zorbas* vorbei und hol es ab. Bekommst das Geld von mir wieder«, befahl Philipp und legte auf.

Rikes glockenhelles Lachen ertönte, als sie das Gesicht ihres Mannes im Augenwinkel sah. »Wie schön«, meinte er sarkastisch, »wir haben Besuch, liebe Rike.«

Seine Frau tätschelte ihm beruhigend den Oberschenkel. »Ach komm. Erstens freue ich mich, Silvia wiederzusehen, und zweitens ist Benny ganz vernarrt in seinen Onkel Flip.«

»Mhm«, brummte Faber. »Eigentlich wollte ich aber heute Nacht das Thema ›abwarten und Tee trinken‹ mal wieder aufgreifen, wenn du weißt, was ich meine. Doch anstatt mit meiner Frau zu kuscheln, streckt mir heute Nacht Benny seine Stinkfüße auf den Bauch, wenn er sich auf unserer Ritze breitmacht.«

»Oh, mein armer vernachlässigter Mann«, meinte Rike und streichelte ihm kurz über die Wange, bevor sie nach Hinte abbog. »Wir geben Benny Knut mit, dann freuen sich die beiden auch!«

Mit Bergen von griechischem Essen kamen sie eine Dreiviertelstunde später bei der Alten Schule an. Philipp spielte mit Opa und Benny draußen Fußball. Sein Porsche und Silvias BMW-Cabrio waren vorsichtshalber auf der Straße geparkt. Die Stalltür sollte das Tor darstellen und in Ermangelung einer zweiten Tür wohl auch das einzige Tor sein. Silvia saß gemütlich mit einem Glas Weißweinschorle auf der blauen Holzbank neben der Eingangstür. Vorsichtig parkte Rike den Wagen außerhalb der Schussweite. Doch in dem Moment, als Benny ihr Auto sah, war der Ball vergessen und er rannte auf sie zu. Als Erstes schmiss er sich in Rikes Arme, sodass sie fast aus der Hocke auf dem Hosenboden gelandet wäre. Nach einer Kussorgie, die der Kleine überall auf Rikes Gesicht verteilte, rannte er weiter zu seinem Papa. Wie immer fing Faber den Jungen auf und drehte sich mit ihm um die eigene Achse, bis beiden ganz dusselig wurde. Dann ließ er Benny runter. Der taumelte regelrecht zu Opa zurück.

»Feierabend mit Fußball, ich brauche eine Menge Hände, um das Essen für die Fußballmannschaft reinzutragen.« Sein Freund bestellte grundsätzlich mehr, als man essen sollte und meistens auch konnte. Daher blieb bei solchen Orgien viel übrig. Dennoch waren alle anschließend etwas überfressen. Aber Philipp ließ sich einfach nicht davon abbringen und bestand zudem immer darauf, seine Bestellungen auch zu bezahlen. Wenigstens hatten Opa und Benny dann morgen auch noch ein Mittagessen.

Wie eine Großfamilie auf dem Bauernhof saßen sie um den reichlich gedeckten Tisch. Opa wie immer am Kopfende und Benny zwischen Faber und Rike. Opa Knut hatte den Kinderstuhl von Benny mittlerweile so zurechtgesägt, dass er wie die Erwachsenen am Tisch sitzen konnte. Das machte den kleinen Kerl furchtbar stolz. Faber stand mit Bennys Teller in der Hand und deutete auf die Speisen. Wenn sein Junge nickte, häufte er ihm eine kleine Portion auf den Teller. Obwohl Richard Faber ein Pescetarier war, also kein Fleisch, aber Fisch aß, liebte sein kleines Kerlchen Wurst und Fleisch wie ein richtiger Urenkel von Knut. So stand jetzt vor dem Jungen Gyros mit ordentlich viel Zaziki. Wenigstens hatte er auch bei den großen weißen Bohnen und beim Krautsalat genickt. Wie bei fast allen Kindern waren Gemüse und Salat nicht Bennys erste Priorität.

Knut nahm sich reichlich von der Grillplatte, die von Souflaki über Lammkotelett bis hin zu Rinderleber alles aufweisen konnte. Griechische Nudeln, überbackene Kartoffelscheiben und Salat wurden als Beilagen gereicht. Außerdem gab es eine gemischte Vorspeisenplatte, die alleine schon zwei Erwachsene satt gemacht hätte. Für Faber hatte Philipp die Gemüsepfanne, Scampi in Knoblauchsoße und Saganaki bestellt. Als Opa sich die Kapitänsmütze in den Nacken schob und Rike ansah, bevor er sich ein Stück Souflaki in den Mund schob, wusste sie sofort Bescheid.

»Opa, wenn ich dir von unserem neuen Fall erzählen soll, schimpft Faber, weil ich mit vollem Mund sprechen muss«, gab sie zu bedenken.

»Mach nur«, meinte ihr Mann und sah Philipp schelmisch an, der ihr gegenübersaß.

»Undank ist der Welten Lohn, mich kannst du ja ruhig vollspucken«, sagte er und Benny fing an zu lachen. Er fand es wohl witzig, dass Flip vollgespuckt werden sollte.

»Hier wird nicht gespuckt«, ermahnte ihn Faber deshalb. Solche Sprüche führten immer dazu, dass Benny sehr kreativ wurde.

Rike gab sich ehrlich Mühe, immer erst den Mund leer zu kauen, bevor sie redete, um Benny ein gutes Vorbild zu sein. Sowohl Knut als auch Silvia hörten höchst interessiert ihrem Vortrag zu. »Kinners«, sagte Opa, als sie zu Ende gekommen war. »Ekke Nekkepenn, das ist ja ein Ding!«

»Opa, was is Ekke Nekke?«, fragte Benny sofort, leider mit vollem Mund.

»Das, mien Jung, ist ein Meermann. Eine Figur aus einem Märchen, so etwas wie eine Meerjungfrau, nur männlich!«, erklärte Opa seinem Urenkel.

»Arell! Meerfrau«, meinte Benny zufrieden, weil er verstanden hatte, und stopfte sich Gyros mit Quark in den Mund.

»Arielle«, verbesserte Philipp ihn. »Ganz genau, und Ekke ist ein Mann, der im Meer lebt!« Benny nickte und kaute mit roten Bäckchen zufrieden auf seinem Gyros herum.

»Na ja«, meinte Faber. »Auf jeden Fall ist der Kerl oder die Deern mit der Maske ziemlich gut trainiert, um solche akrobatischen Einbrüche hinzubekommen.«

»Es ist ein Kerl«, sagte Rike zu Fabers Erstaunen. »Laurien hat mir eine SMS geschickt, da die Information reinkam, als wir schon weg waren. Sie hatte die Aufnahme vom Notruf angefordert. Es war ein Mann, der Hilfe für die alte Frau auf Sylt anforderte. Die Stimme klingt eher nach einem jungen Mann. Wir können uns das morgen anhören.«

»Das machen wir gleich, nachdem wir mit Philipp und Silvia beim Fundort der Münzen waren. Ich hoffe, du hast deinen silbernen Zauberkoffer dabei. Zusammen mit Silvia seid ihr doch ein tolles Spurensicherungsteam«, meinte Faber und sah, wie Silvia den Mund verzog.

»Flip hat einen Zauberkoffer?«, fragte Benny interessiert und versuchte mit seiner kleinen Holzgabel eine Bohne aufzuspießen, was gar nicht so einfach war. Erst als er beide Hände dazu benutzte, gelang es ihm.

»Oh ja! Den zeige ich dir morgen«, erwiderte Philipp. Er ignorierte Benny nie, auch wenn sie mitten in einer Unterhaltung waren. Rike und Faber hatten sich das abgewöhnt, sonst wären sie nicht mehr in der Lage gewesen, überhaupt ein Gespräch zu führen. Manchmal war Benny eine richtige kleine Quasselstrippe. Vor allem seit er sich eingelebt hatte und wieder richtig glücklich war. Am Anfang hatte der kleine Kerl viel zu nachdenklich und scheu für sein Alter gewirkt. »Aber jetzt solltest du langsam mal fragen, warum meine Frau und ich so schnell hierher geeilt sind«, machte es Schorlau spannend.

»Um für uns beim Griechen Essen zu besorgen?«, fragte Faber und schmunzelte.

»Um gegen Benny mit der Carrera-Bahn zu verlieren?«, spielte Rike ebenfalls mit.

»Um mit deiner Frau einen Ausflug zu machen?«, stimmte zur Freude aller auch Silvia ein.

»Flip will mit Benny zaubern«, steuerte der Kleine bei und schallendes Gelächter brach los.

Philipp schüttelte den Kopf. »Ihr seid ein Kindergarten, außer Benny natürlich. Knut, du könntest mir mal beistehen.«

Knut runzelte die Stirn und sagte: »Lass mich man nachdenken. Ich hab es, du bist hier, um uns alle mit deiner Anwesenheit zu erfreuen!« Jetzt gab es kein Halten mehr. Sich auf Schorlaus Kosten zu amüsieren, fühlte sich immer besonders gut an.

»Ihr Bande!«, empörte er sich. »Nein, ich habe etwas zu der Münze herausbekommen, was wirklich interessant ist. Daher dachte ich, meine beiden Kommissare wollen es gleich wissen. So nahmen ich und meine Frau die lange Anfahrt in Kauf, nur damit ich von euch veräppelt werde.«

Faber breitete die Arme aus und Benny tat es ihm gleich. Mit theatralischem Gesicht sagte er: »Mea culpa, mea maxima culpa.« Jetzt sah Benny ihn von der Seite an und verzog die Schnute. Der Kleine versuchte gar nicht erst, das zu wiederholen, was er sonst so gerne tat, wenn sein Papa redete. Stattdessen tunkte er sein letztes Stück Gyros in das Zaziki, um es sich in den Mund zu stopfen. Rike wischte ihm mit der Serviette übers Kinn, da der Großteil des Knoblauchquarks dort hängen geblieben war. Sofort danach krabbelte Benny aus seinem Stuhl, um auf Rikes Schoß zu kommen. Dann kuschelte er sich an sie, ein klares Zeichen dafür, dass er gesättigt und richtig müde war. Bevor er einschlief, stand sie mit ihm auf, ließ ihn jedem am Tisch einen Gutenachtkuss geben und verschwand mit Benny nach oben zum Zähneputzen.

»Lasst uns in Ruhe zu Ende essen. Wenn Rike wieder unten ist, erzählst du uns von der Münze.«

***

»Das war heute eine Minutensache«, meinte Rike gut gelaunt, als sie nach kürzester Zeit wieder runterkam. »Wir haben es gerade noch geschafft, die Zähne zu putzen und den Schlafanzug anzuziehen. Er war schon im Land der Träume, als ich ihn zudeckte.« Philipp und Silvia würden heute Nacht bei Opa schlafen, so konnte Benny in seinem Zimmer bleiben. Sie gab ihrem Mann, der gerade das aufgewärmte Gyros aus der Mikrowelle für sie zurück auf den Tisch stellte, einen innigen Kuss.

Auch Opa nahm sich erneut etwas Fleisch und Zaziki. »Nu, mien Jung, Philipp, dann leg man los. Was hast du erfahren?«, drängte er den Forensiker.

Obwohl Philipp auch noch mal zuschlagen wollte, hielt er jetzt inne und legte das Besteck aus den Händen. »Na gut, damit ihr nicht dumm sterbt«, sagte er. Silvia gab ihm einen Klaps auf den Oberarm, den er mit einem übertriebenen Aufstöhnen quittierte. »Diese mit Dreck und Unrat verbackene Münze haben wir nach Anleitung einer Expertin des Landesmuseums Hannover in unserem Labor reinigen dürfen. Eigentlich bestehen die Altertumsforscher darauf, es selbst zu machen, doch man traut meinem Ruf und der Ausstattung des Labors. Außerdem war Frau Doktor Vadin, die Kuratorin der Numismatik, per Bildschirm zugeschaltet, um die Reinigung zu verfolgen.«

»Numiswas?«, fragte Faber und aß den letzten Rest Saganaki auf.

»Numismatik, das ist die wissenschaftliche Beschäftigung mit Geld und seiner Geschichte. Kurz Münzkunde genannt«, beantwortete Silvia die Frage, ohne dabei ein großes Pipapo zu veranstalten. Im Gegensatz zu ihrem Mann ließ die Fachmedizinerin für Kriminalpathologie und Forensik nie die ungehobelte Intelligenzbestie raushängen. »Hannover hat eine eigene Kuratorin dafür. Eine sehr fähige junge Frau.«

»Numismatik«, wiederholte Faber, um sich den Begriff einzuprägen. Vielleicht konnte er noch damit punkten, wenn er den einen oder anderen Antiquitätenhändler anrufen musste. In den nächsten Tagen stand das an, um herauszubekommen, wie es mit dem Markt und Schwarzmarkt von Münzen stand.

»Also, seht euch an, was dabei rausgekommen ist«, fuhr Philipp fort und griff in die Aktentasche, die neben seinem Tisch stand. Er holte einen durchsichtigen Plastikbehälter heraus. Darin lagen auf schwarzem Samt zwei goldene Münzen in einer Vertiefung. Als Erstes reichte er den Behälter rüber zu Knut. »Was wir für eine Münze hielten, waren zwei. Wir konnten sie wunderbar voneinander trennen.«

Opa ließ einen Pfiff los und betrachtete sich die recht schweren goldglänzenden Münzen. »Von wegen wertlos. Die sieht ganz prima aus. Sag mal, Philipp, sind das Aureus-Münzen? Das ist doch Augustus auf der Kopfseite, oder?«

Philipp sah strafend zu Faber. »Anscheinend bin ich nicht der Einzige, der weiß, wie Augustus aussieht«, erinnerte er ihn.

»Dann machst nicht nur du, sondern auch Opa mir Angst«, wiederholte Faber trotzig seine Worte von heute Vormittag.

»Jetzt reicht es, ihr beiden. Komm, Philipp, erzähl weiter«, machte Rike dem Geplänkel ein Ende.

Philipp nahm einen Schluck Weißwein und sagte dann: »Ja, Knut, das sind zwei Aureus-Münzen, was eigentlich von dem lateinischen Substantiv Aurum, also Gold, abgeleitet ist. Es sind etwa neun Gramm schwere Goldmünzen mit einem hohen Goldfeingehalt, die in der Zeit von etwa 30 v. Chr. bis Ende des 3. Jahrhunderts geprägt wurden. Jetzt will ich euch nicht langweilen mit den Unterschieden zu Denar- und Scheidemünzen oder dem später eingeführten Solidus unter Konstantin dem Ersten«, referierte Philipp, ganz in seinem Element, Leute zu belehren. »Interessant zu wissen ist vielleicht, dass der Aureus bereits unter Sulla existierte und von Pompeius zu Julius Cäsar, Kaiser Augustus bis Nero geprägt wurde. Daher stellen diese Herren auch den Kopf der Münzen dar. Aber das ist nur die berühmte Auswahl, es gab noch so einige andere Kaiser, bis der Aureus unter Konstantin ersetzt wurde.«

»Zum Beispiel Titus und Vespasian«, steuerte Opa bei und Philipp deutete zustimmend mit dem Zeigefinger auf ihn.

»Was den heutigen Wert angeht, kommt es auf das Jahr der Prägung an, die Seltenheit und auch den Kaiser. Faber, ich habe dir bereits per Mail ein paar vorzügliche Fotos geschickt, dann kannst du den Wert mit einem Münzhaus bestimmen. Denn selbst ein Augustus weicht im Wert sehr ab. Das erklärt dir besser ein Experte«, meinte Philipp und trank wieder von seinem Wein.

»Okay, das war doch nicht alles, darum bist du nicht von Oldenburg nach Klein Hauen gefahren«, provozierte ihn der Hauptkommissar.

Philipp grinste. »Wie gut du mich kennst. Nein, denn es gibt gemäß Doktor Vadin zu den Fundstücken, die du gerade in der Hand hältst, ein exaktes Pendant, welches wie unsere beiden Münzen etwa 18 v. Chr. geprägt wurde.«

Faber reichte den kleinen Plastikbehälter an Rike weiter. »Das bedeutet, man weiß, woher die Münzen aus Horles Villa stammen?«

»Ja und nein«, meinte Philipp kryptisch wie immer. Doch er ließ sich erst einmal zu keiner weiteren Erklärung herab. In aller Ruhe steckte er sich Gyros in den Mund und kaute unter den erwartungsvollen Blicken seiner Freunde. »Vor etwa fünf Jahren wurde bei einer Ausgrabungsstelle eine solche Münze in einem Grab gefunden. Es handelt sich um das Areal der Ausgrabungen von Jemgum, beim Fundplatz Bentumersiel«, gab er sich endlich die Ehre.

»Das ist auf der linken Emsseite. Auf der anderen Flussseite etwas nördlich von Leer«, steuerte Knut bei. »Da wurde vor etwa zehn, fünfzehn Jahren gegraben. Damals stand in der Zeitung, dass der Fundplatz Bentumersiel neben dem Römerlager Hedemünden, Wilkenburg und dem Schlachtfeld Harzhorn wohl eine der wenigen Fundstellen ist, bei denen römische Militärartefakte und Münzen gefunden wurden.«

»Bravo, Knut, genau davon spreche ich. Vor fünf Jahren wurden dort wieder Grabungen gemacht. Nichts Großes, eine kleine Gruppe Studenten mit einem Professor. Das von der Hochschule finanzierte Projekt hatte wohl eher den Zweck, die Archäologiestudenten mit Grabungsstellen vertraut zu machen«, führte Philipp weiter aus. »Ja, und jetzt wird es interessant. Die Studenten fanden etwas entfernt von der ursprünglichen Ausgrabungsstelle eine archäologische Verdachtsfläche, die sich als Bodendenkmal erwies.«

»Liebling«, grätschte Silvia von der Seite in seinen Monolog. »Halte es einfach simpel und komm zum Punkt.« Sie drückte liebevoll seine Hand, sodass Philipp ihr gar nicht erst böse sein konnte für die Unterbrechung.

»Aber natürlich«, meinte er sofort und Faber sah Rike mit einem Schmunzeln an. Silvia wusste wirklich ihren Ehemann zu nehmen. Da haben sich ein Topf und ein Deckel gefunden, dachte der Hauptkommissar erfreut. »Man fand ein sogenanntes Bodendenkmal. Das sind im Boden liegende Überreste von alten Siedlungen und Lagern. In unserem Fall Befestigungssteine, und unweit entdeckte man ein Grab. Die Aufregung war groß, denn jeder dachte an die Dame von Bentumersiel, die dort vor Jahren gefunden wurde. Diese Dame hatte jedoch nichts mit den römischen frühkaiserlichen Funden zu tun. Denn sie war eine hochrangige Germanin, der man römische Importwaren aus den Jahren 300 n. Chr. als Grabbeigaben dazugelegt hatte. Die Bronzegefäße und Glaswaren, die damals entdeckt wurden, waren eine Sensation, denn sie waren ein Beweis der sozialen Differenzierung der Germanen an der unteren Ems«, schweifte Philipp schon wieder ab.

»Auf den Punkt«, säuselte ihm Faber zu und schüttete jedem von ihnen noch ein Glas Wein ein. Nur Silvia schüttelte den Kopf und nahm sich Sprudelwasser.

»Der Professor glaubte also, dass das neue Skelett ebenfalls das einer Frau war. Demnach wäre sie eben solch eine hochgestellte germanische Dame. Vor allem, weil ein Aureus bei ihr lag. Genauso ein Aureus wie diese beiden hier auf dem Tisch«, kriegte Schorlau endlich die Kurve und tippte auf den Plastikbehälter.

»Verstehe, mien Jung«, kommentierte Knut das Gesagte. Er hatte sich die Kapitänsmütze in den Nacken geschoben und sich mittlerweile eine Pfeife angesteckt, da keiner mehr am Essen war. »Aber bringt das die Ermittlung weiter?«

»Abwarten, denn der Knaller kommt noch«, fuhr Philipp fort und kostete eine dramatische Pause aus. Dann sagte er endlich: »Als man eine C14- oder Radiokarbon-Bestimmung, wie sie ebenfalls genannt wird, machte, um das Alter der Germanin oder auch Römerin zu bestimmen, gab es eine Überraschung.«

»Sag es endlich, sonst schüttle ich es aus dir raus!«, konnte sich Faber nicht mehr bremsen und begann das Geschirr in die Küche zu tragen.

»Das antike Skelett war alles andere als antik. So um die dreißig Jahre alt zum Todeszeitpunkt und nicht länger als zehn Jahre dort verscharrt«, ließ das Doktorchen endlich die Katze aus dem Sack.

»Moment«, rief Faber aus der Küche. »Man hat dort vor fünf Jahren die Leiche einer dreißigjährigen Frau gefunden? Ein Mordfall?«, fragte er mit den dreckigen Tellern in der Hand an den Türrahmen gelehnt.

Philipp nickte. »Wahrscheinlich, denn eine Unfalltote würde man wohl nicht verscharren.«

»Aber die Münze, was soll das? Das macht doch keinen Sinn«, grübelte Faber laut, während Rike ihm den Teller abnahm und mit dem restlichen Geschirr in die Spülmaschine stellte.

»Jetzt setz dich auf deine vier Buchstaben. Ich mach noch Espresso«, sagte Rike und schob ihn Richtung Tisch.

Faber kräuselte die Stirn. »Das ist doch von hinten bis vorne unlogisch. Wer hat denn damals ermittelt und wo ist die Leiche jetzt? Und die Münze, wo ist die?«, überschüttete er Philipp mit Fragen. Dann nahm er einen großen Schluck aus seinem Weinglas. Auch Knut sah den Doktor gespannt an.

»Soweit ich gehört habe, kam bei der Polizeiermittlung nichts raus. Kein einziger Anhaltspunkt und vor allem keine vermisst gemeldete Frau in dem Alter. Cold Case! Aber zu unserem Glück liegt das Skelett immer noch in Hannover, wo es mit der Radiokarbonbestimmung untersucht wurde. Im archäologischen Universitätsinstitut, wo sonst eigentlich nur antike Skelette liegen. Aber diese Schlamperei der Polizeibehörden ist vielleicht unser Glück. Denn wäre die Leiche den normalen kriminaltechnischen Untersuchungsweg gegangen, müssten wir sie jetzt exhumieren. So kommt sie morgen Nachmittag in einer Holzkiste zu uns nach Emden. Doktor Vadin bringt uns auch die Vergleichsmünze mit, die bei der Leiche lag. Unsere Münze geht dann mit ins Landesmuseum und wird noch einmal gründlich untersucht. Die Kuratorin behält das Artefakt erst einmal und wird uns morgen Nachmittag eine Menge darüber sagen können, wo die Aureus-Münzen überhaupt herkommen könnten«, schloss Philipp seinen Vortrag.

»Junge, Junge, das ist ja ein Ding«, meinte Knut und kratzte sich verwundert am Kopf.

»Ich sag es bloß ungern, doch da hast du ganze Arbeit geleistet, Philipp«, lobte Faber ihn ausnahmsweise. »Daher spendiere ich einen Armagnac zum Espresso, wer will einen?« Sofort hoben Knut und Philipp den Arm, Rike und Silvia hielten sich zurück. Also holte

Faber drei große Cognacschwenker und die Flasche aus dem Schrank. Er ging in die Küche und wärmte die Gläser mit Wasserdampf aus der Kaffeemaschine an. Dann schenkte er zwei Fingerbreit des Janneau VSPO Grand Armagnac in die Gläser. Ein Armagnac, bei dem das Preisleistungsverhältnis einfach stimmte.

»Wie wäre es mit einem Trinkspruch, Faber?«, sagte Philipp immer noch voll des Lobes und in der Hoffnung auf mehr.

Der Hauptkommissar versorgte Opa und seinen Freund mit einem Glas und hob anschließend sein eigenes. Auch Rike und Silvia hoben ihre Wassergläser, als Faber sagte: »Auf unseren neuen Fall, der so bizarr ist, dass man es kaum glaubt. Wir haben einen Meermann, der durch Türen und Fenster gehen kann oder an der Decke krabbelt. Außerdem stiehlt er antike Sachen und wird Ekke Nekkepenn oder das ostfriesische Rumpelstilzchen genannt. Wir haben das Skelett einer antiken Germanin, begraben bei einer alten römischen Garnisonsstätte, das aber erst insgesamt fünfundvierzig Jahre alt ist. Wir haben einen alten römisch-kaiserlichen Goldschatz vom ollen Augustus, der an drei verschiedenen Stellen aufgetaucht und von dem der Großteil wieder verschwunden ist. Ich persönlich denke, eigentlich sind wir, die Kripo, für dieses Ostfriesengold die falsche Adresse. Hier wären die Gebrüder Grimm wohl die besseren Experten! Nur gut, dass wir Opa Knut haben, denn der Fall erfordert den Scharfsinn eines echten Oostfreesen.« Faber seufzte und fügte an: »Prost, Leute, auf den Kriminal- und Ermittlungsdienst Emden und seine Märchenfälle.«

Kapitel 4

Nachdem sie am anderen Morgen gefrühstückt hatten und sich Opa mit Benny auf den Weg zur Kita in Greetsiel machte, fuhren die vier mit drei Autos los. Rike hatte Robert Maasch angerufen und heute hörte er sich frisch und wach an. Sie wollten den jungen Mann lieber mitnehmen zur Fundstelle der Münzen. Dort sollte er den Hergang des Auffindens noch einmal genau beschreiben. Schorlau hatte zu ihrem Glück wie immer seinen Forensik-Koffer im Porsche und auch die nötigen Schutzanzüge. Silvia hatte sich bereit erklärt, ihm zu assistieren, sodass Faber nicht extra Moser aus Oldenburg herzitieren musste.

Als Faber und Rike von der Kleinbahnstraße nach links in die Hafenstraße biegen wollten, meinte Rike: »Schau mal, da sind Knut und unser Tüütje.«

Faber lächelte, als er den runden alten Seebär mit seiner Cordhose, der Strickjacke und der Kapitänsmütze auf dem Kopf sah. Er hatte in einer Hand Bennys Kindergartentäschchen, das natürlich Opa ihm gekauft hatte. Eine grüne Ledertasche, in die ein Brot, ein Apfel, eine Flasche Wasser und ein paar Bonbons passten. Daran hing eine kleine Version von Bennys geliebter Hein-Blöd-Stoffpuppe. An der anderen Hand ging sein Urenkel. Bennys Kopf war zu Opa gewandt, und es schien, dass der Kleine seinem Opa Knut äußerst wichtige Sachen zu erzählen hatte. Dabei hatte er die volle Aufmerksamkeit des alten Ostfriesen. »Die beiden sehen aus wie Vater und Sohn aus den alten Bildergeschichten von *e.o. plauen*. Weißt du, was ich meine?«

»Aber klar, die habe ich mir mit Opa als Kind immer angesehen. Ich glaube, er hat alle Bücher davon, und ich wette, Benny kennt die auch schon«, erwiderte seine Frau. Faber nickte und dachte unwillkürlich an die liebevoll gezeichneten Abenteuer von Vater und Sohn. Dann fiel ihm allerdings ein, dass *e.o. plauen* nur das Pseudonym von Erich Ohser war, der wegen seiner Hitler- und Goebbels-Karikaturen 1944 verhaftet worden war. Noch bevor man ihn verurteilen und hinrichten konnte, nahm er sich das Leben im Gefängnis. Knapp ein Jahr vor Kriegsende.

Faber schüttelte die bedrückenden Gedanken ab und hupte kurz. Die beiden drehten sich um und winkten frenetisch, bis er, Silvias Wagen und Schorlau in seinem roten Porsche Richtung Neu-Etumer-Straße abbogen. Schorlau würde mit Silvia direkt nach Ammersum fahren, sobald sie Silvias BMW in Emden abgestellt hatten. Dort wollte er anschließend an der Ecke Dorfstraße/Heidkampweg auf Waatstedt-Fabers warten, bis sie Maasch in Leer eingesammelt hatten. Während Silvia den Porsche schnittig von Emden nach Ammersum fuhr, googelte Philipp bereits den nächsten Bäcker in der Nähe. Denn die fünfzehn Minuten, die sie auf Rike und Faber warten müssten, wollte Familie Schorlau verpflegt sein, Frühstück hin oder her. Außerdem war es nach Philipps Meinung um die Uhrzeit bereits Zeit für einen Brunch.

Als Rike und Faber eine Stunde später mit Robert Maasch im Gepäck neben dem roten Sportwagen hielten, löffelten Silvia und Philipp gerade Lübecker Marzipantorte von einem kleinen Pappteller. Faber schüttelte doch etwas neidisch den Kopf und machte Silvia ein Zeichen, ihnen zu folgen. Rike fuhr den Heidkampweg entlang und stellte den Wagen nach etwa siebenhundert Metern auf dem Grünstreifen ab. »Ab hier müssen wir laufen«, sagte Maasch und stieg aus.

Als alle beieinanderstanden, schwenkte Philipp eine Tüte. »Süß oder salzig?«, fragte er Rike, die sich sofort für etwas Herzhaftes entschied und einen Laugenzopf mit Käse und Schinken überbacken bekam. »Und Sie? Ein belegtes Brötchen?«, vergaß der Pathologe Robert Maasch nicht.

»Äh, das ist ja ein toller Service! Gerne, ich habe noch nicht gefrühstückt!« Er nahm erfreut die Tüte von Philipp entgegen, während Silvia sich bereits den Schutzanzug anlegte. Philipp tat es ihr gleich.

»Also, ich habe nur zwei von den Anzügen dabei, daher zeigen Sie uns die Fundstelle, aber gehen nicht näher heran. Das machen wir zwei.« Als Philipp auch angekleidet war, drückte er Faber den schweren Forensik-Koffer in die Hand und sie folgten dem jungen Mann. Der biss fröhlich in sein Mettbrötchen und lief den mit Bäumen beschatteten Feldweg entlang in den Wald.

»Sag mal«, meinte Faber an Schorlau gewandt, der neben ihm lief. »Und ich? Laugenzöpfe, Mettbrötchen werden verteilt, und du stopfst Torte in dich rein. Nur ich geh leer aus?«

Philipp sah ihn von der Seite an. »Ich will nicht, dass du fett wirst«, sagte er und lachte laut.

»Du bist manchmal ein echter Idiot!«, fluchte der Hauptkommissar leise, damit Maasch das nicht hörte. Der lief mit Rike und Silvia ein paar Meter vor ihnen und dirigierte die beiden Beamtinnen zu der Fundstelle. Sie verließen gerade den Feldweg, um durchs Unterholz zu laufen.

»Nein, nein, schau«, erklärte Philipp mit wissenschaftlichem Ton, »wenn ich jetzt schwanger werde beziehungsweise meine Silvia, dann kann es passieren, dass ich ebenfalls zunehme. Das nennt man das Couvade-Syndrom. Es ist zwar nicht ganz medizinisch anerkannt, doch empathische Männer erleben oft eine Parallelschwangerschaft. Es kommt zu Erbrechen, Stimmungsschwankungen und Gewichtszunahme am Bauch«, plapperte Philipp vor sich hin, während sie sich an Brombeersträuchern vorbei kämpften in Richtung See.

»Und warum erzählst du mir das?«, fragte Faber etwas ungehalten. Denn so langsam hatte er das Gefühl, Philipp drehte durch.

Der zuckte wie selbstverständlich mit den Schultern. »Na, wenn ich schwanger werde, solltest du das auch. Ich meine, stell dir vor, wir beide hätten gleichzeitig noch ein süßes Kerlchen wie unsern Benny, einer du, einer ich. Mitfühlende Männer, wie wir beide es sind, bekommen garantiert das Couvade-Syndrom. Nur du wirst dabei fett, bei mir ist das innerhalb von Wochen wieder weg, ich habe einfach einen Bomben-Stoffwechsel. Doch du neigst zu Rettungsringen.«

Faber seufzte laut und verzweifelt, sodass sich sogar Maasch zu ihnen rumdrehte, es falsch verstand und meinte: »Keine Sorge, wir sind gleich da!« Ein Satz, der Faber ein weiteres Kopfschütteln abverlangte.

»Philipp, dreh nicht durch. Selbst wenn du und Silvia Eltern werden wollt, heißt das nicht, dass Rike und ich nochmals Nachwuchs bekommen. Und wenn, dann mach dir mal keine Sorgen um meinen Bauch oder das Couvade-Syndrom. Das habe ich bei Beas Schwangerschaft nicht entwickelt und Benny war mein erstes Kind. Ich neige nicht dazu, scheinschwanger zu werden«, entgegnete er.

»Außerdem geht dich das nichts an, ob ich einen Bauch bekomme oder nicht!«

Als Philipp Fabers enttäuschten Gesichtsausdruck sah, hörte er auf ihn zu ärgern und meinte: »Ich hab im Kofferraum ein Stück Frankfurter Kranz für dich. Das kriegst du für die Rückfahrt.«

Die nächste Stunde krabbelten Philipp und Silvia an der Wurzel des umgestürzten Baums herum. Es handelte sich um die Überreste einer großen Buche. Sie war höchstwahrscheinlich, wie Philipp ausgeführt hatte, bei einem heftigen Sturm entwurzelt worden. Er nahm an, dass sie schon recht wackelig am Hang zum See gestanden hatte. Robert Maasch saß in einiger Entfernung auf einer Wurzel und rauchte eine Zigarette. Immerhin hatte er einen Taschenaschenbecher dabei, sodass er keine ungewollten Spuren hinterließ. Faber und Rike sahen sich um, konnten aber in dem Gebiet um den Baum nichts Auffälliges entdecken.

Als die beiden Wissenschaftler endlich aus der Kuhle am Steilhang zum See kamen, schwenkte Philipp einen Asservatenbeutel. »Wir haben ein Stück Stoff gefunden«, berichtete er stolz und streifte sich die Schuhüberzieher und auch die Handschuhe ab.

»Es sieht so aus, als ob dieses Stück Träger zu einem Militärrucksack oder Jagdrucksack gehört«, fuhr Silvia fort, als Philipp aus dem Schutzanzug stieg. Wenigstens war es momentan durch die Bäume in dem Wäldchen nicht ganz so heiß. Denn die Sonne strahlte an diesem Augusttag wieder von einem makellos blauen Himmel.

»Könnt ihr damit das Alter des Rucksacks bestimmen? Oder an der Verwitterung, wie lange der Rucksack dort lag?«, fragte Faber Silvia. »So bekommen wir eine Idee, wie lange die Münzen dort versteckt waren.«

»Bestimmt«, erwiderte sie.

»Sagen Sie mal, Herr Maasch«, wandte sich Philipp an den jungen Mann, als er seine Schutzkleidung in einen Plastikbeutel gestopft hatte und ihn Silvia hinhielt. »Sind wir hier eigentlich in der Nähe von Filsum?«

»Ich bin zwar nicht von hier, aber ich kenne mich gut aus. Also, Ammersum gehört sogar zu Filsum. Der Ortskern von Filsum ist vielleicht zwei Kilometer Luftlinie von hier entfernt«, erklärte der junge Mann. Philipp nickte wissend, spuckte jedoch nicht aus, was er dachte.

Sie kämpften sich wieder durch das Gestrüpp zurück Richtung Feldweg. »Bei der Hitze hat sich mein Frankfurter Kranz wahrscheinlich in ranzige Butter und Krokantbrösel verflüssigt«, brummte Faber schlecht gelaunt auf dem Rückweg.

»Mitnichten, mein Freund. Ich habe immer meine Kühlbox mit Trockeneis dabei«, erwiderte Philipp und Faber kräuselte fragend die Stirn. »Man weiß ja nie, ob einem ein Leichenteil an solchen Fundstellen über die Füße fällt und kühl gehalten werden muss.«

»Du hast meinen Frankfurter Kranz in deine Leichenteile-Kühlbox getan?«, fragte der Hauptkommissar völlig fassungslos.

»Ja, klar, ich will doch nicht, dass du dir eine Lebensmittelvergiftung holst bei der Hitze!«

»Und was ist mit Leichengift? Wer weiß, was du schon in der Box hattest!«, entgegnete Faber, denn allein die Vorstellung reichte ihm, damit ihm der Appetit gehörig verging.

»Jetzt stell dich nicht an. Glaubst du wirklich, ich hätte das Stück Kuchen nicht vorher in einen Asservatenbeutel gesteckt. Also wirklich, manchmal weiß ich nicht, was du von mir denkst!«, erwiderte Philipp entrüstet, denn so etwas fand er ganz normal.

***

Auf dem Emder Revier angekommen, hatte Faber den Frankfurter Kranz mit der Erwähnung der Leichenbox an Tamme weitergegeben. Tamme war ähnlich ekelunempfindlich wie Schorlau. Schon öfters hatte der Hauptkommissar Schorlau und dem Wikinger im Scherz vorgeschlagen, sich auf Chorea Huntington testen zu lassen. Eines der weniger schlimmen Symptome dieser furchtbaren Krankheit war, dass Betroffene keinerlei Ekelempfinden mehr hatten und auch den Gesichtsausdruck eines angeekelten Menschen nicht mehr interpretieren konnten. Beides traf auf Philipp und Tamme zu, was aber eher mit ihrem hartgesottenen Gemüt zu tun hatte. Darum freute sich der gute Tamme ungemein über das kühle Stück Buttercremetorte und verschlang es schneller, als Faber bis drei zählen konnte.

Silvia verabschiedete sich vom Emder Team, denn sie wollte mit dem Stoffrest und ein paar anderen Kleinigkeiten, die sie am Fundort eingepackt hatten, nach Oldenburg ins Labor. Philipp brachte sie natürlich nach unten zum Parkplatz, um ihr ausführlicher auf Wiedersehen zu sagen.

»Dass uns Philipp noch länger erhalten bleibt, war mir schon klar, als er seine Reisetasche in Klein Hauen gelassen hat. Aber wurdest du vielleicht informiert, wie viel Tage er uns beglückt?«, fragte Faber reichlich sarkastisch an Rike gewandt. Er war immer noch sauer, dass Philipp den Kuchen wirklich in der Leichenkühlbox transportiert hatte.

Rike streichelte ihm mitfühlend über den Oberarm. »Er will auf die Kuratorin warten und hat in der Pathologie des Emder Krankenhauses einen Platz reserviert, um die Knochen des Skeletts zu untersuchen. Außerdem erwartet er weitere Einbrüche«, klärte ihn Rike gut informiert auf. »Vor allem geht es jedoch darum, dass Silvia heute Abend nach Hamburg muss zu einem Kongress, auf dem sie die Forensik Oldenburg vertritt. Er durfte nicht mit und sie holt ihn Freitag bei uns ab.« Dann zwinkerte sie ihm geheimnisvoll zu. »Ich glaube, Silvia braucht ein paar Tage für sich.«

Der Hauptkommissar seufzte wieder laut und machte eine Schnute, wie das sonst nur Benny konnte. Sofort musste Rike grinsen. »Oh, du Armer. Weißt du was, ich hole dir jetzt ein Stück Torte von *Musswessels*, Buttercreme oder lieber Lübecker Marzipantorte?«

»Marzipantorte«, sagte Faber in Bennys typischem Ton, wenn er getröstet werden wollte, und schob absichtlich die Unterlippe vor. Rike fand ihren Mann und auch Benny in den Momenten unwiderstehlich. Sie drückte ihm einen Kuss auf die Wange und verschwand nach unten, um zur Bäckerei gegenüber im Bahnhof zu gehen.

In dem Moment kam Philipp wieder hoch, er wirkte ein bisschen weggetreten. Muss Liebe schön sein, dachte Faber ironisch in dem Moment und blendete aus, dass er seine Frau genauso liebte. »Also, ich habe gehört, du beglückst uns bis Freitag. Hättest mich ja mal fragen können, ob das passt«, konnte er sich jedoch nicht verkneifen.

»Ach Richard«, sagte Schorlau. Selten benutzte sein Freund den Vornamen, wenn er mit ihm sprach. »Ich muss einfach bei jemandem sein, alleine halte ich es sonst zu Hause nicht aus. Außerdem muss ich so viel wie möglich mit Benny üben!«

»Jetzt fängst du schon wieder damit an. Sag mal«, schimpfte der Hauptkommissar und dann fiel es ihm plötzlich wie Schuppen von den Augen. »Silvia ist ja wohl nicht schwanger, oder?«, fragte er viel zu laut und alle im Großraumbüro sahen plötzlich auf.

Auf Philipps Gesicht erschien das größte Grinsen, das Faber je bei ihm gesehen hatte, und in dem Moment nickte sein Freund. Sofort zerrte Faber Philipp in eine herzliche Umarmung und klopfte ihm glücklich auf den Rücken. Dann wurde der Pathologe von einem zum anderen weitergereicht. Das Team überschüttete ihn mit Umarmungen, mit Glückwünschen und von Tamme wurde er sogar auf die Wange geknutscht. Als Rike mit Fabers Torte und einer Tüte Gebäck für das Team die Treppe hochkam und sah, was los war, nickte sie nur wissend. Natürlich hatte Silvia sie bereits eingeweiht, doch sie wollten noch warten, bis die zwölfte Woche rum war. Anscheinend ist das Philipp nicht gelungen, dachte sie.

Kaum hatten sich alle beruhigt und saßen endlich zusammen bei Kaffee und Gebäck, brachte der Wachhabende eine zierliche hübsche Frau hoch ins Großraumbüro. »Herr Schorlau, hier ist Frau Professorin Vadin, die Sie bei uns angemeldet hatten«, meinte der Polizeimeister an Philipp gewandt. Der sprang sofort auf und schüttelte der Kuratorin die Hand. Er bat sie, bei ihnen Platz zu nehmen, und bot erst einmal sehr charmant Kaffee und Gebäck an.

»Freut mich, Doktor Schorlau«, erwiderte sie und stellte sich jedem Einzelnen im Team vor. Frau Zana Vadin sah mit ihrer dunklen langen Lockenpracht und dem aufgeweckten jugendlichen Gesicht so gar nicht nach einer Kuratorin für Münzkunde und schon gar nicht wie eine Professorin aus. »Nun, ich habe unsere Lady aus dem Grab unten im Kofferraum. Wie wollen Sie das handhaben?«

»Stehen Sie auf dem abgeschlossenen Polizeiparkplatz?«, fragte Philipp und sie nickte. »Dann machen wir das nachher, wenn Sie wieder Richtung Hannover aufbrechen. Anschließend fahre ich gleich in die Klinik, um mir das Skelett genauer anzusehen«, erwiderte Schorlau. »Jetzt gebe ich Ihnen erst einmal die Münzen.«

Tamme und Rike hatten schnell Teller und Tassen abgeräumt, sich dann aber zu ihnen gesetzt. Jetzt, da sie die vier Tische, die normalerweise an der Wand standen, zusammengeschoben hatten, war für jeden Platz. Nachdem Faber beim Kaffee Schorlaus neuste Erkenntnisse zusammengefasst hatte, war jeder im Team gespannt, was Professor Vadin beitragen konnte.

Philipp holte die Münzen, die immer noch nebeneinander in der durchsichtigen Plastikschachtel lagen, aus seiner Ledertasche. Auch die Kuratorin griff in ihre Handtasche, holte ein dunkles Schmuckkästchen hervor und öffnete es. Sie legten die beiden Behälter nebeneinander, und sie sah sich Philipps Münzen lange an, bevor sie zwei weiße Stoffhandschuhe überzog und das Geldstück aus der Schachtel nahm. Sie drehte und wendete die beiden Münzen. Anschließend ergriff sie ihre Münze, die bei dem Skelett im Grab gelegen hatte. »Diese drei Münzen gehören definitiv zusammen. Sehen Sie hier, die Büste von Cäsar Augustus ist nach rechts gewandt. Die Rückseite zeigt einen viersäuligen Rundtempel. Darin ist Mars stehend abgebildet. Er hält eine Aquila, das ist eine römische Standarte. Wobei Aquila Adler bedeutet, und der sitzt oben auf dem Feldzeichen. Diese militärischen Feldzeichen repräsentieren die Zugehörigkeit zu einer Kriegspartei«, referierte die Kuratorin. Es war eine Freude, ihrer sonoren Stimme zu lauschen.

»Wie in dem Film ›Gladiator‹, als am Anfang die Römer gegen die Germanen kämpfen, die hatten auch diese Standarten. Lange Stäbe, auf denen oben ein Adler mit ausgebreiteten Flügeln saß«, gab Torben zum Besten.

Frau Vadin lächelte zustimmend. »Ganz genau, die meine ich. Und wenn Sie sich unseren Mars auf der Münze ansehen, hält er genau so eine Standarte oder Aquila«, sagte sie ganz natürlich, sodass Torben richtig stolz war auf seinen Beitrag. »In der anderen Hand dieser Stab mit den drei runden Scheiben, das ist ein Tropaeum. Diese sehen immer mal wieder unterschiedlich aus, aber sind im Grunde genommen das Symbol eines Sieges nach der Schlacht. Hier stellt es die erbeuteten Waffen des Feindes dar. Beide Münzen sind etwa 18 v. Chr. geprägt beziehungsweise damals geschlagen worden. Es handelt sich um Gold mit einem Raugewicht von etwa acht Gramm.«

»Raugewicht, was bedeutet das?«, fragte Faber interessiert. Denn mit dieser Expertin machte es richtig Spaß, etwas über Münzen zu lernen.

»Das Feingewicht bezieht sich nur auf das Edelmetall einer Münze, während das Raugewicht auch die beigemischten minderen Metalle mit einschließt«, beantwortete sie sofort seine Frage. »Diese drei Münzen gehören definitiv zusammen. Wahrscheinlich das Eigentum eines höhergestellten militärischen Anführers. Vielleicht sogar eines

Legaten aus dem Senatorenstand, der eine Legion befehligte. Jedenfalls ein sehr reicher Römer.«

Faber grübelte einen Moment und dann fragte er: »Sagen Sie, Professor Vadin …«, weiter kam er nicht, weil sie ihn unterbrach.

»Ich bitte Sie, nennen Sie mich Frau Vadin, das reicht völlig aus!«

»Das tue ich sehr gerne, Frau Vadin. Können Sie einen ungefähren Wert solch einer Münze nennen?«, fragte der Hauptkommissar.

Die Kuratorin wiegte ihren Kopf leicht hin und her. »Das ist ein Gebiet der Numismatik, das wir Kuratoren gar nicht lieben. Denn der geschichtliche Wert dieser Münzen ist unbezahlbar. Und nur weil solche Münzen auf Auktionen gehandelt werden, kommt es immer wieder zu Diebstahl. Vor ein paar Jahren wurde ein Aureus versteigert, der eine Sensation war. Das war der EID MAR mit dem Brutuskopf, der Freiheitskappe der Sklaven und zwei Dolchen. Indem Brutus kurz nach Julius Cäsars Ermordung diese Münzen prägen ließ, stilisierte er sich zum Königsmörder und den Mord zum patriotischen Akt zur Verteidigung Roms. Lange Rede, kurzer Sinn, die Münze wurde für etwa 4,2 Millionen US-Dollar versteigert. Wie gesagt, es war eine Sensation, als diese Münze auftauchte und zertifiziert war. Einige Jahre später wurde der Diebstahl der Münze bei Ausgrabungen vermutet. Und als man den Verkäufer Richard Beale wegen Betrugs und Diebstahls in New York anklagte, wurde die Münze Griechenland zurückgegeben.«

»Dann wurde die Münze wirklich bei einer Ausgrabung gestohlen?«

»Das weiß man nicht genau. Man weiß nur, dass der Herkunftsnachweis, die sogenannten Provenienzen, gefälscht waren«, erklärte sie. »Aber um auf Ihre Frage zurückzukommen, der Aureus Augustus, der hier vor uns liegt, wird zwischen zehn- und vierzehntausend Euro gehandelt.«

Faber ließ einen Pfiff los. »Dann könnte in dem Rucksack eine halbe Million Euro gelegen haben«, plapperte Philipp vorschnell. Als er das Gesicht der Kuratorin sah, merkte er, dass er zu schnell geschossen hatte.

»Moment, wollen Sie damit sagen, es gibt noch mehr dieser Aureus-Münzen? Bei dem Betrag reden Sie von fast vierzig Exemplaren. Das, meine Damen und Herren, wäre eine echte Sensation!« Ihr Gesicht leuchtete regelrecht auf.

»Momentan sind das nur Vermutungen, denn der Finder hat von einem Rucksack voller Münzen gesprochen«, erklärte Faber.

»Mein Gott, dann zeigen Sie mir die Münzen, das wäre der größte Fund hier in der Gegend, den es jemals gab. Das würde den Silbermünzenfund von Filsum weit hinter sich lassen«, meinte Frau Vadin aufgeregt.

»Leider ist der Fund verschwunden. Wir denken, er wurde bei einem Einbruch in eine Villa zufällig von einem Dieb mitgenommen. Sie müssen wissen, der Finder der Münzen hielt sie nicht für besonders wertvoll und ließ sie einfach im Haus rumliegen«, führte Faber weiter aus. »Aber ich muss Sie bitten, vorerst darüber zu schweigen, weil wir die Ermittlung nach diesem mysteriösen Einbrecher erst begonnen haben. Es darf nichts von den Münzen an die Presse gelangen.«

»Natürlich nicht. Aber können Sie mir denn wenigstens sagen, wo er die Münzen fand?«, hakte sie interessiert nach. »Wenn wir die Fundstelle kennen, kann uns das bereits eine Menge Informationen über die Münzen geben. Man weiß ungefähr, wo römische Militärlager in Norddeutschland waren, jedoch sind nicht alle Garnisonen bekannt. Es wäre eine Sensation, wenn wir eine neue Ausgrabungsstätte finden würden«, schwärmte sie regelrecht.

»Wahrscheinlich muss ich Sie da enttäuschen. Unserer Meinung nach war die Stelle, an der die Münzen vor ein paar Tagen wiederentdeckt wurden, nicht gleich der Fundstelle. Wie gesagt, der junge Mann fand sie bereits verpackt in einem alten Rucksack.«

»Und dieser Rucksack hat bestimmt von der Verwitterung her auch schon seine zwanzig Jahre auf dem Buckel. Meine Kollegin hat den Stoffrest, den wir noch bergen konnten, zur Altersbestimmung mit ins Labor nach Oldenburg genommen«, steuerte Philipp bei.

Frau Vadin nickte. »Ich verstehe, dann werden wir wohl nie rausbekommen, wo die ursprüngliche Fundstelle war. Wie schade, in dem Fall hat mal wieder ein Raubgräber eine Fundstelle geplündert und ganze Arbeit geleistet. So etwas ist für uns Kuratoren und natürlich auch für die Archäologen und Museen immer ein Desaster!«

»Der Rucksack wurde in der Nähe von Filsum, am Ammersumer Sieltief, gefunden. So viel kann ich Ihnen sagen. Sie erwähnten doch vorhin Filsum, wenn ich mich recht erinnere, oder?«, fragte Faber und erinnerte sich, dass Philipp bereits mit Maasch von Filsum geredet hatte. Normalerweise tat er so etwas nicht ohne Grund.

Professorin Vadin nickte. »Filsum, da schau einer an. Das war ebenfalls die Fundstelle der Silbermünzen«, grübelte die junge, kluge Frau vor sich hin.

»Welcher Silbermünzenfund?«, fragte Rike. Wenn sie schon einmal eine Expertin hier hatten, wollte sie es auch genau wissen.

Frau Vadin zog die Augenbrauen hoch. »Dabei geht es um Silbermünzen, die jedoch jünger sind. Etwa um 200 n. Chr., mit der Büste des Kaisers Septimius. Dieser besondere Denar war jedenfalls die jüngste der gefundenen Silbermünzen.«

»Und die wurden in Filsum entdeckt?«, hakte Friedhelm nach, denn seine Cousine führte dort noch einen kleinen Bauernhof. Auch sie hatte vor einiger Zeit von einem Schatz geredet, den man dort auf einem Feld gefunden hatte, doch er hatte nur mit halbem Ohr zugehört.

Die Kuratorin nickte erneut und fing wieder an zu erzählen: »Nach meinen Informationen war die genaue Fundstelle bei Filsum schon einmal bekannt geworden, aber anschließend in Vergessenheit geraten. Denn etwa um 1850 gab es dort schon einen Fund. Es gibt historische Überlieferungen, denen zufolge ein Hirtenjunge wohl aus Langeweile schwere Klumpen in ein Gewässer geworfen hat. Bis dann einer zerbrach und silberne Münzen hervorschauten. Diese Münzen jedoch gingen nach und nach verloren, da sie in Privatbesitz gelangten.«

»Das ist wohl das größte Problem mit solchen Schätzen. Wenn sie nicht im Museum landen, sind sie irgendwann verloren. Es wurden schon wertvolle Mumien auf Dachböden in englischen Schlössern und Burgen gefunden«, steuerte Philipp bei. »Ich möchte nicht wissen, was noch alles an geschichtlich wertvollen Artefakten vergessen in Kellern vor sich hin gammelt.«

»Da haben Sie allerdings recht«, stimmte ihm Frau Vadin zu. »Auf jeden Fall war es ein Zufall, dass vor ein paar Jahren eine dieser Münzen bei einer Revision des Magazins der Kreisarchäologie der Stadt Stade wiedergefunden wurde. Weil diese Münze auf das ostfriesische Filsum deutete, wurde ein Forschungsprojekt gegründet. Experten eines archäologischen Instituts begannen mit ehrenamtlichen Sondengängern die Suche. Eine Fläche von sieben Hektar wurde abgesucht, das dauerte Monate.«

»Himmel, siebzigtausend Quadratmeter, das ist kein Pappenstiel«, meinte Faber. »Wie viele Leute haben denn gesucht? Das allein muss schon ein Vermögen gekostet haben.«

»Es waren nicht immer alle vor Ort. Was ich gehört habe, hat ein freiwilliger Sondengänger an einem Samstag ein Dutzend Münzen gefunden. Erst dann wurde schweres Gerät eingesetzt und der Boden Schicht für Schicht abgetragen. Es kamen etwa einhundert Münzen zum Vorschein. Daher ist es gar nicht so abwegig, dass die Aureus-Münzen vielleicht auch hier in der Nähe gefunden wurden«, sagte die Kuratorin.

»Sie meinen, ein Hobby-Sondengänger könnte die Goldmünzen gefunden, einfach ausgegraben und in einen Rucksack gesteckt haben. Vielleicht wurde er beobachtet und hat den Rucksack mit seinem Schatz wiederum vergraben, um ihn später abzuholen?«, bombardierte Friedhelm die Kuratorin mit seinen Spekulationen.

Frau Vadin zuckte mit den Schultern. »Eigentlich wage ich nicht, darüber zu mutmaßen. Doch wenn Doktor Schorlau recht hat und der Rucksack länger als zwanzig Jahre dort lag, dann wäre das möglich.«

»Fragt sich nur, warum der Raubgräber seinen Schatz nie abholte«, meinte der Hauptkommissar. »Denn eine kriminelle Handlung hat derjenige, der die Münzen ausgrub, auf jeden Fall begangen. Nicht wahr, Laurien?«, fragte Faber seine Juraexpertin, um sein Wissen zu bestätigen.

Laurien stand auf und holte das Bürgerliche Gesetzbuch, das auf ihrem Schreibtisch stand. Sie blätterte ein paar Sekunden, doch lächelte dann. »Nach Paragraf 984 Schatzfund gilt für eine verborgene Sache oder Schatz, bei dem der Besitz nicht mehr zu ermitteln ist, dass er zur Hälfte dem Entdecker und zur Hälfte dem Besitzer des Grundstücks oder Platzes, in dem der Schatz lag, zugesprochen wird«, beantwortete sie die Frage. »Aber darin bin ich kein Experte, ich kenne das Länderrecht dazu nicht.«

»Da kann ich weiterhelfen. In den meisten Bundesländern gilt ein sogenanntes Schatzregal, das Paragraf 984 aushebelt. Es handelt sich um eine rechtliche Regelung, wonach herrenlose, bis zum Zeitpunkt des Fundes verborgene Schätze mit ihrem Auffinden Eigentum des Staates werden. In manchen Bundesländern sind noch weitere

Voraussetzungen daran geknüpft, wie die Eintragung in eine Denkmalliste. Aber meistens wird dem Finder nichts gezahlt. Ich glaube, Hessen bildet eine Ausnahme, weil sie dem Finder dort eine Belohnung zugestehen. Dies alles ist jedoch unerheblich, denn egal was passiert, solch ein Fund muss nach dem Denkmalschutzgesetz den Denkmalbehörden gemeldet werden.«

Laurien nickte. »Die Unterlassung stellt dann einen Straftatbestand dar«, fügte sie an.

»Selbst wenn ich so eine Münze in meinem Gemüsegarten finde?«, fragte dieses Mal Tamme, denn auch Kommissar Hehler hatte sich noch nie mit dieser Art von Straftatbeständen befasst.

»Wenn du es nicht meldest, gilt das ebenfalls für deinen Fund, Wikinger! Es sei denn, es sind Münzen aus dem vierzehnten Jahrhundert und du kannst nachweisen, dass du ein Nachkomme von Störtebeker bist«, erwiderte Laurien und lachte.

»Aber da Störtebeker angeblich ein Freibeuter war und seine Münzen Diebesgut, würdest du sie in dem Fall auch nicht behalten können!«, schob Rike hinterher.

Die Kuratorin musste lachen, vor allem wegen des Spitznamens. Doch aufgrund der langen roten Haare, die der mächtig große Mann zu einem Zopf gebunden hatte, und des erstaunlich lauten Baritons konnte sie sich schon denken, warum er so genannt wurde. »Aber im Ernst, es ist nicht unbedingt Ihr Spezialgebiet und wahrscheinlich hat die Polizei eher weniger mit Schatzraub und dergleichen zu tun, doch für uns ist es immer ein Problem. Zwar wird der Münzmarkt mittlerweile durch einige große Auktionshäuser und anerkannte Münzhändler dominiert, dennoch kommt Diebstahl immer wieder vor. Einige schwarze Schafe unter den Antiquitätenhändlern reichen aus, um erstaunliche Artefakte der Menschheit für immer verschwinden zu lassen.«

***

Zana Vadin hatte Faber den Namen der großen Münzhändler in Deutschland gegeben, die sie kontaktieren sollten. Danach hatte Philipp die Kuratorin nach unten begleitet und die Kiste mit dem Skelett der Frauenleiche übernommen. Er selbst hatte sich ebenfalls ins Klinikum Emden zur Autopsie verabschiedet und wollte seine Freunde erst heute Abend in Klein Hauen wiedertreffen.

»Also gut, Leute«, sagte Faber an sein Team im Großraumbüro gewandt. »Wir sollten kurz rekapitulieren, wo wir stehen. Denn vor lauter Goldmünzen verlieren wir unseren eigentlichen Fall aus dem Blick. Es geht immer noch um unser einbrechendes Seemonster. Laurien, wie hast du die einzelnen Aufgaben verteilt? Bitte mal der Reihe nach, was ihr bisher rausbekommen habt.«

Laurien ging an das Glasboard, das sich schon reichlich gefüllt hatte. »Wir haben insgesamt mit den Diebstählen aus Hesel und Leer vorletzte Nacht acht Tatorte«, fasste sie zusammen, und alle waren ganz Ohr, als sie anfing zu sprechen. Sie konnte genau wie Faber eine Atmosphäre von Ernsthaftigkeit und Autorität mit ihrer puren Anwesenheit erzeugen. Jeder im Raum folgte ihren Ausführungen konzentriert. Und das, obwohl sie zierlich war wie Rike und damit erst einmal keine körperliche Dominanz erzeugte. »Vier Mal auf Sylt. Torben und Friedhelm gehen darauf später ein. Sie haben sich ans Telefon gehängt und so einiges erfahren von den Kollegen auf Sylt. Dann haben wir noch den Einbruch in Wittmund, den Einbruch in Aurich und wie gesagt die beiden Einbrüche in derselben Nacht in Hesel und Leer.«

»Was wir skeptisch betrachten sollten, vielleicht haben wir es mit zwei verschiedenen Tätern zu tun«, gab Rike zu bedenken.

»Genau, daher haben wir hinter dem Einbruch in Leer auch ein Fragezeichen«, erwiderte Laurien.

»Warum Leer und nicht Hesel?«, fragte Tamme.

»Weil ich mit Doktor Moser gesprochen habe. In Hesel haben wir diese komischen Spuren auf dem Dachboden. In Leer haben wir gar keine Spuren. Dass unser Meermann gar nichts hinterlassen hat, ist bisher bei keinem Tatort passiert, außer in Leer. Auch wenn wir zugeben müssen, dass die Spuren, die er hinterlässt, sehr verwirrend und minimal sind«, führte Laurien professionell aus. »In einer halben Stunde schaltet sich Doktor Moser via Polizei-Intranet per Skype zu. Dann wird er detailliert über die Spuren sprechen. Die Tatorte in Wittmund und Aurich haben sich Tamme und Sonja noch einmal genau angesehen. Ich weiß, Chef, du wolltest dir das mit der Lüftungsklappe selbst ansehen, doch da Leer und Hesel dazwischenkam, habe ich Sonja und den Wikinger gebeten, das zu übernehmen.«

»Gut gemacht«, meinte Faber anerkennend, denn sonst hätte er extra nach Aurich rausfahren müssen.

»Ich habe mich in der Zwischenzeit um eine Aufzeichnung der gestohlenen Vermögenswerte gekümmert und eine Liste zusammengestellt, die bereits allen Polizeirevieren vorliegt. Sollte irgendwo in Deutschland eine der Antiquitäten von den sieben Einbrüchen auftauchen, wird man uns verständigen. Ein besonderes Augenmerk habe ich auf den Theodolit gelegt, weil der Diebstahl in Leer anders ist. Außerdem habe ich mit den Versicherungen gesprochen. Insgesamt sind bei den sieben Einbrüchen Versicherungswerte in Höhe von knapp zweihunderttausend Euro verschwunden.«

»Und wenn wir Leer dazunehmen, noch ein Theodolit von einem Versicherungswert von fünfzehntausend Euro. Mal abgesehen von einem Rucksack voll Münzen, der bis zu eine halbe Million wert war«, unterbrach Faber sie wieder.

Laurien sah ihn erstaunt an. »Nicht schlecht, Chef. Selbst Herr Horle konnte aus dem Stegreif den Theodolit nicht schätzen, weil es ein Erbstück seines Onkels war, genau wie die Sextanten. Du kennst die Preise davon?«

Faber winkte ab. »Mitnichten, wahrscheinlich hat mir das unser Papa in spe, Philipp, ins Ohr geflüstert. Kurz bevor er sich darüber aufregte, dass ich nicht wusste, wie Kaiser Augustus aussah«, meinte er sarkastisch und alle schmunzelten. Irgendetwas klingelte jedoch bei dem Gedanken, nur konnte er den Finger nicht darauf legen.

Laurien übernahm wieder und meinte: »Bevor wir jetzt mit Moser sprechen, überlass ich das Feld meinen lieben Kollegen für die Zusammenfassung. Nach Moser sollten wir uns noch den Notruf aus Sylt anhören, den die Notrufzentrale dort aufgenommen hat, als die alte Frau den Herzinfarkt bekam. Vielleicht hört ihr da einen Dialekt raus, der den Täter örtlich irgendwo eingrenzen kann. Okay, das war es von meiner Seite, Friedhelm, leg los!«

Faber konnte nicht umhin, ein wenig Applaus zu spenden, und die anderen stimmten ein, denn Laurien war wirklich gut. Eigentlich ist sie bereit, ein eigenes Revier der Kripo zu übernehmen, dachte Rike in dem Moment und sah ihren Mann an. Verdori, da läuft schon was in diese Richtung, schoss es ihr durch den Kopf. Deshalb hat Richard ihr den Ablauf überlassen! Und kein Wort gesagt, na warte, fluchte sie innerlich.

Friedhelm und Torben sprachen eine Weile, doch es gab keine nennenswerten neuen Erkenntnisse. Sie hatten ihre Hausaufgaben gemacht. Das Wichtigste, was sich ebenfalls auf Sylt bestätigt hatte, waren eigenartige Spuren, keine aufgebrochenen Schlösser und keinerlei Gewalt. Es waren keine Vitrinen zerdeppert, sondern elegant mit einem Dietrich gearbeitet worden, um Schränke zu öffnen. Auch anders als in Horles Villa in Leer, dachte Faber. Denn dort war er auf das Glas der zertrümmerten Vitrinenscheibe getreten. Es wurde für ihn immer klarer, dass die Villa Horle einen anderen Einbrecher gesehen hatte. »Auf jeden Fall muss der Einbrecher sich mit Alarmanlagen auskennen. Wie die der Schauspielerin, die uns der Kriminalrat auf der Titelseite gezeigt hat. Die Dame mit dem offenherzigen Ausschnitt«, fügte er an, und Faber schnaufte, weil er versuchte, seinen Dinosauriern den Sexismus abzugewöhnen, auch wenn die Boulevardblätter immer noch damit arbeiteten. »Entschuldigung, Chef«, meinte Friedhelm sofort. »Also, die Schauspielerin vom Titelblatt hatte eine Alarmanlage, weil ihre Seekarten sehr alt und wertvoll waren. Sie hatte den größten Einzelschaden in Höhe von etwa fünfzigtausend Euro. Diese Alarmanlage wurde professionell abgeschaltet und, was der Kracher dabei ist, nach dem Einbruch wieder eingeschaltet. Denn als die Dame den Einbruch vorfand, hatte sie erst einmal die scharfe Warnanlage ausgeschaltet.«

»Merkwürdig«, brummte Tamme. »Warum macht er das?«

»Wahrscheinlich, um einen Wachdienst nicht zu alarmieren«, meinte Rike. »Wenn die VIPs nicht auf Sylt sind, haben die oft einen Wachdienst, der außerhalb des Hauses nach dem Rechten sieht. Eine funktionierende Alarmanlage gehört dazu.«

»Ob der Typ aus der Branche kommt, ich meine Alarmanlagen oder Wachdienst?«, grübelte Sonja laut. »Soll ich gleich mit Aurich und Wittmund weitermachen, oder habt ihr noch was?«, fragte sie anschließend in Richtung der Polizeimeister. Die schüttelten die Köpfe. »Tamme und ich haben auch nicht viele neue Erkenntnisse in den beiden Fällen. Wie gesagt, das Ehepaar in Aurich hat im Haus geschlafen, als der Einbruch passierte. Sie haben sogar am anderen Morgen erst einmal in aller Ruhe gefrühstückt, als der Ehefrau auffiel, dass ihre barocke Tierfigur, ein stehender Bär aus Meissner Porzellan, auf dem Sideboard fehlte. Dann sahen sie den leeren

Schrank, der wie immer verschlossen war. Dort fehlten weitere Figuren. Allein der Bär war über dreitausend Euro wert.«

»Und was war nun mit der Lüftungsklappe?«, fragte Faber die beiden.

»Wie Philipp schon sagte, eigentlich ein Ding der Unmöglichkeit. Ein Akrobat«, erwiderte Tamme, als das nervende Klingeln des Skype-Anrufs auf Lauriens Computer ertönte. Sie nahm an und stellte das Gespräch auf den Beamer, sodass Mosers Gesicht jetzt riesig an die weiße Wand projiziert wurde.

Faber hob den Finger und Laurien deutete Moser über die Laptopkamera an, einen Moment ruhig zu sein. »Okay, ist das alles oder habt ihr noch was?«

»Ich habe eine letzte Information«, erwiderte Tamme. »Im Schlafzimmer der Eheleute befand sich eine Schmuckkassette mit antiken Schmuckstücken, die ebenfalls verschwand. Das bedeutet, der dreiste Kerl war sogar in dem Zimmer, in dem die beiden schliefen.«

Faber nickte und sagte: »Danke, Tamme.« Dann wandte er sich an Laurien. »Doktor Moser kann loslegen.«

Kapitel 5

Gegen halb sieben kamen Faber und Rike bei der Alten Schule an. Schorlaus Porsche stand bereits auf dem Schulhof unter dem Lindenbaum. Natürlich öffnete sich sofort die Haustür und Benny kam angeflitzt, um seinen Papa und seine Mama zu begrüßen. Philipp wartete an der Haustür und machte ein zufriedenes Gesicht. Anscheinend werkelte Opa in ihrer Küche und bereitete etwas zu, das den Geschmack von Doktor Schorlau traf.

»Prima, dass ihr schon da seid, Benny. Knut und ich haben schon mächtig Hunger, wollten aber auf euch warten«, sagte Philipp und drückte Rike einen Kuss auf die Wange. Benny streckte seine Arme nach Schorlau aus.

»Flip hat viel Hunger und ich auch«, sagte er und rieb sich den Bauch auf Philipps Arm.

»Na, denn nix wi ran an de Sopp!«, witzelte Schorlau auf Platt.

Nachdem die beiden Kommissare es sich auch kleidungsmäßig gemütlicher gemacht hatten und die Dienstwaffen verstaut waren, kamen sie runter. Philipp lag mit Benny mitten im Wohnzimmer. Sie hatten die Carrera-Bahn aufgebaut und brummten um die Wette. Opa rührte in den Töpfen. Faber ging zu ihm und blickte ihm über die Schulter. Er werkelte an einem großen und einem kleineren Topf. »Lecker, Knut! Ist das eine Linsensuppe?«, fragte Faber.

»Ja, für dich mit Kurkuma, Kirschtomaten, Kokosflocken und Krabben. Da habe ich ein ganz neues Rezept von der Pescetarier-Webseite gefunden. Für uns gibt es jedoch die Linsen mit ordentlichen Mettenden und durchwachsenem Speck«, erwiderte der alte Mann. Faber drückte ihm einen Kuss auf die Wange, sodass Knut sich darüber wischte und ihn aus der Küche scheuchte. Der Tisch war schon gedeckt. Opa hatte Schwarzbrot gebacken und bereits ein paar Scheiben mit Butter bestrichen. Faber knurrte der Magen und er nahm sich ein Butterbrot, um reinzubeißen.

»Nu aver an de Pott«, rief Opa und trug den zweiten Topf zum Tisch. Er schöpfte allen auf und schnitt dann ein halbes Mettwürstchen für seinen Urenkel klein. Als alle glücklich vor ihren gefüllten Tellern saßen, war nichts zu hören als gefräßige Stille. Hier und da vernahm man ein genüssliches Schmatzen.

»Opi, smakelk, smakelk«, sagte Benny und schob sich mit seinem Holzlöffel die nächste Portion in den Mund.

»Good freten und pupen und du bliefst dör un dör gesund!«, erwiderte Knut und Benny prustete los. Er hatte in letzter Zeit das Wort pupsen entdeckt und fand beides, auch die Tätigkeit, zum Totlachen. Daher benutzte es Knut zu Rikes Leidwesen andauernd. Opa liebte es einfach nur, seinen Urenkel lachen zu hören und glücklich zu sehen.

»Grootvader«, ermahnte sie ihn. Doch das brachte Knut und Benny noch viel mehr zum Lachen. Nachdem Benny seinen Teller brav aufgegessen hatte, durfte er wieder zur Carrera-Bahn. Er ließ seinen Porsche durch das Looping rasen, sodass er aus der Bahn flog. Was immer unter großem Gejauchze passierte.

»Na, wie war dat denn heute bei euch? Gibt es Neuigkeiten von dem Fall?«, fragte Knut und nutzte die Zeit, da Benny mit sich selbst beschäftigt war.

Rike fasste ihren Tag zusammen und stand dann auf, um Fabers Laptop zu holen. Sie stellte ihn auf die gegenüberliegende Längsseite, sodass alle etwas sehen konnten. »Das ist der animierte Computerfilm, den Doktor Moser aufgrund der Abdrücke auf dem Dachboden in Hesel hat berechnen lassen.«

»Von dem Nurejew-Kamel, das wie Spiderman an der Decke krabbelt«, meinte Faber und lachte.

In dem Moment kam Benny angerannt und drückte sich neben Opa, sodass er über den Tisch auf den Laptop sehen konnte. »Spiderman«, sagte er und Rike schob die Töpfe aus seinem Sichtfeld.

»Das kann er ruhig sehen«, meinte sie und startete den animierten Film. Was dieses forensische Computerprogramm konnte, war faszinierend. Es war zum Beispiel möglich, anhand von Blutspritzern, die fotografiert und in das Programm gescannt wurden, einen Tathergang relativ realistisch zu rekonstruieren. In ihrem Fall hatte Moser jedoch die Fotos der Abdrücke und des gesamten Dachbodens mit der Luke aufgenommen und gescannt. Jetzt sah man eine vermummte Person, deren Fuß vorne in zwei Zehen geteilt war und die sich durch die kleine offene Luke vom Dach herunterhängte. Doch anstatt sich fallen zu lassen, fing die Person an zu schaukeln und landete mit einem enormen Schwung etwa zwei Meter entfernt mit den Fußspitzen auf dem staubigen Boden. Noch beim Aufkommen nutzte die Person die Energie des Schwungs und ging in die Hocke, um nach oben zu springen und den Dachbalken mit den Händen zu erwischen.

»Philipp«, sprach Opa den Forensiker an. »Sind diese Animationen vom Computer so berechnet, dass es realistische Bewegungen sind? Was ich meine, kann ein Mensch so was?«

Philipp antwortete nicht gleich, sondern sah sich wie gebannt weiter die Bewegungen an. Er hatte den Film auch noch nicht gesehen. Die männliche Person nahm am Balken gerade so viel Schwung, dass er erst losließ, als die Füße die Decke berührten. Dort drückte er sich mit Kraft ab und landete nach einer Rolle in der Luft einige Meter weiter auf einem Mauervorsprung, auf dem die Dachbalken lagen. Dort ließ er sich wie ein Insekt langsam zur Bodenluke mit der Leiter herunter, die er wenig später öffnete. Benny sprang begeistert auf der Stelle hoch und runter und rannte dann die Treppe nach oben.

Faber kräuselte die Stirn, sah seinem Sohn hinterher und schüttelte den Kopf. Er hatte keine Ahnung, was der kleine Kerl jetzt wieder vorhatte. Auf dem Bildschirm sah man in dem Moment alle markierten Spuren rot aufleuchten. Philipp wandte sich an Knut und antwortete endlich: »Nun, das Programm erstellt anhand der Spuren den Bewegungsablauf. Und ja, es hat eine Logik programmiert, die sicherstellt, dass die Bewegungen für ein Lebewesen möglich sind. Wir haben manchmal auch Unfälle mit Tieren, zum Beispiel Autounfälle bei Wildwechsel, die wir damit nachvollziehen können.«

Knut schob seine Kapitänsmütze in den Nacken. »Das soll möglich sein? Wer kann denn so etwas? Selbst im Zirkus habe ich Derartiges noch nicht gesehen!«

»Ninja Turtles«, schrie Benny plötzlich vom Treppenabsatz. Er hatte sich sein Kostüm vom Karneval übergezogen, das Opa ihm gekauft hatte. Der Kleine trug kleine grüne Stiefel mit angedeuteten zwei Zehen und ein lila Tuch mit Augenbinde über dem Kopf. Durch die zwei Sehschlitze blickte er sie an. Ninja Turtle Donatello war sein sehnlichster Faschingswunsch gewesen. Mit dem weichen Schaumstoffpanzer auf dem Rücken und einem ebenso weichen Stab in der Hand kam Benny die Treppe runter und rief: »Ha, hu, hiiii, ja!« Er ließ seinen Schaumstoffstab über dem Kopf kreisen, was alle zum Lachen brachte. Benny rannte zu Philipp und vermöbelte ihn nach Strich und Faden mit dem weichen Stock. »Fung Fu«, rief er anstatt Kung-Fu und ließ nicht locker, bis Philipp sich vom Stuhl auf den Boden gleiten ließ. Er stellte sich bewusstlos. Benny lachte und schmiss sich auf seinen Flip. Der kitzelte ihn sofort durch, bis der Kleine quiekte wie ein Ferkelchen.

»Hm«, machte Knut nachdenklich, als sich Benny beruhigt hatte und zu Philipp, der wieder auf seinem Stuhl saß, auf den Schoß krabbelte. »Ein Ninja, der könnte das, oder die Shaolin-Mönche. Ich meine die Bewegungen. Und sieh mal hier«, sagte er und zog Benny einen der weichen Stiefel aus. »Zwei Zehen, mien Jung. Typisch für Ninjas. Ich glaube, diese Stiefel nennen sich Tabis.« Faber war bereits am Googeln und nickte.

»Oh, oh, da wird jemand aber gerade sehr müde«, sagte Rike, als der kleine Ninja Turtle den Daumen in den Mund steckte. Sie wollte schon aufstehen, doch Philipp war schneller.

»Das mach ich. Schlafanzug ist im Bett? Zahnbürste bei euch im Bad?«, fragte er, und Faber nickte, als Philipp zur Treppe ging. »Ich habe dann auch noch Neuigkeiten für euch.«

»Meint ihr das ernst? Der Einbrecher ist so ein Ninja-Kerl?«, griff Rike wieder das Thema auf. Faber hatte auf seinem Handy etwas gefunden und suchte das gleiche YouTube-Video jetzt auf dem Laptop, der weiterhin auf dem Tisch stand. Es war eine Sendung, die sich *Ninja Parkour Meisterschaft* nannte und den Finalisten Christian Harmat zeigte.

»Seht euch das mal an, dagegen ist das animierte Video von Moser ein Klacks«, sagte der Hauptkommissar.

»Nee, nee, nee«, meinte Opa kopfschüttelnd. »Was haben die Kerlchen denn nur für eine Kraft und einen Gleichgewichtssinn!«

»Das gibt es doch nicht. Komm, Richard, wir fahren zu diesem Typen und verhaften ihn. Der könnte ohne Weiteres durch Lüftungsklappen krabbeln und sich an Dachbalken entlanghangeln«, scherzte Rike voller Bewunderung über die Körperbeherrschung dieses Athleten. Als Philipp endlich wieder runterkam, spielte Faber das YouTube-Video erneut für ihn ab.

»Jetzt versteh ich, Mannomann!«, entfuhr es Philipp. »Bevor ich es vergesse: Als eurem Sohn die Augen vor Müdigkeit zufielen, nuschelte er, dass er noch mal runterkommt, weil er die Gutenachtküsse vergessen hat«, fügte er an und lachte.

»Die holen wir dann später nach, davon kriegt er aber nichts mehr mit«, meinte Faber und wollte gerade seinen Laptop runterfahren.

»Lass man«, meinte Philipp und holte einen USB-Stick aus seiner Hosentasche. »Ich will euch was zeigen«, sagte er und schloss das Ding an. Dann öffnete er eine jpg-Datei. Sofort erschien ein Foto auf dem Bildschirm. Gut, dass Opa ein solch erfahrener Kriminalist war und dazu hartgesotten, denn darauf war ein Schädel zu sehen. Die Knochen hatten eine bräunliche Farbe und man sah ein recht großes Loch am Hinterkopf. Philipp ließ erst einmal mehrere Fotos durchlaufen, bis er zu einem Bild mit Beckenknochen kam. »Also, es ist ganz eindeutig, es handelt sich um eine Frau, wie man das am Becken erkennt. Meine Schätzung: zwischen dreißig und fünfunddreißig Jahren, und sie hat ein Kind geboren. War keine einfache Geburt, da sich das Becken ein wenig verschoben hat. Kann natürlich auch von einem Unfall herrühren, aber ich tippe auf eine Geburt in Steißlage, bei der mit Gewalt gedreht wurde.«

»Das kannst du am Becken sehen?«, fragte Rike skeptisch.

»Ich selbst hätte es wohl nur vermutet, doch der Anthropologe und die Gynäkologin, die ich kontaktiert habe, waren sich ziemlich sicher«, fuhr Philipp fort.

»Ist das Loch im Schädel die Todesursache?«, fragte Faber sofort, als er das nächste Foto auf dem Bildschirm betrachtete.

»Ja, ist anzunehmen, denn das war ein massiver Schlag, der bis ins Gehirn ging. Um die Antwort auf deine nächste Frage zu geben, es könnte ein Eispickel gewesen sein. Nur war das Ding etwas größer und nicht spitz. Ein stumpfer Eispickel von der Form her. Aber wer rennt denn hier in Ostfriesland mit einem Eispickel durch die Gegend?« Philipp verzog den Mund.

»Ein Hammer?«, schlug Rike vor.

Philipp schüttelte den Kopf. »Nein, ich war heute stundenlang im Netz und habe keinen gefunden, der solch einen Bogen hat. Das passt nicht!«

»Was ist mit einem Gehstock?«, fragte Knut. »Die haben doch manchmal gebogene Metallgriffe, die so einem stumpfen Eispickel ähneln.«

Philipp sah ihn nachdenklich an und meinte nach einer Weile: »Knut, das ist ein guter Vorschlag. Aber es muss ein besonderer gewesen sein, denn die Ränder haben zwei Einkerbungen. Schaut mal«, meinte der Doktor und zoomte das Foto ran. Das Loch selbst war kreisförmig und auf der rechten Seite hatte es eine genau dreieckige Auskerbung. Links hingegen war viel mehr aufgebrochen. Es sah auf der einen Seite aus wie eine einohrige Katze und links wie der Kopf von Micky Maus mit einem runden Ohr.

»Und was willst du uns damit sagen?«, fragte Faber, der bereits ahnte, dass Philipp mehr in petto hatte.

»Zum Glück wurde bei der Grabung gut gesiebt und die Knochenfragmente waren alle noch vorhanden. Daher habe ich das mal mit Knetmasse zusammengepuzzelt. Im Original sah die Einschlagstelle so aus, bevor die Knochensplitter durch die Gewalt des Schlages abbrachen.« Dann zeigte er ein weiteres Foto, bei dem er die Splitter an der Verletzung des Schädels befestigt hatte.

»Sieht aus wie ein Katzenkopf, ein Kreis mit zwei dreieckigen Ohren!«, meinte Rike.

»Diese Art von Schmuckgriffen bei Spazierstöcken gibt es«, meinte Opa. »Würde ja auch irgendwie in die Welt der Antiquitätenhändler passen, die ihr gerade bearbeitet.«

»Passt mal auf, ich würde gerne etwas vorschlagen, was ich schon immer mal machen wollte. Dafür musst du dem Kriminalrat das Budget aus dem Kreuz leiern«, meinte Philipp an Faber gewandt. »Und das kostet einiges. Aber ich kenne eine Expertin, die von einem Schädel eine Gesichtsrekonstruktion machen könnte. Und zwar schneller als üblich.«

»So wie die das ab und zu bei CSI gemacht haben?«, fragte Knut begeistert und Philipp nickte. Er war ein Fan von diesen amerikanischen Serien, die Forensiker beim Aufklären von Kriminalfällen zeigten. Auch wenn das Gezeigte weit weg war von der täglichen Routine eines Gerichtsmediziners, hatte es durch die CSI-Serien einen Ansturm von Fachärzten in der Kriminalmedizin gegeben.

»Und was kostet das? Ich denke, es ist besser, ich kenne den Betrag, bevor mich der Kriminalrat ans Kreuz nagelt für die Frage!«

Philipp neigte den Kopf hin und her. »Egal ob es eine anatomische Rekonstruktion oder eine computergestützte Gesichtsrekonstruktion ist, beides ist teuer.«

»Philipp, wie viel?«, bohrte Faber weiter.

»Keine Ahnung, ich habe mal gehört, eine Büste ist dreimal so teuer wie ein Computerbild, aber das ist Jahre her. Da muss ich erst mal einen Kostenvoranschlag einholen. Ich nehme an, die Leute beim BKA, die das vielleicht hausintern machen, brauchen dafür mindestens ein Jahr, weil die ewige Vorlaufzeiten haben. Wir sollten uns an meine zertifizierte und unabhängige Expertin wenden«, versuchte er Faber zu überzeugen.

»Meinetwegen, finde mal raus, was das kostet, am besten für beide Verfahren. So, ich hab jetzt noch Lust auf ein Glas Wein, was meint ihr?«

Rike schüttelte den Kopf. »Nein, ich schaue lieber mal nach unserem Tüütje und hau mich ebenfalls hin. Ich bin irgendwie schlagkaputt heute. Trinkt ihr ruhig mal.« Dann ging sie zu Knut und gab ihm einen Schmatz auf die Wange, genau wie anschließend bei Philipp. Ihrem Mann drückte sie einen liebevollen Kuss auf den Mund, sodass er aufstand und nicht anders konnte, als sie in den Arm zu nehmen und zu knutschen. Rike lächelte und sagte dann an Philipp gewandt: »Hast du Opa eigentlich schon die Neuigkeit erzählt? Falls nicht, schick Faber in den Keller, er soll aus dem Kühlschrank unten eine von den Flaschen Schampus holen, die noch von unserer Hochzeitsfeier dort liegen.« Es waren sechs Flaschen in einer Kiste übrig, die damals von Mathias von Wintershausen-Zollner direkt vom Schlosscafé Lütetsburg als Dank für die Lebensrettung geliefert worden waren. Damals war der adelige Nachkomme von einer Serienmörderin aufs Korn genommen worden, die ihre Familie rächen wollte. Fabers Team konnte den Mann im letzten Moment davor bewahren, dass ihm das Rückgrat gebrochen wurde. Den Kommissar hatte es dabei übel erwischt. Als Rike und Faber kurz danach heirateten, zeigte der Mann sich mit Champagner und einer wunderschönen Hochzeitstorte erkenntlich.

»Schampus, wat gifft dat to fieren?«, fragte Knut, der einem Glas Champagner sehr gerne zusprach. Wenn es um Delikatessen und leckere Schweinereien wie Austern, Kaviar und Champagner ging, war Opa ihr Mann.

Faber und Rike sahen Philipp an und nickten. »Opa, ich werde Papa!«, sagte Philipp und dabei wurden seine Augen ganz glasig.

***

Anscheinend war Benny wirklich noch einmal aus dem Bett gekrabbelt, aber nicht, um allen mitten in der Nacht einen Kuss zu geben. Er war in das Schlafzimmer seiner Eltern getapst und hatte sich einfach zwischen sie ins große Bett gelegt. Rike schlief so tief, dass sie es nicht mitbekam, und Faber war ein wenig betäubt vom Schampus. Er hatte sich von Knut und Philipp zu einer zweiten Flasche hinreißen lassen. Daher gab er für Philipp und sich selbst beim Frühstück auch eine Sprudeltablette Aspirin aus. Nur Knut, der bereits in Greetsiel bei EDEKA Rah Brötchen und Zeitung gekauft hatte, war fit wie ein Turnschuh. Als Opa wieder mit seinem Urenkel an der Hand in Richtung Kita lief, fuhren die drei Beamten mit ihren zwei Autos nach Emden. Es gab nichts daran zu rütteln, dass Philipp wirklich bis Freitag bei ihnen beziehungsweise in Opas Gästezimmer-Kinderzimmer blieb.

Faber hatte im Büro als Erstes ein Foto von dem Skelett und eine Vergrößerung der rekonstruierten Einschlagstelle ausgedruckt. »Leute, ich verstehe zwar immer noch nicht, warum diesem Skelett niemand kriminaltechnisch und mit einer Ermittlung nachgegangen ist, aber das ist für uns jetzt erst einmal egal. Wir haben einen weiteren Fall, es sieht ganz nach einem Mord aus. Für einen Unfall ist die Schlagverletzung zu ungewöhnlich. Laurien, kannst du bitte veranlassen, dass wir alles über den Leichenfund herausbekommen?«

»Philipp, wenn du schon hier bist, dann kümmere dich um das Tatwerkzeug, recherchiere mal, was das genau gewesen sein kann. Versuch es einzugrenzen. Und sprich bitte mal mit Moser, ob er was Neues hat. Vor allem, wie alt das Stück Rucksack ist, das wir fanden«, wies er Schorlau an, der es sich an Friedhelms Schreibtisch gemütlich gemacht hatte.

»Aye, aye, Sir. Ich habe ihm gerade den Schädel per Kurier geschickt, da ich wissen möchte, wie lange die Frau exakt in der Erde lag, bevor man sie fand. Er wird auch noch einmal die Einschlagstelle auf andere Materialien prüfen, vielleicht eine winzige Spur von einer Substanz, die uns dem Tatwerkzeug näherbringt. Aber gleich rufe ich erst mal die Kollegin an der Uni Frankfurt an, die sich auf forensische Gesichtsrekonstruktion spezialisiert hat«, schlug Philipp noch vor. Faber nickte ihm zu, obwohl er immer noch nicht wusste, was so etwas kostete.

»Sonja, Tamme, für euch habe ich eine Aufgabe, die euch zupasskommt. Vor allem dir, Kommissarin Withuus, als ehemalige deutsche Polizeivizemeisterin im Karate. Sucht mal alle Vereine, Institutionen und private Kampfschulen raus, die sich auf Ninja-Kampfsport und dergleichen spezialisiert haben. Denn unser Benny kam gestern auf die glorreiche Idee, als er Mosers Video sah, dass es sich um einen Ninja-Turtle handelt«, fuhr der Hauptkommissar fort.

Tamme lachte laut auf. »Die Kriminalistik liegt wohl der Familie in den Genen. Pass mal auf, nicht nur Knut, bald wird Benny dir Konkurrenz machen bei den Ermittlungen.«

Faber grinste etwas verlegen, aber stolz wie Bolle. Er riss sich zusammen und redete weiter. »Tabi-Stiefel, woher kriegt man die, wer trägt die beim Training und wo?« Dann sah er sich um und fragte Laurien: »Wo sind eigentlich Friedhelm und Torben? Die wollten sich doch noch mal um diese Maske kümmern, die wir bei dem Seemonster kurz auf der Überwachungskamera aus Sylt gesehen haben.«

Laurien hob kurz entschuldigend die Hände. »Sorry, Chef, habe ich vergessen zu erwähnen. Wir haben ganz früh eine Schlägerei mit Körperverletzung reinbekommen. Ich habe die beiden ins Krankenhaus geschickt, um die Vernehmungen zu machen. Es gab immerhin drei Verletzte, die stationär behandelt werden, weil sie Stichverletzungen haben.«

Faber stimmte ihr mit einem Nicken zu. »Okay!«

»Und bevor ich es vergesse: Torben hat gestern noch mit seinem Sohn Hado gesprochen, der ist Grafiker, aber auch ein echter Experte, was alte Comics, Horror- und Monsterfilme angeht. Er hat ihm wohl eine Kopie des Films gegeben, und Hado konnte ein wirklich gutes Standbild der Maske ziehen. Die hängt bereits am Glasboard. Darunter findest du die Handynummer von Hado, der wollte sich mal umsehen, ob er das Monster eingrenzen kann.«

»Okay, dann rufe ich jetzt mal bei Hado Husmann an und frage nach«, meinte er und sah Rike an. »Also, alle Mann und Frau ran an den Speck. Komm mit, Rike, wir reden mit Hado.«

Das Ehepaar Waatstedt-Faber hatte Hado bereits bei Torbens dreißigstem Hochzeitstag kennengelernt. Die sogenannte Perlenhochzeit hatte das Ehepaar nach dreißig Ehejahren mit vielen Gästen gefeiert. In der Krummhörn fand man immer einen Grund, um eine schöne Feier zu begehen. Besonders nett war das Ritual gewesen, eine Perle in den Nordseekanal in Greetsiel zu werfen, wo sie gefeiert hatte. Das sollte Glück und weitere dreißig Ehejahre bringen. Faber hatte das so gut gefallen, dass er Rike versprach, es später einmal genauso zu handhaben.

»Moin«, meldete sich Hado, ohne einen Namen zu nennen.

»Moin Hado, hier spricht Richard Faber, der Chef vom Vader«, sagte der Hauptkommissar.

»Ah, Heer Faber, wo geiht dat so?«, erkundigte sich der junge Mann, der mittlerweile Mitte zwanzig war.

»Gut, gut. Hör mal, Hado, Torben hat eine Nachricht hinterlassen, dass du dich mal umsehen wolltest, wegen der Maske. Ach, danke auch für die Bearbeitung des Standbilds, jetzt erkennt man richtig was.«

»Ja, ich musste nicht lange suchen, habe Papa schon eine SMS mit Foto geschickt.«

»Kannst du mir das auch per Mail schicken, ich meine das Foto?«, fragte Faber und gab ihm seine E-Mail-Adresse vom Revier.

»Klaar, mach ich gleich. Aber vorab schon mal ein paar Infos. Was euer Einbrecher da trägt, ist die Maske aus *Creature from the Black Lagoon* oder wie der Film von 1954 auf Deutsch hieß: *Der Schrecken vom Amazonas* oder *Das Ungeheuer der schwarzen Lagune*«, erklärte Torbens Sohn. »Die Maske kriegt man im Internet über fast jeden Kostümversand. Für etwa neunzig Euro ist die Maske schon nicht schlecht. Vom Material her ist das Latex oder Schaumlatex, und sie ist in den Farben Grün und Schwarz zu haben. Wenn man mehr Geld ausgeben will, ist die Maske hochwertiger und angenehmer zu tragen.«

»Von wie vielen Versandhändlern sprechen wir?«, fragte Faber sofort nach.

»Ein paar hier in Deutschland, aber auch Alibaba, der chinesische Versand, und Titan Pop Culture aus den USA vertreiben die Masken. Bei den beiden werden Sie Schwierigkeiten haben, eine Versandadresse zu bekommen«, schaltete Hado sofort, weil er ahnte, worauf Faber hinauswollte.

»Weest bedankt, Hado. Denn man to!«, verabschiedete sich Faber. Kaum hatten sie aufgelegt, machte es Ping und Faber hatte die Nachricht, dass eine neue Mail eingegangen war. Er vergrößerte das Foto und sie sahen es sich an. »Die Maske in Schwarz, das ist sie.«

»Ich kümmere mich mal drum. Mal sehen, ob ich wenigstens etwas von den deutschen Versandhändlern rausbekomme«, sagte Rike. »Schick mir die Mail weiter!« Damit stand sie auf und wollte rüber ins Großraumbüro gehen. An der Tür blieb sie noch einmal kurz stehen. »Sag mal, ist da was im Busch mit Laurien?«

Faber sah sofort von seinem Handy hoch; er war gerade dabei, die Mail weiterzuleiten. »Mal sehen«, sagte er. »Hannover sucht eine neue oder einen neuen Nachfolger für die Leitung der Kripo. Wenn die Leitung der Kripo in der Landeshauptstadt von einer Frau übernommen wird, würde man das dort gerne sehen. Ich habe es mit Laurien abgesprochen und sie würde es machen. Es wäre eine Beförderung für sie zur Hauptkommissarin. Voraussetzung für Laurien ist jedoch, dass man auf sie zukommt und sie zu einem Assessment-Center einlädt.«

»Und wann wolltest du mir das sagen?«, fragte Rike empört.

»Gar nicht«, erwiderte er ehrlich. »Rike, das sind ungelegte Eier, die ich als Chef zusammen mit Laurien jongliere. Das geht keinen Kollegen etwas an, bis es spruchreif wird. Dann erst wollten wir das Team informieren. Doch wenn sich das alles zerschlägt und intern jemand in Hannover nachrückt, hätten wir gar nicht darüber geredet«, erklärte er.

»Aber ich bin deine Frau!«

»Eben, du bist meine Frau und nicht die Personalchefin der Polizei Hannover oder Oldenburg. Eigentlich hätte ich mir denken können, dass du die Sache durchschaust, da Laurien und ich übereingekommen sind, dass sie jetzt vermehrt die Fallermittlungen übernimmt. Sie soll selbstsicherer werden. Aber es gibt keinen Grund, dass ich dir alle Personalinterna mitteile, denn du bist auch meine Kollegin und meine Mitarbeiterin. Ich könnte dir auch nicht vorab sagen, wenn jemand aus unserem Team auf der Abschussliste steht und eine Entlassung oder Suspendierung ansteht. Tut mir leid, das musst du verstehen!«, sagte Faber ganz ruhig und gelassen.

»Ich weiß nicht, ob ich das jetzt gut finde«, sagte Rike etwas enttäuscht. »Wir sind doch wie eine Familie hier auf dem Revier.«

Faber blickte ihr ins Gesicht. »Wie lange weißt du von Silvias Schwangerschaft?«

Rike zuckte mit den Schultern. »Vielleicht drei Wochen, sie rief mich an.«

»Siehst du. Sie ist in Anführungszeichen nur deine Freundin und du hast dennoch geschwiegen. Ich nehme an, Silvia hat dich darum gebeten. Eigentlich ist das eher ein Teil unseres Privatlebens als die Personalentscheidungen im Büro. Verstehe mich nicht falsch, ich nehme dir das nicht übel, denn du hast ein Versprechen gegeben. Mir wurde von Heuer gegenüber dem Team eine Verschwiegenheit abverlangt, bis es spruchreif ist. Versteh das bitte, Rike, und vor allem sag nichts.«

Rike nickte. »Okay, aber überlege dir einen guten Grund für das Team, warum du Laurien momentan förderst. Auch Torben und Friedhelm sind nicht annähernd so naiv, wie sie manchmal tun. Sag ihnen einfach, dass du Laurien wirklich zu deiner Stellvertreterin machen willst, falls du mal ausfällst«, empfahl sie ihm.

»Und dann fragt mich jeder, warum du das nicht wirst!«

»Um Vetternwirtschaft zu vermeiden, bin immerhin deine Frau. Außerdem kannst du sagen, dass ich jetzt nicht nur Kommissarin bin, sondern ebenfalls Bennys Mutter. Meine Prioritäten liegen jetzt woanders als vor unserem Tüütje!«, machte sie ihm klar. »Und jetzt geh ich arbeiten, Chef!«

Faber sah seiner Frau nach und lächelte übers ganze Gesicht. Manchmal fragte er sich, was er wohl getan hatte im Leben, um eine Familie wie diese zu verdienen. Dann lehnte er sich zurück und genoss es, alleine nachdenken zu können.

In diesem Fall hatten sie die vier Einbrüche auf Sylt, wobei die alte Frau einen Herzinfarkt bekam, weil sie sich furchtbar über diese Monstermaske erschreckte. Das war im Höchstfall eine Körperverletzung mit Todesfolge, wobei es bei der juristischen Begutachtung schwierig würde, dem Einbrecher einen Vorsatz nachzuweisen. Denn die alte Frau war nie so spät am Abend in dem Haus gewesen, und er hatte es bestimmt nicht darauf abgesehen, sie zu verletzen. Das sah man daran, dass er später angerufen hatte. Faber fiel ein, dass er Knut die Aufnahme der Notrufzentrale vorspielen wollte. Vielleicht konnte der alte Seebär etwas wie einen Dialekt oder Zungenschlag, der für ein Gebiet an der Nordsee typisch war, heraushören. Sofort hängte er die Aufnahme an eine Mail und schickte sie Opa.

»Waatstedt«, hörte er Knuts sonore Stimme am Festnetz.

»Hallo Knut, ich bin es«, sagte Faber und er konnte Knut lächeln hören.

»Mien Jung. Du, der Benny ist noch nicht von der Kita zurück, den hole ich erst in einer Stunde«, meinte Knut sofort und Faber sah automatisch auf seine Uhr. Es war erst halb zwölf. Solange Opa weiterhin rüstig war, hatten sie beschlossen, den kleinen Kerl ausschließlich am Vormittag in die Kita zu bringen. So hatten Benny und Knut Zeit zusammen und Opa sorgte dafür, dass sein Urenkel etwas Vernünftiges in den Magen bekam. Meistens kochte er ihm einen kleinen Gemüsebrei, ein bisschen Suppe oder es gab einen Salat, damit sie alle abends gemeinsam die Hauptmahlzeit essen konnten. Es war ihnen wichtig, gemeinsam als Familie am Tisch zu sitzen, wenigstens einmal am Tag.

»Du, ich wollte mit dir sprechen. Hast du zufällig deinen Laptop hochgefahren?«, fragte Faber.

»Ja, ich bin gerade am Recherchieren, ob wir sein Donatello-Turtle-Kostüm noch mal zwei Nummern größer bekommen. Der Jung wächst enorm schnell. Hast du gestern gesehen, die Stiefel sind ihm schon viel zu klein und der Rückenpanzer passt ja auch nicht mehr. Für Halloween brauchen wir das neu!«, berichtete Knut, als wäre das wirklich die wichtigste Angelegenheit auf der Welt. Faber seufzte kurz, verkniff sich aber jeglichen Kommentar, der sowieso nur ins Leere laufen würde.

»Hör mal kurz damit auf und schau dir die Mail an, die ich dir geschickt habe. Da ist eine Sprachdatei angehängt. Der Notruf, der in Sylt einging, als die alte Dame den Herzinfarkt bekam …«, erklärte er Knut gerade, aber wurde unterbrochen.

»Und du willst, dass ich dir sage, ob ich vielleicht erkenne, woher der Einbrecher kommt?«, fragte Opa.

»So hatte ich mir das gedacht!«

»Na, dann lass mich mal in Ruhe hören. Ich muss auch noch den Karotteneintopf für Benny und mich kochen. Ich rufe dich später auf dem Handy an«, sagte Opa. »Ach, wir haben gar nicht besprochen, was wir heute Abend essen.«

»Lass man, Knut, wir bringen was vom *Thong Thai* mit. Das schmeckt und du hast keine Arbeit«, schlug Faber vor.

»Prima, für meinen Kleenen gebratene Nudeln mit Gemüse und Hähnchen und für mich die knusprige Ente mit pikantem Gemüse und Reis«, sagte Opa hoch erfreut, denn er liebte den Thai Takeaway.

»Wird gemacht, Küchenchef. Küsschen an dat Tüütje! Und vergiss nicht mich anzurufen, wenn du was raushörst!« Faber legte auf und schrieb auf ein Post-it: Thai! Er steckte den gelben Zettel ein und ging rüber ins Großraumbüro. Alle arbeiteten konzentriert an ihren Computern, bis auf Philipp, der völlig verzückt auf etwas starrte. Sein Gesichtsausdruck wirkte reichlich debil, so wie er den Mund verzog. Faber ging zu ihm und blickte auf seinen Bildschirm. »Nennst du das eine Recherche nach Tatwerkzeugen?«, fragte er ironisch, musste jedoch grinsen. Denn auf dem Bildschirm war Babybekleidung von Petit Bateau und Gucci zu sehen. »Mit einem Strampler wurden unsere Opfer nicht erwürgt«, sagte er in dem Fall selbst etwas zu morbid. Dann sah er auf den Preis und wurde sehr ernst. »Also, du willst ja wohl nicht im Ernst einen Babybody von Gucci für zweihundertvierzig Euro kaufen. Silvia reißt dir die Ohren ab!«

»Nein, so elitär bin ich nicht, aber ist es nicht schön, die anzusehen? Guck doch mal, der kleine Kerl da in dem Strickstrampler«, schwärmte Philipp, und Rike stand auf und kam zu ihnen.

»Och je, ist der niedlich«, fing auch sie an.

Faber klickte mit dem Cursor auf das Kreuz rechts oben, um diese Internetseite zu schließen. »An die Arbeit, Frau Kommissarin«, wies er Rike zurecht. »Und du kommst mit mir, sonst bestellst du nur Blödsinn. Du hast ja einen regelrechten Hormonüberschuss«, schimpfte er mit Schorlau. »Laurien, Schorlau und ich fahren nach Leer, ich möchte noch einmal mit diesem Helge Freese sprechen und nach Robert Maasch sehen. Ach, kannst du mir den Helge Freese mal durch den Computer laufen lassen, ob wir etwas Offizielles von ihm haben, und mich anrufen? Danke!« Er zog Philipp von seinem Stuhl hoch. »Auf geht's, du scheinst ja mit deinen Aufgaben fertig zu sein.«

»Bin ich auch«, erwiderte der empört, nahm seine Jacke und folgte Faber.

»Dann lass mal hören«, sagte Faber, als er den Audi startete. Er öffnete das Rolltor mit der Fernbedienung, um vom Parkplatz zu kommen.

»Moser meinte, der Rucksack kann gut und gerne seine dreißig Jahre auf dem Buckel haben, ist aber so verwittert, dass er mindestens zehn oder fünfzehn Jahre in dem Wurzelgeäst den Witterungen ausgesetzt war. Zufrieden?«, fragte Philipp etwas beleidigt.

»Nee, was ist mit dem Tatwerkzeug, das unser Skelett umbrachte?«

Philipp atmete laut aus. »Ernsthaft jetzt, da gibt es Unmengen von Gehstockgriffen. Hunde, Katzen, Löwen, Leoparden, Enten und Füchse, das sind allein die, die ich bei Amazon als Griff für Spazierstöcke gesehen habe. Da war sogar einer dabei, der eine Axt als Griff hatte. Ich habe nicht mal im Internet bei Antiquitätenhändlern gesucht. Den Ball spiele ich dir zurück. Bring mir ein verdächtiges Werkzeug und ich sage dir zu hundert Prozent, ob es zu dem Loch im Schädel passt«, echauffierte sich sein Freund. »Im Übrigen, sei endlich ein bisschen sanfter zu mir. Ich bin schwanger, da ist man sensibler!«

»Du hast einen Schlag an der Mütze, Philipp«, brummte Faber und fuhr gerade auf den Autobahnring, der Emden umgab. Die A 31 würde ihn direkt nach Leer bringen.

»Wo fahren wir denn eigentlich genau hin?«, fragte Philipp, ohne auf Fabers Nörgelei einzugehen.

»Noch mal zur Villa von Horle und mit dem Neffen reden. Dieser Helge Freese lebt ebenfalls in der Straße. Du hast ihn noch nicht kennengelernt und ich möchte, dass du ihn dir unter dem Aspekt ansiehst, ob er derjenige sein könnte, der den Theodolit und die Goldmünzen aus der Villa genommen hat. Darum möchte ich dich bitten, eher zu beobachten, als zu plappern!«, meinte Faber.

»Richard, ich plappere nicht!«, widersprach Philipp seinem Freund. »Du denkst, Helge hat die Villa einfach aufgeschlossen, erkannt, was da in dem Rucksack an Werten liegt, und den Theodolit bloß mitgenommen, um es nach einem Einbruch aussehen zu lassen?«

Faber nickte. »Das oder der Neffe hat es inszeniert, weil er weiß, dass er den Schatz melden muss und wenn überhaupt nur einen kleinen Finderlohn bekommt.«

»Aber in beiden Szenarien wäre es dumm, eine einzelne Münze dort unter dem Schrank zu lassen. Wenn wir überhaupt nichts von den Münzen gewusst hätten, wäre es das Beste gewesen«, warf Philipp ein.

»Das stimmt. Doch aus so einem alten Rucksack fällt schon mal eine Münze und rollt weg, ohne dass man es merkt. Ich denke, wer immer die Münzen nahm, ärgert sich grün und blau darüber, dass er die eine unter dem Schrank übersehen hat. Denn jetzt dürfte es auch schwer werden, das Zeug zu verkaufen«, grübelte Faber laut. »Laurien hat eine Warnung an Auktionshäuser, Münzhändler und die großen Antiquitätenhändler rausgegeben.«

Für einen Moment war der Forensiker still, dann meinte er: »Wenn du davon ausgehst, dass alle Münz- und Antiquitätenhändler gesetzestreu sind! Ist das aber einer, der kein Problem hat, Provenienzen zu fälschen, kann er mit dem einzelnen Verkauf dieser Aureus-Augustus-Münzen viel Geld machen. Vor allem, weil die Augustus so eine eher mittelmäßige Goldmünze ist, nicht zu teuer, nicht zu billig. Und wie die Kuratorin mir sagte, wurden in den knapp dreihundert Jahren um Christus Geburt einige davon geprägt. Es ist also viel lohnender, damit faule Geschäfte zu machen als mit dieser EID-MAR-Münze für vier Millionen Dollar. Das Risiko, erwischt zu werden, ist viel geringer.«

Faber fuhr bereits in die Gartenstraße ein, parkte direkt vor Horles Villa und stellte den Motor ab. »Aber würde denn ein Sammler nicht ein ganzes Set wollen?«

»Ich denke, auch ein Münzhändler ist an einem ganzen Set interessiert. Wenn sie oder er jedoch klug ist, dann wird das Diebesgut einzeln verkauft. Wenn ein Sammler nichts von einem Set weiß, ist er bestimmt mit einem Einzelstück oder zwei Münzen sehr zufrieden«, spekulierte Philipp. Da Schorlau aufgrund seines Bankkontos eher mal mit Kunst- und Antikhändlern zu tun hatte, vertraute Faber in diesem Punkt der Logik seines Freundes.

Sie stiegen aus und gingen durch das Gartentor zur Villa. Genau wie beim letzten Mal empfand Faber die kühlenden Schatten der hohen Bäume im Vorgarten als einen Segen. Heute war das Thermometer auf gute dreißig Grad geklettert. Gerade wollte er die Treppe zur überdachten Eingangstür hoch, als sie die Musik hinter dem Haus hörten. Auch war Wasserplanschen und einiges an freudigem Gejohle zu hören. »Gehen wir nach hinten in den Garten, ich denke, dort finden wir den Neffen, wahrscheinlich mit seinen Freunden«, schlug der Hauptkommissar vor.

Nachdem sie dem kleinen gepflasterten Weg seitlich der Villa gefolgt waren, sahen sie schon eine Handvoll junger Leute. Einige tummelten sich ums Becken, während andere im Wasser schwammen.

»Moin, Herr Maasch«, sagte Faber laut. Der Neffe von Jürgen Horle ging sofort zu seinem Handy und dimmte die Lautstärke des Bluetooth-Lautsprechers, der den Garten beschallte.

»Tag auch, Herr Kommissar. Haben Sie meine Münzen, bin ich jetzt ein reicher Mann?«, fragte er lachend. Seine Freunde sahen den Kommissar erwartungsvoll an.

»Nein, wir haben die Münzen nicht, bisher nicht. Sagen Sie mal, wissen Sie, was ein Schatzregal ist?«, versuchte es Faber. Er wollte die Reaktion von Maasch sehen, um zu verstehen, ob er die Münzen selbst weggeschafft hatte.

»Keine Ahnung, ein Ort, in dem man Schätze aufbewahrt?«, rätselte Robert.

»Nein, es ist ein Erlass eines Bundeslandes, wie mit dem Fund eines Schatzes umzugehen ist. Sie hätten die Münzen nicht behalten können, daher wird es Sie nicht so sehr schmerzen, wenn ich Ihnen sage, dass der Inhalt Ihres Rucksacks eine halbe Million wert war«, ließ er die Bombe platzen. Robert Maasch entglitten die Gesichtszüge und seinen Freunden entwichen Ausrufe des Erstaunens.

»Echt, die ollen Dinger? Und wieso sind das nicht meine Münzen? Ich hab sie doch gefunden!«

»So ist das Gesetz. Paragraf 984 Bürgerliches Gesetzbuch unter Berücksichtigung der Ländererlasse, der sogenannten Schatzregale«, holte Faber aus. »Aber eventuell hätten Sie vom Land Niedersachsen einen Finderlohn bekommen. Bei der Summe hätte der Finderlohn sich bestimmt auch gelohnt.«

»Und wenn Robby den Schatz behalten hätte?«, fragte einer seiner Freunde, der halb auf einer Luftmatratze im Pool lümmelte.

»Hätte er eine Straftat begangen«, sagte Faber sofort und fixierte Maasch. »Haben Sie?«

Der schüttelte den Kopf. »Nee, der Mirco hat bloß rhetorisch gefragt. Ich wusste doch nicht mal, was ich da gefunden habe.

Denken Sie im Ernst, ich hätte das einfach im Wohnzimmer gelassen? Und die eine Münze, die mir weggerollt ist, noch nicht mal aufgehoben? Wenn ich den Rucksack weggeschafft hätte, weil ich die Münzen behalten wollte, wäre mir ein Bücken nach der weggerollten Münze das wert gewesen«, argumentierte Maasch ziemlich gut. »Ich hätte in dem Fall keine Beweise für Sie zurückgelassen!« Im Grunde sagte er das Gleiche wie Philipp kurz vorher.

»Ich glaube Ihnen. Aber sagen Sie mir bitte: Haben Sie an dem Abend, als Sie ausgingen, die Villa abgeschlossen oder war sie offen, wie Helge Freese es sagte. Er meinte, die Tür war nicht verschlossen, als er am Morgen nach dem Pool schauen wollte.«

Robert Maasch hob die Hände. »Ich werde den Teufel tun und Freese widersprechen. Der hat mir schon, als ich noch ein kleiner Bub war, den Hintern versohlt, wenn wir Mist gebaut haben. Wenn er sagt, es war auf, dann kann es schon sein, dass ich nicht abgeschlossen habe. Die Tür rastete auf jeden Fall jedoch ein. Ist ja nicht so, dass jemand von der Straße einfach vorbeikam und reinmarschiert ist, weil sie offen stand«, verteidigte sich Horles Neffe.

»Das nicht, aber so ein Schloss bekomme ich mit meiner Kreditkarte auf, wenn es nicht abgeschlossen ist«, warf Philipp ein, denn er war für seine Verhältnisse lange genug still gewesen.

»Ach, echt jetzt«, meinte eines der Mädchen im Wasser. Sie schwamm auf ihn zu und hing sich mit den Armen aufreizend an den Beckenrand. »Wenn Sie mir das mal zeigen, dann dürfen Sie mit mir eine Runde schwimmen gehen«, sagte sie lasziv und schmachtete ihn an, sodass alle lachten. Die junge Frau nahm Philipp nur auf den Arm.

Philipp jedoch schüttelte sehr ernst den Kopf. »Die Zeiten, meine Liebe, sind vorbei. Ich werde nämlich Papa, müssen Sie wissen!« Dass dies eine weitere Lachsalve unter den jungen Leuten provozierte, störte Philipp nicht im Geringsten. Er bekam nur wieder diesen trotteligen, glückseligen Gesichtsausdruck.

Kapitel 6

Bernd und Hilde Rodehüser fuhren schon seit dreißig Jahren jeden Sommer aus dem Ruhrgebiet hoch nach Emden. Sie hatten erst vor fünf Jahren in einen neuen Campingwagen investiert, der jetzt fest auf dem Campingplatz Knock unweit von Emden am Knockster Tief stand. Es war wie eine zweite Heimat für sie geworden. Sie spielten sogar schon mit dem Gedanken, wenn sie in ein paar Jahren erst einmal in Rente waren, teilweise hier hochzuziehen. Denn ihre mittlerweile erwachsenen Kinder kamen gerne über das Wochenende, um sie im Urlaub zu besuchen. Oft nahmen die Großeltern ihre Enkel einfach in den Ferien mit. Vielleicht würden sie dann die Frühlings- und Sommermonate ganz hier oben verbringen. Für immer konnten sie nicht an der Küste bleiben, dafür lebten sie zu lange in Castrop-Rauxel. Ihre Freunde und auch Verwandten waren alle im Ruhrpott ansässig. Dennoch war der kleine familiäre Campingplatz eine eigene Welt, in der sie sich wohlfühlten. Hier oben war die Luft so gut, keine überfüllten Autobahnen, kein Fluglärm, und das Leben lief in langsameren, beschaulicheren Bahnen.

Heute Morgen waren sie recht früh aufgestanden und bereits um halb sieben mit ihren E-Bikes unterwegs. Ihre junge Labradorhündin Trixie rannte begeistert neben ihnen her. Sie fuhren am Mahlbusen entlang, um rechts auf die Jannes-Ohling-Straße zu kommen. Von dort würden sie das Restaurant *Strandlust* passieren, das um die Uhrzeit noch geschlossen war. Anschließend mussten sie das Gasterminal der Gassco rechts liegen lassen, bis sie zu dem Naturstrand Knock kämen. Dort in dem kleinen Wäldchen stellten sie normalerweise ihre E-Bikes ab und gingen an einem der wenigen Sandstrände der Krummhörn mit ihrem Hund spazieren. Trixie liebte es, ins Watt zu laufen und sich bei Niedrigwasser abzukühlen, während Hilde ihre Muschelsammlung für ihren jüngsten Enkel Lasse mit hübschen Exemplaren vergrößerte. Nach etwa einer Stunde am Strand ging es mit den Fahrrädern normalerweise weiter Richtung Norden, bis sie auf den Burgweg stießen. Von dort fuhren sie zurück Richtung Wybelsum zum *Hof am Dollart*. Der kleine, aber feine Hofladen öffnete um zehn Uhr am Morgen. Erst wenn sie dann mit frischem Brot, Käse, Tomaten und etwas Obst wieder zum Campingplatz kamen, gab es ein großes verspätetes Frühstück.

Es wehte eine kräftige Brise heute Morgen. Mit den E-Bikes war es viel leichter, gegen den Wind anzufahren. Sie konnten sich kaum noch daran erinnern, wie sie früher mit den normalen Fahrrädern dagegen angekämpft hatten. Trixie rannte ohne Mühe neben ihnen her, bis sie den Strand erreicht hatten. Im Schatten der Baumgruppe schlossen sie ihre Fahrräder ab. Wie immer war um diese Uhrzeit kein Mensch weit und breit zu sehen. Dennoch rannte Trixie sofort los und entfernte sich weiter als üblich von Frauchen und Herrchen. Hilde rief nach ihr, doch Bernd meinte: »Ach, lass sie, die kommt schon wieder!«

Der Hund war vielleicht siebenhundert Meter entfernt stehen geblieben. Jetzt fing er an, laut zu bellen. »Was hat sie denn? Da liegt doch was«, sagte Hilde und die beiden beschleunigten ihre Schritte. Irgendetwas großes Dunkles lag dort am Strand und ihr Hund lief aufgeregt hin und her, während er immer wieder bellte.

»Ich glaube, da wurde eine tote Robbe angespült«, meinte Bernd und pfiff laut. Sofort kam die Labradorhündin angerannt. Er nahm sie an die Leine und sie kamen der Robbe immer näher. Trixie jaulte leicht und zog an der Leine, um Bernd anscheinend schneller dorthin zu ziehen.

»Bernd, das sieht ja aus wie ein Mensch«, sagte Hilde, als sie immer näherkamen. »Oh mein Gott«, entwich es ihr und dann rannten die beiden genau wie ihr Hund.

Als Hilde den schwarz gekleideten Körper, der auf der Seite lag, sah, schlug sie die Hand vor den Mund. Sie ging um ihn herum, während ihr Mann ebenfalls ankam. Hilde wollte dem angespülten Menschen ins Gesicht sehen. Keine Sekunde später stieß sie einen gellenden Schrei aus und fasste sich entsetzt ans Herz.

***

Faber und Philipp hatten gestern Nachmittag erneut mit Helge Freese gesprochen. Wenn der Mann etwas auf dem Kerbholz hatte, dann war er mit seiner stoischen Gelassenheit ein verdammt guter Schauspieler. Ohne konkrete Anhaltspunkte würden sie Fresse nicht weichkochen. Philipp war jedoch zu dem Schluss gekommen, dass Freese wohl nicht derjenige war, dem man den Einbruch in der Villa zutrauen konnte. Sie hatten anschließend Rike auf dem Präsidium abgeholt und waren nach Hause gefahren. Der Abend dort verlief sehr angenehm, man genoss das thailändische Essen und verlor ausnahmsweise keinen Ton über den Fall. Anschließend spielten die drei Männer mit Benny noch eine Runde Mensch ärgere Dich nicht, während Rike ein langes Bad nahm und früh ins Bett verschwand. Opa hatte sich bisher nicht auf einen Dialekt festlegen wollen und plante, am nächsten Tag noch einige Male in den Notruf reinzuhören.

Als bei Faber das Telefon um sieben Uhr auf dem Nachttisch vibrierte, war er sofort wach. Er hatte dadurch, dass auch er gegen zehn im Bett gelegen hatte, wunderbare neun Stunden ohne Unterbrechung schlafen können.

»Moin Tamme«, meldete er sich, als er den Namen seines Kommissars sah.

»Moin Faber, du klingst aber wach. Ich dachte, ich haue dich aus der Kiste«, plapperte der Wikinger erst einmal.

»In besagter Kiste liege ich. Wahrscheinlich nicht mehr lange, wenn du anrufst. Was gibt es?«, fragte der Hauptkommissar. Rike drehte sich zu ihm und schlug ebenfalls die Augen auf.

»Ein Toter am Naturstrand der Knock. Den Rest musst du dir ansehen, denn du wirst es kaum glauben. Moser kommt ausnahmsweise mit dem Helikopter, und wir brauchen definitiv Philipp hier vor Ort. Macht euch schnellstens auf den Weg!«, wies sein Mitarbeiter ihn an. »Du, ich muss, wir haben Probleme, die Touristen vom Strand abzuhalten, die Streifen brauchen meine Hilfe. Beeilt euch!«

In Windeseile hatten sich Faber und Rike fertig gemacht. Zu ihrer Überraschung saß Philipp mit Knut und Benny schon am Frühstückstisch. Der Kleine hatte Philipp geweckt und sie hatten ein Frühstück vorbereitet. Wenigstens die drei waren abgefüttert. Daher erklärte sich Philipp bereit, die restlichen Brötchen zu belegen und eine Thermoskanne Kaffee zu füllen. So konnten seine Freunde auf der Fahrt etwas essen und einen Kaffee trinken.

Aus dem Grund hatte der Hauptkommissar Philipp den Schlüssel für den Audi gegeben und ließ ihn ausnahmsweise fahren. »Philipp, wir wollen lebend dort ankommen«, ermahnte Faber ihn, weil bereits in der ersten Kurve auf der Neu-Etumer Straße fast der Käse von seinem Brötchen geflogen war. Einen Schluck Kaffee zu nehmen, ohne sich die Klamotten zu versauen, daran war gar nicht zu denken.

Der Chef der Forensiker hingegen war glücklich wie ein kleiner Jung, weil er mit Martinshorn und allen Blaulichtern an Bord mal richtig Gas geben durfte. Es war allerdings gut, dass es zu früh war für die älteren Touristen. Sie fuhren gern mal mit fünfzig Stundenkilometern auf der Landstraße, um die Gegend zu bewundern. So wie Philipp fuhr, hätten die sonst einen Herzinfarkt bekommen.

Für die knappen sechsundzwanzig Kilometer, die man normalerweise in dreißig Minuten schaffte, hatte Philipp einen neuen Rekord von neunzehn Minuten hingelegt. Faber war nur froh, dass Tamme bereits den Abbieger von der Landstraße hinter Rysum hatte absperren lassen. Im Moment durfte auch niemand den Campingplatz verlassen, weil man zusätzliche Unfälle mit Fahrrad fahrenden Urlaubern oder womöglich spielenden Kindern vermeiden wollte. Daher war die Jannes-Ohling-Straße, die aus Richtung des Schöpfwerks kam und in Wybelsum endete, mit einem Streifenwagen bestückt. So konnte sich Philipp weiter austoben, bis er nach dem Gassco-Gasterminal hinter Tammes Dienstwagen und den zwei Streifenwagen parkte. Ganz kam er nicht ran, weil auch eine Ambulanz dort stand.

»Na, die kommt ja ein bisschen spät«, kommentierte Philipp die Anwesenheit des Rettungswagens mit reichlich morbidem Humor. Ein sicheres Zeichen dafür, dass er gute Laune hatte. Er öffnete den Kofferraum und holte den Spurensicherungskoffer, Schutzoveralls, Schuhüberzieher und Latexhandschuhe heraus. Tamme hatte großräumig mit dem rot-weißen Polizeiabsperrband den Fundort gesichert. Faber stoppte kurz, als er am Ambulanzwagen ankam. Friedhelm stand dort wie immer in Uniform und stellte einem Zivilisten Fragen. Neben dem Mann saß brav ein hübscher brauner Labrador.

»Moin, Friedhelm, haben wir auch eine verletzte Person?«, fragte er.

»Moin Chef, ja, die Ehefrau von Herrn Rodehüser hat einen Schwächeanfall bekommen, als sie den Toten fanden.«

Faber nickte dem Mann zu und stellte sich vor. »Wie geht es ihr denn?«, fragte er höflich.

»Keine Sorge, meine Hilde ist zäh. Die päppeln sie gerade auf und dann kann uns Ihr Wachtmeister zum Campingplatz bringen. Denn gesehen haben wir gar nichts. Uns ist niemand entgegengekommen oder von dort weggegangen. Meine Trixie«, fügte Herr Rodehüser an und kraulte den Hund hinterm Ohr, »hat die Witterung in die Nase bekommen und uns hingeführt. Mehr können wir nicht sagen, außer dass ich bei dem Anblick ebenfalls einen ziemlichen Schreck bekam!«

Faber bedankte sich und überließ den Zeugen wieder Friedhelm. Rike stand noch am Absperrband und wartete auf Philipps Zeichen. Endlich winkte er sie zu sich, nachdem er einige der unzähligen Fußabdrücke im Sand fotografiert hatte.

»Hier ist ja wirklich alles zertrampelt worden, da könnt ihr ruhig näherkommen. Das macht den Kohl nicht fett«, sagte er, als Rike und Faber endlich nähertraten. Mittlerweile kamen Tamme und Sonja auf sie zu. Sie waren in dem kleinen Wäldchen gewesen, das hinter dem Strand lag. »Ich denke, wir haben unseren Ekke Nekkepenn«, meinte der Pathologe und sah von der Leiche auf. Erst jetzt erblickte Faber die Maske, die der Tote weiterhin trug. In dem Moment hörten sie Motorenlärm und sahen, wie der Helikopter der Polizei Oldenburg in der Nähe auf einer Wiese landete.

»Torben hat sich um die Freigabe der Landung gekümmert und fährt Philipps Leute gleich vom Gebiet der Gassco her. Auch wenn die Wiese außerhalb des Betriebsgeländes liegt, gehört sie noch zur Gassco. Die Norweger haben uns sofort erlaubt, dort zu landen«, erklärte Tamme.

Faber nickte halbherzig, weil er zu sehr damit beschäftigt war, sich das Opfer anzusehen. Opa hatte recht gehabt, es trug Tabi-Stiefel, und auch die Hosen und das Oberteil sahen nach einem Ninja-Kostüm aus. Nur die Maske des Ungeheuers aus der schwarzen Lagune passte nicht recht zu dem Outfit. Philipp hatte mittlerweile genug Fotos von der Leiche gemacht, daher kniete er sich jetzt hin und schob vorsichtig Schutztüten über die Hände des Opfers, die an den Handgelenken zugezogen wurden. Das Gleiche machte er mit den Stiefeln, erst dann hob er vorsichtig den Kopf an und breitete eine größere Folie darunter aus. »Die Maske ist am Hinterkopf beschädigt und wir haben hier Blut«, kommentierte Philipp, während er vorsichtig die Maske vom Kopf des Opfers zog und in einen Asservatenbeutel legte, den Rike ihm hinhielt.

»Verdori«, fluchte Faber, als er in das Gesicht sah. »Das ist ja noch ein halbes Kind.«

Philipp machte weitere Fotos und sah sich anschließend den Hinterkopf an. »Hier ist ein ordentliches Loch drin.«

»Dann wurde der Junge erschlagen?«, preschte Faber vor und hätte sich am liebsten auf die Zunge gebissen, weil er jetzt schon wusste, was kam.

»Wie oft noch«, reagierte Doktor Schorlau sofort. Es war wie ein niemals endendes Spiel zwischen den beiden Freunden. »Da ich nicht der liebe Gott bin, kann ich dir gar nichts über den Tod dieses jungen Mannes sagen, bis ich ihn auf dem Tisch hatte.« In dem Moment kam Doktor Moser mit zwei weiteren Leuten des Spurensicherungsteams, sodass Philipp wenigstens nicht weiter zeterte.

»Chef, schon im Einsatz«, meinte Moser lapidar. Dann wies er seine Leute an, ein Zelt über dem Tatort aufzustellen. »Wir haben vorhin am Absperrband die ersten Teleobjektive im Einsatz gesehen. Ich denke, die Presse hat es bereits auf dem Schirm«, sagte Philipps Assistent.

»Stimmt, wir haben die ersten Meldungen in den sozialen Medien der Presse. Angeblicher Leichenfund am Knockstrand«, las Rike auf ihrem Smartphone vor, während sie zurücktraten, damit das Tatort-Schutzzelt aufgestellt werden konnte. Diese Tatort-Schutzzelte erhielten die Integrität eines Fund- oder Tatorts. Außerdem konnten die Forensiker so ruhiger und geschützter arbeiten, vor allem, was die Presse und Schaulustige anging. Diese Zelte nannten sich auch Speed Tents, weil sie von nur einer Person innerhalb von zehn Sekunden aufgebaut werden konnten.

»Moser, lassen Sie einen Leichenwagen kommen, ich rufe im Klinikum Emden an, dass ich noch einmal in ihre Pathologie muss. Dafür brauche ich aber einen neu bestückten Koffer, weil ich meinen gestern bei dem Skelett schon ziemlich geplündert habe«, sagte Philipp professionell.

»Habe ich mir schon gedacht, denn die Knochen und auch Ihre Beweisbeutel kamen gestern bei uns an. Unser Assistenzarzt Wiegeler hat Ihnen einen neuen mitgebracht. Und Wiegeler, rufen Sie das Bestattungsinstitut in Emden an, das wir immer nutzen. Sagen Sie denen, es muss Platz für einen dritten …«, sagte er und sah Doktor Schorlau prüfend an, »… lebenden Mann und einem Spurensicherungskoffer im Wagen sein.« Mosers Ton erinnerte sehr an Philipp, wenn er Order gab.

»Gut mitgedacht, Moser«, meinte Philipp anerkennend und ging mit seinem Handy am Ohr aus dem Zelt, um das Klinikum anzurufen.

Tamme hielt seinen Kopf in das kleine Zelt, weil er viel zu massig war, um einzutreten. »Einen von Ihnen bräuchten wir noch, um Fingerabdrücke zu nehmen«, sagte er, woraufhin der neue Assistenzarzt mit Schorlaus benutztem Alukoffer bestückt rauskam. Denn das Fingerabdruckset war kaum verbraucht.

»Wir haben im Wäldchen versteckt ein weiteres Fahrrad gefunden. Die beiden E-Bikes gehören den Zeugen, die unsere Leiche gefunden haben. Aber wir nehmen trotzdem Fingerabdrücke. Hinter einem Busch lag ein Mountainbike, nicht abgeschlossen und völlig intakt. Das würde erklären, wie unser Opfer überhaupt hergekommen ist, wenn der Fundort der Tatort ist.« Faber und Rike nickten.

Der neue Forensiker sah Tamme kurz an und meinte: »Ohne voreilig sein zu wollen, denn das schätzen weder Doktor Schorlau noch Doktor Moser, würde ich sagen, der Tatort ist der Fundort. Neben dem Kopf war ein nicht zertretenes Spritzfeld zu sehen, das meiner Meinung nach von einem bebluteten Gegenstand, wahrscheinlich der Tatwaffe, stammte. Es waren typische lineare Spritzfelder, wie von einer Tatwaffe beim Rückschwung.«

»Sie sind aber mutig«, kommentierte Rike das Gesagte mit einem Lächeln und sah sich nach Philipp um. Der war jedoch am Handy und diskutierte mit dem Klinikum Emden. »Na dann, nehmen Sie mal die Fingerabdrücke von dem Fahrrad, damit wir feststellen können, ob sie zu dem Opfer passen.«

Der mutige neue Assistent von Moser nahm schnell und pragmatisch die Fingerabdrücke an dem Mountainbike. Danach rief er das Beerdigungsinstitut an und verschwand im Spurensicherungszelt. Dort nahm er vorsichtig einen Satz der Fingerabdrücke des Toten, indem er die Fingerkuppen auf ein digitales Gerät drückte. Ähnlich wie die Fingerabdruckscans bei der Einreise in die USA oder nach China. Danach zog er die Schutzbeutel wieder über die Hände. Zwanzig Minuten später stand er mit Faber und Rike draußen und arbeitete mit seinem iPad. Sonja und Tamme waren noch einmal zu den Schaulustigen ans Absperrband gegangen, um zu sehen, ob sich weitere Zeugen fanden. Zwei Streifenpolizisten fuhren gerade die E-Bikes des Ehepaars Rodehüser, die auch forensisch untersucht worden waren, zurück zum Campingplatz. Als Philipp mit den beiden Angestellten des Beerdigungsinstituts kam, war Assistenzarzt Wiegeler mit dem Fingerabdruckvergleich fertig.

»Das Mountainbike gehört zu dem Toten«, sagte der jüngere Mann. »Alle Abdrücke, die ich auf die Schnelle verglichen habe, gehören zu ihm. Wir sollten es mitnehmen und weiter untersuchen.«

»Machen Sie das, Doktor Wiegeler«, sagte Schorlau recht wohlwollend, bevor der wieder im Zelt verschwand. Er scheint eine Schwäche für den neuen Doktor zu haben, so freundlich, wie er zu ihm ist, dachte der Hauptkommissar. Die beiden Männer vom Beerdigungsinstitut warteten vor dem Zelt, während Moser und seine Leute die Leiche in den Sack hoben. Der wurde anschließend gleich zum Wagen des Bestatters getragen. »Wer von euch kommt dieses Mal mit zur Autopsie? Alte Knochen kann ich zwar alleine untersuchen, ohne dass die Staatsanwaltschaft mir auf den Pelz rückt, aber bei dem«, meinte er und nickte dem schwarzen Leichensack hinterher, »muss einer von euch dabei sein.«

»Rike und ich kommen mit ins Klinikum, fahr du ruhig mit den Bestattern voraus. Fang nicht ohne uns an. Deine Leute kannst du von dort telefonisch anweisen, wenn noch was ist. Aber Moser und dieser Wiegeler scheinen ja alles im Griff zu haben«, wies ihn Faber an.

Philipp sah ihn an und flüsterte ihm zu: »Sebastian Wiegeler ist der Sohn von Hanno Wiegeler, dem Präsidenten des LKA Niedersachsen. Wir haben hier einen direkten Zugang, wenn es mal nötig wird. Abgesehen davon ist das Kerlchen clever, als wäre er von meinen Genen«, fügte er an, doch besann sich eines Besseren und schwärmte laut: »Mein Sohn wird natürlich auch ein Genie, bei so einer Mutter und so einem Vater.« Dann schnappte er sich den neuen Alukoffer und ging den Männern in den schwarzen Anzügen hinterher.

Rike steckte ihren Kopf erneut ins Zelt. »Herr Wiegeler, schicken Sie doch bitte die Fingerabdrücke an Kommissarin Laurien Heiligenstadt, damit sie im System schon nach dem Toten suchen kann.«

»Wird gemacht, diese Kommissarin ist ebenfalls auf dem Emder Revier, richtig?«, fragte er nach und Rike nickte. »Gut, ich helfe jetzt lieber mal Moser und sorge dafür, dass das Fahrrad in den Helikopter kommt. Vielleicht befinden sich ja noch andere Abdrücke darauf.«

»Soso, der Sohn des LKA-Präsidenten«, nuschelte Faber, als er mit Rike zum Auto ging.

»Scheint aber etwas auf dem Kasten zu haben!«, erwiderte sie nur. »Und wird unser Benny auch ein Genie und bekommt den Nobelpreis? So wie Philipps Kind!«, scherzte sie leise weiter.

Faber stoppte und sah sie an. »Nee, der wird entweder Präsident vom Bundeskriminalamt oder Schiffsbauingenieur wie Opa!« Er grübelte einen Moment und fügte an: »Aber wenn er unbedingt ein Haus hinterm Deich will und Schafe züchten, dann unterstütze ich ihn auch.«

Rike lächelte ihren Mann an. »Gerade ist mir wieder eingefallen, warum ich dich so sehr liebe!«

***

Pathologien in Krankenhäusern waren genau wie in Gebäuden der Rechtsmedizin und den Unikliniken traurige Orte. Fast immer im Keller gelegen, war es dort kalt, weiß gekachelt und von Stahltischen und Kühlfächern dominiert. Wenn irgendjemand glaubte, die Kriminaltechnik würde aussehen wie die hypermodernen Labore oder die Pathologien in den Fernsehserien, hatte er sich gewaltig geirrt. Wenigstens gab es bei den meisten Kliniken mittlerweile eine ausreichende Ausstattung und man fand Aufnahmegeräte über den Seziertischen. Philipp hatte den jungen Mann bereits auf dem Stahltisch vorbereitet. Er hatte die Fasern und losen Haare auf seinem Körper gesichert und ihn dann abgesprüht. Als Faber und Rike in den Saal traten, war Philipp gerade dabei, das hintere Kopfhaar des jungen Mannes zu scheren. Der Junge lag auf dem Bauch und seine Stirn ruhte auf einem dafür vorgesehenen Sockel.

Der Hauptkommissar stieß den Atem aus, als sie eintraten und mit etwas Abstand stehen blieben. Natürlich war der Anblick einer Leiche, vor allem wenn es ein so junger Mensch war, nie einfach zu ertragen. Doch für Faber war der Geruch, der einem in diesen Autopsieräumen entgegenschlug, das Schlimmste. Es roch in ihrem Fall nicht nach Verwesung, die einen süßlichen, stechenden Geruch von verdorbenem Fleisch hatte. Bei recht frischen Leichen war es der unterschwellige Geruch des Todes, der in dem Fall viel zu früh einen jungen Menschen ereilt hatte. Ein verschwendetes Leben. Dieser kaum zu definierende Geruch lag wie ein dicklicher Nebel im Raum und war fast schwerer zu ertragen als die allgegenwärtige Note von Desinfektionsmittel.

Philipp legte den Rasierer weg und nahm wieder die Kamera zur Hand. »Schau an, schau an«, murmelte er kryptisch wie immer. Die beiden Kommissare traten näher und sahen sich die Wunde an.

»Die Kreise schließen sich!«, meinte der Rechtsmediziner.

»Wieso? Und vor allem welche Kreise?«, fragte Faber sofort, denn er sah nur ein gesplittertes Loch im Os parietale oder auch Scheitelbein genannt.

»Was ihr nicht seht, aber ich«, begann Philipp selbstsicher wie immer, »die Einschlagstelle, wenn wir sie einmal so nennen wollen, hat verdammt ähnliche Formen wie die bei unserem weiblichen Skelett. Ich werde bei dieser Wunde ebenfalls die ganzen Splitterstücke einsammeln, die sich bestimmt noch im Gehirn befinden.« Gerne wurde der Doktor gruselig in seinen Beschreibungen, dabei hätte man das anders ausdrücken können. Anscheinend war es Rike heute ebenfalls zu viel.

»Macht mal weiter, ich brauch frische Luft«, sagte sie und ging ungewöhnlich blass aus dem Sektionssaal.

»Seit wann ist Rike so empfindlich?«, fragte Philipp erstaunt.

»Irgendwann wird jedem dein herzloses Gerede mal zu viel«, brummte Faber und sah seiner Frau nach. »Vor allem, wenn man bedenkt, dass dieses Bürschchen wohl kaum älter als zwanzig ist«, grübelte er laut vor sich hin. »Aber was meintest du damit, dass sich die Kreise schließen?«

Philipp sah ihn erstaunt an. »Na, wenn es die gleiche Tatwaffe ist wie bei dem Skelett, dann könnte es der gleiche Mörder sein. Hier liegt unser Ekke Nekkepenn, das ist ja wohl klar, wegen der Maske. Wahrscheinlich ist er doch in die Villa von Horle eingebrochen und hat die Münzen gestohlen. Die Aureus-Münzen waren in seinem Besitz und jetzt hat ihn jemand erschlagen«, fachsimpelte Philipp. Nur leider tat er das nicht auf seinem Fachgebiet. Er versuchte sich mal wieder als Kriminologe, was er nicht war.

»Und?«, fragte Faber deshalb abgeklärt.

»Und, und«, erwiderte Philipp elitär. »Beim Skelett wurde ebenfalls ein Aureus gefunden, und zwar von derselben Charge wie die beiden aus Horles Villa. Ganz klar!«

»Na, lass mal hören, Herr Kriminalrat, was ist denn jetzt ganz klar?«, ließ Faber nicht locker.

»Der Junge hat die Münzen und den Theodolit aus Horles Villa geklaut. Und die weibliche Leiche hatte vor fünfzehn Jahren auch mit den Münzen zu tun. Beide mussten sterben wegen der Münzen!«, erklärte Philipp. »Aus der Hand des gleichen Täters«, präsentierte er den Fall, als wäre er gelöst.

Faber nickte bloß und schnaufte. »Schuster, bleib bei deinen Leisten und erzähl mir lieber etwas über die Rechtsmedizin. Dass man ihm den Schädel eingeschlagen hat, sehe ich selber. Gibt es sonst noch Verletzungen oder außergewöhnliche Merkmale, hast du in der Kleidung was sichergestellt?«

Philipp wirkte erst beleidigt, doch riss sich dann zusammen. »Die Kleidung liegt dort drüben. Es ist anscheinend solch ein Ninja-Anzug, von dem Knut gesprochen hat. Die Marke ist Hayashi, vielleicht hilft euch das. Ich werde die Kleidung mit nach Oldenburg nehmen, damit sie näher forensisch untersucht wird. Ich fahre nach der Autopsie los und komme am Abend zurück. Darin gefunden habe ich allerdings nix. So ein junges Bürschchen ohne Handy, das halten die doch gar nicht aus. Daher geh du mal lieber davon aus, dass der Täter es mitgenommen hat.«

»Was ist mit dem Jungen selbst? Hast du äußerliche Auffälligkeiten gefunden, die uns weiterbringen?«, fragte Faber seinen Freund, der mittlerweile wieder wie ein vernünftiger Mensch redete.

Philipp legte den Kopf etwas schief. »Ich habe ihn gewaschen und dabei etliche Narben gefunden. Schon als Kind hatte er Brüche an Armen und Beinen. Ausgekugelte Schultern, Hautverletzungen, die man immer noch sieht. Das kann natürlich damit zu tun haben, dass er diesen Kampfsport betrieb«, gab er zu bedenken. »Denn betrachtet man seinen Muskeltonus, dann sieht man selbst im Tod, dass dieser junge Mann nur aus Muskeln bestand. Und zwar aus der Art von Muskeln, die nicht aufgepumpt sind, sondern zäh, hart und unwahrscheinlich leistungsfähig. Er war wie ein echter Parkour-Athlet, so wie dieser Ninja Warrior Christian Harmat, den du uns auf YouTube gezeigt hast. Hätte unser unbekannter Tote bei den Ninja-Parkour-

Meisterschaften mitgemacht, hätte er Harmat vielleicht besiegt. Denn Harmat ist mittlerweile über dreißig, und er hier ist vielleicht gerade mal zwanzig.«

»Das heißt, wir suchen einen jungen Mann, der schon als Kind den Kampfsport betrieb?«

Philipp nickte. »Das würde auch erklären, wie er in die Häuser kam. Denn wenn der Junge über Jahre hinweg diszipliniert an sich gearbeitet hat, konnte er mit seinem aktivierten Qi, der geheimen inneren Kraft, körperlich fast Unmögliches vollbringen. Genau wie die Shaolin-Mönche«, erklärte Philipp. Das musste man ihm lassen: Was Allgemeinbildung anging, war er einfach nicht zu schlagen. Er hatte ein Gedächtnis wie ein Elefant. »Man darf aber nicht vergessen, dass jemand dafür Jahrzehnte trainieren muss. Ich nehme an, er hatte einen Meister. Wenn du bei dem Jungen nicht weiterkommst, dann such nach einem Trainer oder Dojo. Am besten nach einem Shaolin-Meister.«

Faber sah ihn durchdringend an. »Philipp, wenn der Junge so eine wandelnde Kampfsportmaschine war, wie konnte ihn jemand von hinten erschlagen?«

»Gute Frage«, meinte Philipp. »Keine Ahnung!«

»Das geht nur, wenn er seinem Mörder vertraute. Doch in dem Fall macht es keinen Sinn, dass er die Maske trug«, grübelte der Hauptkommissar vor sich hin. »Vielleicht war ihm sein Gegenüber körperlich derart unterlegen, dass er die Gefahr gar nicht sah.«

Philipp klatschte in die behandschuhten Hände. »Okay, ich mache mal meinen Job, du musst bei der Organentnahme nicht dabei sein«, entschied er. »Nun hau schon ab. Denn das Prozedere bringt wahrscheinlich nichts, wird aber wie immer ganz schön blutig werden!«

Faber wandte sich schon zur Tür, blieb aber noch einmal stehen und meinte: »Bevor ich es vergesse, Philipp. Gib den Schädel des Frauenskeletts zu deinem Wissenschaftler für die Gesichtsrekonstruktion. Du bist mir mit deiner Spekulation der geschlossenen Kreise zwar etwas weit gegangen, doch anscheinend gehört der alte Mordfall an der Frau irgendwie mit unseren neuen Ermittlungen zusammen. Wir müssen wissen, wer diese Frau war. Den Kriminalrat frage ich lieber nicht. Wenn der Nein sagt, handle ich wieder gegen seine ausdrückliche Anweisung. Das Budget findest du schon, oder?«

Philipp grinste ihn an. »Guter Mann, gute Idee. Doch ich bin wie immer der bessere Mann von uns beiden. Denn ich habe gleich gestern Morgen den Schädel nach Frankfurt geschickt. Gertrud ist eine ehemalige Kommilitonin von mir und mittlerweile eine Spezialistin der forensischen und historischen Gesichtsrekonstruktion. Sie war unglaublich erfreut, von mir zu hören, wenn auch etwas traurig, als ich ihr sagte, dass ich verheiratet bin«, meinte er und seufzte, als ob er an sehr schöne Zeiten dachte. »Auf jeden Fall schiebt sie uns dazwischen. Was sonst Wochen dauern würde, haben wir wahrscheinlich schon nach dem Wochenende.« Philipp war stolz auf seine guten Beziehungen und sein Blick frohlockte, als hätte er damit den Fall gelöst.

»Nicht schlecht, Herr Specht. Gut gemacht!«, erwiderte Faber, musste Philipps Übermut aber noch einen Dämpfer mitgeben. »Dann hoffe ich nur, die Dame macht dir aufgrund eures damaligen Stelldicheins ein Freebie!« Womit er Schorlau klarmachte, dass der Auftrag kein Geld kosten sollte.

»Banause«, schimpfte Philipp und machte sich daran, den Toten umzudrehen. »Als ob man meine Liebesdienste mit Geld aufwiegen könnte!«

***

»Ist dir jetzt wieder besser?«, fragte Faber, der seine Frau vor dem Klinikum in Emden abholte.

»Auch nichts anderes als deine Übelkeit auf dem Boot. Ich werde zwar nicht zimperlicher, aber immer, wenn es um so junge Menschen geht, bekomme ich mehr und mehr Probleme. Ich dachte, ob ich mir den toten Jungen nun genau ansehe oder nicht, spielt keine Rolle. Weißt du, ich wollte einfach nicht. Hoffentlich ist das okay?«, erklärte sie sich, als beide zum Audi gingen. Faber nickte und lächelte sie an. Dann nutzte er die Gelegenheit, um sie auf den neusten Stand der Dinge zu bringen.

Als sie zurück aufs Revier kamen, war nur Laurien anwesend und telefonierte gerade. Rike machte für sich und ihren Mann einen Espresso macchiato und sie warteten, bis Laurien aufgelegt hatte. »Moin, Rike, Chef!«, begrüßte sie die beiden. Diese Begrüßung wurde in Ostfriesland über den ganzen Tag verteilt benutzt, egal ob es morgens, mittags oder auch abends war.

»Moin, Laurien. Wie sieht es aus, bist du auf dem neuesten Stand?«, fragte der Hauptkommissar und hatte sich ihr gegenüber auf Tammes Platz gesetzt.

Kommissarin Heiligenstadt nickte und meinte: »Sonja hat mir so weit alles berichtet. Dieser neue Forensiker in Schorlaus Team, Doktor Wiegeler, hat mir die Fingerabdrücke des Opfers geschickt. Er ist nicht im System. Wir tappen immer noch im Dunkeln, was den jungen Mann angeht. Tamme und Sonja klappern Kampfsportstudios und Dojos ab. Philipp hat mich eben sogar angerufen und gebeten, mal nach Shaolin-Mönchen in Deutschland zu recherchieren«, erwiderte sie.

»Ich spreche mit Monika Altmann, ich möchte gerne das Foto des Jungen an die Presse geben. Wir werden keine Silbe von der Maske und dem Ninja-Kram offenlegen, sonst ist übermorgen hier die Hölle los. Dann wird man Rückschlüsse zu dem Sylter Seemonster ziehen«, sagte Faber. »Der Junge sollte erst einmal bloß der Tote am Strand sein. Sind Torben und Friedhelm noch bei den Zeugen?«

»Nein, die kümmern sich schon wieder um die Schlägerei, damit es da weitergeht. Aber falls du die Zeugen um Verschwiegenheit bitten wolltest, das haben die beiden den Rodehüsers schon gesagt. Und wie ich Friedhelm kenne, hat er nicht nur darum gebeten, er hat eine Verschwiegenheit angewiesen.« Laurien grinste Rike bei den Worten an, denn die kannte die beiden Ostfriesen am besten. Rechtlich gesehen konnte man Zeugen nicht zum Schweigen verpflichten. Mehr als eine Bitte aussprechen war nicht möglich. Das Gleiche galt für die Presse, und darum waren einige Kriminalfälle immer wieder ein Drahtseilakt. Doch Friedhelm und Torben nahmen das in ihrer direkten ostfriesischen Art nicht immer genau.

»Rike, ruf du doch die Liste der Antiquitäten- und Münzhändler durch. Damit die unseren Aufruf nach den Aureus-Münzen ernst nehmen. Vielleicht hat sich was ergeben«, schlug Faber vor. »Ich weiß, ist ein bisschen ätzend, aber muss auch erledigt werden.«

»Schon okay. Hast du sonst noch was, Laurien?«, fragte Rike anstatt des Chefs.

»Gut, dass du fragst. Es ist eventuell was Brauchbares reingekommen. Ich habe doch für dich den Helge Freese überprüft, Faber.«

Der Hauptkommissar nickte. »Ziemlich erfolglos, das sagtest du jedenfalls gestern, bevor ich mit Philipp erneut hingefahren bin.«

»Nun, es hat sich heute ein pensionierter Kollege, ehemaliger PM Holthusen aus Leer, gemeldet, der schon seit Jahren im Ruhestand ist. Der Freese muss wohl schon immer auf seinem Schirm gewesen sein, und da Holthusens Sohn ebenfalls ein Kollege in Leer ist, hat er ihm von meiner Anfrage erzählt. Denn ich habe nicht nur die Datenbanken abgefragt, ich rief zusätzlich auf dem Präsidium in Leer an. Der Sohn meinte, es wäre vielleicht gut, mal mit dem pensionierten Vater zu reden. Wenn ihr Zeit habt, fahrt rüber.«

Faber sah auf seine Uhr. »Lass uns eine Stunde, damit ich mit der Pressesprecherin und Rike mit den Händlern in der Nähe sprechen kann, dann fahren wir. Kannst du uns bitte bei diesem Holthusen senior anmelden? Sagen wir für drei Uhr, das sollten wir schaffen.«

Eine Stunde später waren die beiden wieder auf den Weg nach Leer. Der ehemalige Polizeimeister Holthusen wohnte in einem kleinen Haus in der Wiardastraße. Man sah dem Häuschen an, dass es von einem kleinen Beamtengehalt gekauft und umgebaut worden war. Auch hier war der Garten mit altem Baumbestand bepflanzt. In einem der Kirschbäume schwang immer noch eine alte Schaukel, die aussah, als hätte sie die Kindertage des Sohnes überlebt. Kaum dass sie das kleine weiße Gartentor geöffnet hatten, erschien oben auf der Treppe des Seiteneingangs ein stämmiger älterer Mann. Er stand mit seiner Pfeife im Mundwinkel unter dem Holzdach.

»Moin, hab Sie schon erwartet. Kommissarin Waatstedt und Hauptkommissar Faber, richtig?«, rief er ihnen entgegen. »Ihre nette Kollegin Heiligenstadt hat Sie angekündigt. Kommen Sie rein, meine Frau hat gerade Mehlpütt mit Vanillesoße und roter Grütze gemacht. Dann stärken Sie sich erst einmal, ich weiß ja, wie das mit den Ermittlungen ist. Oft ist keine Zeit für ein gutes Mittagessen.«

Faber schüttelte dem alten Mann, der ähnlich gekleidet war wie Knut die meiste Zeit, kräftig die Hand. »Da haben Sie recht, vor lauter Arbeit haben wir seit heute Morgen nichts zwischen die Zähne bekommen.« Auch Rike lächelte, weil ihr Magen laut knurrte.

»De Mehlpütt von mien Froo is dat Best!«, erwiderte Holthusen auf Platt und führte sie durch den langen Flur in die gute Stube und von dort auf eine schattige Terrasse in den hinteren Garten. Der große Gartentisch stand unter einer blau-weißen Markise mit Blick auf einen Teich voller Seerosen und blühender Wasserlilien. In der Mitte sprudelte eine Fontäne, was ein beruhigendes Plätschern zu ihnen herüberwehte. Es war für drei Personen eingedeckt, als Frau Holthusen eine Platte mit dem Mehlpütt und der heißen Vanillesoße rausbrachte. Sie stellten sich ihr vor, doch die Frau des Ex-Polizisten entschuldigte sich, weil sie weg musste. So legte Holthusen jedem einen der runden Dampf- oder Germknödel, wie die Speise außerhalb Ostfrieslands genannt wurde, auf den Teller.

Faber und Rike langten erst einmal zu, nachdem ordentlich Vanillesoße und rote Grütze auf ihrem Teller gelandet waren. »De Mehlpütt smakelk!«, sagte Faber, wechselte dann aber ins Hochdeutsch, um auf ihr Anliegen zu kommen. »Könnten Sie uns ein bisschen von Helge Freese erzählen? Ihr Sohn meinte, Sie kennen ihn ziemlich gut, und das nicht gerade freundschaftlich.«

Sofort legte Holthusen seinen Löffel auf den Teller und nickte wissend. »Ich war noch ein junger Mann und Polizeimeister hier in Leer, als mir Freese das erste Mal unterkam. Er war einer von denen, die vor der Wende aus dem Osten kamen. Mir schien er von Anfang an nicht koscher zu sein.«

»In welcher Hinsicht?«, fragte Rike mit vollem Mund.

»So ein Gefühl. Außerdem dachte ich mir, wen lassen die denn drüben gehen? Oft waren es natürlich Regimegegner, aber auch einige Kriminelle wurden damals abgeschoben. Und Freese sah mir nicht wie ein Regimegegner aus. Erst wohnte er bei seiner Schwester in Filsum, dann kam er nach Leer. Helge Freese war natürlich erst einmal ein unbeschriebenes Blatt für uns. Er wurde dann hier gemeldet in dem Haus, in dem er immer noch wohnt. Aber damals war er nur einer der Untermieter, wie das häufig in den Zeiten so war. Er fing als Automechaniker in Leer an. Eine Zeit lang fiel er nicht auf. Bis es zu der Einbruchsserie kam.«

»Sie hielten ihn für einen Langfinger?«, fragte Faber und löffelte den letzten Rest Vanillesoße. Holthusen wollte ihm einen weiteren Mehlpütt anbieten, den er aber dankend ablehnte. Erstaunlicherweise schlug Rike ein weiteres Mal zu.

Während er Rikes Teller erneut füllte, meinte Holthusen: »Mehr als nur dafür halten. Doch ich konnte dem cleveren Kerl nie was nachweisen. Sie sind zu jung, um sich an die siebziger und achtziger Jahre zu erinnern, aber damals kam es schwer in Mode, Häuser an der Küste zu kaufen. Wie Sie sich vorstellen können, waren es die wohlbetuchten Deutschen aus den Großstädten, die sich solche Villen in der Nähe zum Meer leisten konnten. Von Wilhelmshaven die ganzen Siele entlang in Richtung Norden gab es immer wieder Einbrüche. Wir waren damals der Meinung, dass es sich immer um die gleichen Täter handelte. Sie waren spezialisiert auf Schmuck und Bargeld, was damals noch ohne Ende in den Ferienvillen rumlag. Es lohnte sich auch noch, eine Stereoanlage mitgehen zu lassen.«

»Wie kamen Sie denn auf Helge Freese?«, fragte Faber geradeheraus.

»Alle Einbrüche passierten bei Kunden von zwei Autohäusern. Eines in Leer, das auf Mercedes spezialisiert war und bei dem Helge Freese arbeitete. Das zweite Autohaus war damals in Wilhelmshaven ein BMW-Händler, der genau wie das Mercedes-Autohaus in Leer die einzige Garage für die großen Luxusmodelle darstellte. Bei dem BMW-Händler arbeitete ein Mechaniker, der eine kleine Vorstrafe wegen Autodiebstahl hatte.«

»Und Sie glaubten seinerzeit, die beiden, Helge und der andere Mann, waren Partner bei den Einbrüchen?«, hakte Faber nach.

Holthusen nickte. »Zugang zu den Adressen der Fahrzeughalter war kein Problem für die beiden. Ich hatte mich damals mit einem Kollegen in Wilhelmshaven kurzgeschlossen. Aber erst, nachdem Fingerabdrücke von Helge Freese am Schloss einer der aufgebrochenen Villen gefunden wurden. Leider stellte sich raus, dass sowohl Freese als auch Norbusch, der Mann in Wilhelmshaven, als Schlosser aushalfen. Sie hatten bei einigen Häusern mit den Schlössern geholfen. Sie gaben den Autobesitzern ihre Telefonnummer, falls mal was unerwartet am Wochenende mit den Autos passierte oder vielleicht etwas im Haus zu reparieren war.«

»Sie denken, das war ihre Masche?«

»Ja, das denke ich, konnte jedoch nichts davon beweisen. Meiner Meinung nach hat Freese die Schlösser an den Häusern mit einer Büroklammer ruiniert, die er darin abbrach oder so etwas. Natürlich immer am Wochenende, wo man nur schwer jemanden zur Reparatur bekommt. Die Leute erinnerten sich in ihrer Not an den netten Kfz-Mechaniker, und der half und baute für kleines Geld ein neues Schloss ein.«

Rike runzelte die Stirn und schob pappsatt ihren Teller von sich. »Aber dann wäre es doch viel einfacher gewesen, einen Schlüssel für ein Schloss zurückzuhalten, anstatt einzubrechen.«

»Ja«, bestätigte Holthusen. »Aber dann wäre doch gleich der Verdacht auf Freese und Norbusch gefallen. Es war auch nicht an allen Tatorten ein Schloss vorher ausgetauscht worden, sodass er die Lage dort vorher inspizieren konnte. Dafür aber brachte Freese manchmal einen reparierten Wagen mit einem Kollegen zu den Häusern und sah sich dabei um. Die Leute waren sehr arglos und ließen die Mechaniker einfach rein, um abzurechnen, oder auf einen Kaffee.«

»Kannte Freese denn diesen Norbusch?«, fragte der Hauptkommissar.

»Konnte ich ihm nie nachweisen. Aber Norbusch wurde in Gera geboren, während Freese aus Chemnitz, dem damaligen Karl-Marx-Stadt, kam. Zufall? Vielleicht!«, meinte Holthusen und zuckte mit den Schultern.

»Und haben Sie nach der Wende mal verfolgt, ob die beiden sich aus DDR-Zeiten kannten?«, fragte Rike.

»Als die Wende kam und die nächsten zehn Jahre danach, war an Informationen nicht ranzukommen. Es sei denn, es ging um Stasiakten, die eingesehen wurden. Außerdem wurde viel von dem alten Kram nicht digitalisiert. Das war mir zu viel Aufwand, weil mein Boss die Einbruchsfälle dann auch ad acta legte. Sie hörten auf, wie sie gekommen waren. Kurz danach kündigte Freese bei der Kfz-Werkstatt und wurde Lkw-Fahrer. Das Einzige, was ich noch von meinem Kollegen in Wilhelmshaven hörte, war, dass Norbusch auch nicht mehr bei dem BMW-Händler arbeitete.«

Holthusen seufzte. »Freese hatte nie richtige Alibis. Dennoch ist er ein Fuchs, der ließ sich nie einschüchtern. Der lügt so gut, man merkt ihm nichts an. Ich bekam eine Zimmerdurchsuchung bei Freese durch, es ergaben sich keine Resultate. Was nichts bedeutete, denn der verstand sich gut mit der alten Wilma. Sie war die kinderlose Witwe, der das Haus gehörte, in der er zur Untermiete wohnte. Entweder die Beute war dort versteckt oder er hatte sie irgendwo in einem Lager.« Er stand auf. »Mögen Sie einen Kaffee? Ist schon fertig gemacht in der Küche.«

Die beiden Kommissare stimmten sofort zu und er verschwand. »Was meinst du?«, fragte Faber seine Frau.

»Er scheint mir ein guter Polizist zu sein. Und du weißt, wie viel ich mittlerweile auf Bauchgefühle gebe. Vielleicht hatte Freese damals Dreck am Stecken, aber die Einbrüche jetzt, wie sollen die im Zusammenhang stehen?«

In dem Moment kam Holthusen wieder auf die Terrasse und schüttete Kaffee ein. »Aber sagen Sie mir jetzt mal, warum Sie Freese überprüfen ließen?«, kam die Frage des ehemaligen Polizisten sehr geduldig.

»Sehen Sie, wir sind einer Einbruchsserie auf der Spur. Eigentlich ist Freese zu alt, um selbst der Einbrecher zu sein. Es sind jedoch in einem Haus Goldmünzen verschwunden, für deren Diebstahl er die Möglichkeit und nach Ihrer Ansicht das kriminelle Potenzial hat. Nur müsste er sich dann damit auskennen. Nicht jeder würde diese dreckigen und aneinander gebackenen Dreckklumpen als wertvolle Münzen erkennen«, war Faber ganz ehrlich. »Aber ich muss Sie bitten, das vertraulich zu behandeln. Es sind nun einmal laufende Ermittlungen, Sie verstehen?«

Holthusen trank einen Schluck Kaffee. »Natürlich, das verstehe ich. Wissen Sie, ich denke, Freese würde wertvolle Münzen erkennen. Er hat, nachdem er das Haus von der Wilma erbte, zunächst nicht mehr gearbeitet. Später fing er an, sich als eine Art Hausmeister um mehrere Gebäude zu kümmern. Eines davon war das Haus eines Antiquitätenhändlers hier in Leer. Ich glaube, es war in der gleichen Straße, in der Freese wohnte.«

»Sie meinen nicht Horles Villa am Anfang der Gartenstraße, oder?«

»Doch, doch, Frau Waatstedt. Da wohnte der Mann, und die beiden waren ziemlich dicke Freunde, denn Freese sah immer nach seinem kleinen Sohn, wenn der mal nicht im Kindergarten war. Ich dachte damals erst, dass dieser Antiquitätenhändler vielleicht der Abnehmer von dem gestohlenen Schmuck war. Daher überprüfte ich den Mann. Aber der war grundanständig, hatte sich nie was zuschulden kommen lassen. Leider starb der Mann dann recht jung und sein kleiner Sohn war allein. Er kam ins Kinderheim. Wenn in seinem Laden gestohlene Schmuckstücke gewesen wären, hätte man das bei der Geschäftsauflösung gefunden.«

»Vielen Dank, Herr Holthusen. Mal sehen, was wir mit Ihren Informationen in unserem Fall anfangen können«, bedankte sich Faber. »Auf jeden Fall war der Mehlpütt eine Sensation!« Er stand auf und auch Rike erhob sich.

Sie nahm ihr Smartphone aus der Jeans und rief ein Bild auf. »Eine Frage noch, kennen Sie diesen jungen Mann?«, meinte sie und zeigte eines der Fotos, die Philipp ihr aus der Pathologie geschickt hatte.

Holthusen nahm ihr Handy und sah auf das Foto. »Der arme Junge; auch wenn er aussieht, als ob er schläft, erkenne ich, dass er tot ist. Aber es tut mir leid, ich weiß nicht, wer das ist.« Der alte Mann schüttelte erschüttert den Kopf über solch ein ausgelöschtes junges Leben. »Hat der Tote ebenfalls mit Ihrem Fall zu tun, eventuell mit Freese?«

»Das gilt es herauszufinden«, sagte Faber und schüttelte zum Abschied die Hand des Ex-Kollegen.

Kapitel 7

Der Freitag und das Wochenende verliefen ruhig und völlig nichtssagend, was den Fall betraf. Silvia holte am Freitag Philipp wieder ab und sie kehrten nach Oldenburg zurück. Doch vorher konnte Philipp schon mal einen Vorgeschmack auf seine Vaterfreuden bekommen. Benny musste am Freitag zum Zahnarzt, und es gab das gleiche Theater wie schon vor einem halben Jahr. Selbst sein geliebter Onkel Flip konnte Benny kaum beruhigen. Erstaunlicherweise war der Kleine, sobald er im Stuhl saß, plötzlich lammfromm. Rike vermutete, dass Bea, seine leibliche Mutter, ihn mal zu einem Zahnarzt gebracht hatte, der nicht gerade einfühlsam mit Kindern umging. Sie hofften jedoch, dass die gute Erfahrung die künftigen Besuche leichter machte. Benny jedenfalls war nach der Untersuchung irgendwie völlig verblüfft, dass es nicht wehgetan hatte. Hilfreich war auch die kleine Schatzkiste, welche die Zahnärztin in ihrem Behandlungszimmer hatte. Das hatte Benny natürlich sofort spitzbekommen: Wenn er den Mund aufmachte, dann durfte er sich nach der Behandlung etwas aus der Kiste nehmen. So wurde der Freitag, den sich Rike für den Arzttermin extra freigenommen hatte, in dieser Hinsicht doch ein Erfolg.

Auf dem Revier hatte Laurien zusammen mit Faber alles Mögliche in Gang gesetzt, um alte Unterlagen aus Gera und Chemnitz zu bekommen. Die Kollegen auf den Dienststellen waren sehr nett und hilfsbereit und versprachen, sich gleich Montag wieder zu melden. Die Chemnitzer Beamten waren besonders, was einen eventuellen Gefängnisaufenthalt von Freese und Norbusch im damaligen Untersuchungsgefängnis Kaßberg betraf, sehr zuversichtlich. Denn seit 2011 war das damalige Gefängnis zu einem Lern- und Gedenkort gemacht worden. Daher bestand vielleicht die Möglichkeit, noch alte Insassendokumente im Archiv der Gedenkstätte zu finden.

Sonja und Tamme klapperten die Kampfsportstudios in der näheren Umgebung ab und telefonierten sogar mit einem den Lehren der Shaolin folgenden Kloster nahe Schneverdingen in der Lüneburger Heide. Sie schickten ein Foto des Opfers per Mail und die Klosterleitung wollte sich zurückmelden. Außerdem kümmerten sich Friedhelm und Torben zusätzlich zum Fall der Körperverletzung um die diversen Kampfsportwettbewerbe, an denen der tote Junge teilgenommen haben könnte.

Faber und die Pressesprecherin vereinbarten, erst einmal mit der eventuellen Veröffentlichung des Fotos bis zur nächsten Woche zu warten. Es war immer problematisch, einen Aufruf an die Bevölkerung zu richten. Solch eine Aktion zog einen Rattenschwanz von Organisation hinter sich her. Man musste Hotlines bereitstellen, Kollegen schoben stundenlangen Telefondienst, und leider meldeten sich immer viel zu viele Spinner, die sich wichtigmachen wollten. Nur hatte man erst einmal mit einem Bürgeraufruf die Büchse der Pandora geöffnet, dann musste man jedem Hinweis hinterhergehen. Dabei spielte es keine Rolle, ob dieser bloß der Fantasie eines Wichtigtuers entsprungen war. Jeder Einsatz, jede Mannstunde kostete in diesen Fällen Geld und wollte gut überlegt sein. Aus diesem Grund hielt sich die Polizei bedeckt, was den Fund des Toten in der Knock anging, und glücklicherweise war das Ehepaar Rodehüser nicht wild auf Publicity. Sie sagten auf Anfragen der Presse nichts von der merkwürdigen Gestalt mit der Maske.

Als es am Samstag dann noch anfing zu regnen, wurde es ein gemütliches und endlich mal wieder von Arbeit freies Wochenende. Opa, Faber und Benny machten eine Begehung des kleinen Stalls, der neben der Alten Schule stand. Ursprünglich war der Hauptkommissar aus Frankfurt mal ein begeisterter Reiter gewesen und hatte am Anfang mit dem Gedanken gespielt, sich wieder ein Pferd zuzulegen. Doch sein Beruf und die Familie ließen ihm einfach zu wenig Zeit für dieses Hobby. Aber ein paar Hühner in dem kleinen Stall unterzubringen und vom hinteren Garten etwas abzuzäunen, war eine reizvolle Idee. Das fanden auch Knut und Benny, die ganz aus dem Häuschen waren, als Faber mit dem Vorschlag kam. Nur Rike war zurückhaltend, vor allem was einen Hahn betraf. Sie wollte nicht jeden Morgen bei Sonnenaufgang vom Krähen geweckt werden. Ihre drei Männer jedoch fanden, dass die Hühnerdamen unbedingt einen Hahn in ihrer Mitte brauchten, denn Benny wollte irgendwann kleine gelbe Küken. Das letzte Wort war in der Hinsicht nicht gesprochen. Erst einmal besorgten Opa und sein Freund Hannes genug Holz, um im Stall ein ordentliches Hühnerhaus zu bauen. Und da der Regen am Sonntag nicht nachließ, wurde an dem Tag ebenfalls gesägt und genagelt. Da Benny es herrlich fand, mit seinem Papa und Opa zusammen zu werkeln, gönnte sich Rike einen Wellnesstag in der *Oase* in Greetsiel.

Dementsprechend entspannt kamen die beiden Kommissare auch Montag wieder auf dem Revier an. Und dann passierte etwas, was bei einer Ermittlung öfters vorkam: Die Dinge überschlugen sich. Als Faber und Rike reichlich verträumt das Großraumbüro betraten, summte es dort bereits wie in einem Bienenstock.

Alle waren anwesend, was gegen Viertel nach acht nicht gerade selbstverständlich war, und jeder von ihnen telefonierte. »Was ist denn hier los?«, fragte Faber eher rhetorisch.

»Tja, so ist das, wenn du Laurien die Leitung überlässt. Alle Neuigkeiten kommen bei ihr an«, sagte Rike und hängte ihre Jacke über den Schreibtischstuhl. Faber wollte gerade einen Espresso macchiato aufbrühen, als sein Telefon ebenfalls klingelte.

»Anscheinend erinnert sich doch jemand, dass ich der Chef bin«, meinte er und sah auf den eingehenden Anruf. »Auch wenn es nur Philipp ist«, fügte er an und nahm den Anruf des Pathologen entgegen.

»Moin, Faber«, meinte Philipp gut gelaunt. »Dein genialer Freund hat eine Riesenüberraschung für dich.«

»Oh je, was kommt jetzt?«, parierte Faber und schmunzelte vor sich hin, während sein Espresso zischte.

»Heute kommt ein Kollege aus Frankfurt vorbei, der auf dem Weg in seinem Urlaub an der Nordseeküste ist, und bringt dir ein Paket. Das hat alles gepasst wie die Faust aufs Auge. So brauchten wir nicht mal Zeit mit DHL verlieren«, plapperte Philipp euphorisch.

»Das ist ja prima«, meinte Faber etwas sarkastisch, »aber was bringt er denn Schönes?«

»Ach, hab ich das nicht erwähnt?«, meinte sein Freund. »Den Kopf unserer Toten aus den römischen Gräbern!«

Faber war für einen Moment wirklich von den Socken. »Nein«, sagte er. »Deine Forensikerin aus der Rechtsmedizin Frankfurt hat innerhalb von drei Tagen anhand des Schädels ein Gesicht rekonstruiert?«

»Jawohl, so ist es. Als sie mich gestern anrief, war ich ganz aus dem Häuschen«, schwärmte Philipp. »Wir haben dann mit den Kollegen in Frankfurt einen Polizeimeister gefunden, der in Richtung Greetsiel in den Urlaub gefahren ist. Der hat das Paket an Bord und kommt heute aufs Revier nach Emden.«

Faber nickte, obwohl Philipp das gar nicht sehen konnte. »Aber sag mal, warum hat sie uns nicht einfach Fotos und Videos von dem Kopf geschickt? Ist ja ein toller Zufall, dass der Kollege aus Frankfurt hier Urlaub macht, aber Fotos hätten doch gereicht.«

»Na ja«, druckste Philipp herum. »Ich hole mir das Ding bei dir ab und werde es dem Kriminalrat präsentieren. Wir haben solch ein Exponat noch nicht in Oldenburg und vielleicht leiere ich ihm auf diese Weise eine kleine Spende für das Institut der Rechtsmedizin in Frankfurt aus der Hüfte. Auch wenn die liebe Gertrud das mir zuliebe gemacht hat, einen kleinen Unkostenbeitrag muss sie in Rechnung stellen.«

Jetzt wurde der Hauptkommissar hellhörig. »Philipp, wie viel?«, fragte er skeptisch.

»So etwa dreitausend Euro! Das ist wesentlich weniger als normal.«

»Himmel, du sagst Heuer, dass du die Rekonstruktion angefordert hast, und zwar ohne mein Wissen. Wenn ich plötzlich mit nicht genehmigten drei Mille beim KK ankomme, ist die Hölle los«, eichte ihn Faber gleich ein. »Von wegen Liebesdienst, das war wohl doch nicht allzu romantisch, euer damaliges Schäferstündchen. Ich dachte, die macht das umsonst!«

»Jetzt sei nicht so, Richard«, meinte Schorlau gleich. »Keine Sorge, ich nehme das alles auf meine Kappe. Außerdem, wenn du in deinen Computer schaust, hast du eine Mail mit Fotos und auch einer 3-D-Ansicht des Kopfs. Gertrud sagte, dass sie die Haare extra nicht weiter ausmodelliert hat, damit falsche Details nicht ablenken.«

»Im Ernst?«, fragte er erleichtert. »Philipp, tut mir leid, dass ich so voreilig war. Manchmal könnte ich dich küssen. Viel Glück beim Kriminalrat!«

***

Als Faber gut gelaunt auflegte, war sein Team auch mit dem Telefonieren fertig. Als sie sahen, wie der Chef das Gespräch wegdrückte, fingen alle außer Rike gemeinsam an zu reden. Der Moment, an dem alles bei einer Ermittlung zusammenlief und einen Riesenschritt nach vorne machte, war gerade gekommen. Das verbesserte Fabers

Laune noch einmal erheblich. Denn es konnte auch das Gegenteil passieren. Nichts ging weiter und der Fall wurde langsam, aber sicher kalt. Diese Art von Ermittlungen konnten oft nicht einmal abgeschlossen werden. Doch anscheinend hatte sein Team mal wieder Glück gehabt.

»Langsam, erst mal Ruhe«, sagte Faber. »Jetzt holt euch einen Kaffee oder was auch immer, und dann machen wir eine Lagebesprechung.« Er wartete, bis jeder mit einem Getränk versorgt war, und ergriff erneut das Wort. »Tamme und Sonja, bitte fangt ihr an. Was habt ihr über diese Dojos erfahren?«

Tamme blieb sitzen und überließ Sonja das Wort. »Wir haben die Dojos und Kampfschulen in Norddeutschland vergeblich abgesucht, der junge Mann hat hier so etwas nie von innen gesehen. Wer uns den entscheidenden Hinweis gab, war das die Lehren der Shaolin befolgende Kloster bei Schneverdingen. Man hat den toten Jungen auf dem Bild wiedererkannt. Er hat wohl vor zwei Jahren dort mehrere Monate verbracht und mit ihnen den Buddhismus, aber auch die Kampfkünste zelebriert.«

»Bravo, dann kennst du den Namen«, meinte Faber euphorisch.

»Leider nein. Wir wissen nur seinen Vornamen. Der tote junge Mann, unser Ekke Nekkepenn, heißt mit Vornamen Ove. Die Mönche legen keinen Wert auf Namen und Adressen. Sie sehen sich die Kandidaten an, die bei ihnen für eine Zeit lang studieren möchten, bilden sich eine Meinung und nehmen sie oder lehnen sie ab«, erklärte Sonja, die selbst ein Faible für Kampfkünste hatte.

»Und sie nehmen Geld, und zwar ordentlich. Für Übernachtung, Verpflegung und für den Einzelunterricht eine zusätzliche, ziemlich gehörige Summe. Dieser Ove muss einige Tausend Euro dort gelassen haben«, kritisierte Tamme und verzog den Mund. »Von wegen Buddhismus, die lassen sich ihren Namen einiges kosten.«

Sonja schüttelte den Kopf. »Das sagst du nur, weil du keine Ahnung davon hast. Die Lehren der Shaolin sind die besten, was Kung-Fu, Tai-Chi und Qigong betrifft. Mal ganz abgesehen von den Lehren des Buddhismus, Konfuzianismus und Taoismus, die einem vermittelt werden.«

»Aha«, sagte jetzt sogar Faber etwas skeptisch geworden. »Was bedeutet …?«

Sonja seufzte, denn als deutsche Polizei-Karate-Vizemeisterin beschäftigte sie sich mit den asiatischen Kampfkünsten und deren Lehren schon lange. »Ich nehme an, Buddhismus muss ich nicht weiter erklären. Der Konfuzianismus beschäftigt sich mit den fünf Tugenden. Die da wären: Pietät, Bescheidenheit, Rechtschaffenheit, Zuverlässigkeit und Loyalität. Diese bilden die Struktur innerhalb eines Ordens«, erklärte sie. »Was den Taoismus angeht, ist dieser in einem Tempel prägend für die Naturwissenschaften. Es sind jahrtausendalte Prinzipien wie Yin und Yang, die traditionelle chinesische Medizin und auch die Fünf-Elemente-Lehre.«

Tamme brummte und murmelte: »Alles schön und gut, aber dem Jungen wurde dafür ein Vermögen abgeknöpft!«

Faber schüttelte den Kopf. »Jeder hat seine eigene Philosophie, Tamme. Lass man, für uns stellt sich die Frage: Wie hat er das finanziert? Vor zwei Jahren hatten wir die Einbrüche noch nicht. Also, woher hat ein junger Mann wie dieser Ove dafür Geld? Denn ich nehme nicht an, dass er gearbeitet hat, studierte oder in einer Lehre war, wenn er mehrere Monate in einem solchen Tempel zugebracht hat. Und der Name Ove ist ja nicht häufig, vielleicht hilft das bei der Identifikation. Habt ihr noch mehr?«

»Ja«, sagte Sonja wieder. »Auf jeden Fall hat er dort bar bezahlt, die ganze Summe im Voraus«, fügte sie an. »Ich habe mit einem seiner Meister in Schneverdingen gesprochen. Der meinte, Ove war ein unglaubliches Naturtalent. Seine ganze Beweglichkeit und auch seine Vorkenntnisse hat er sich maßgeblich selbst beigebracht, wohl über YouTube. Die Grundlagen jedoch hatte er von einem Meister, den der Mönch nicht kannte. Einiges war wohl leicht fehlerhaft, aber das konnte man schnell ausmerzen. Als der Junge den Tempel in der Lüneburger Heide verließ, war seine Kampfkunst so weit wie die eines länger ausgebildeten Novizen. Was bei der Ausbildung im Sinne der Shaolin viel bedeutet. Daher wollte er sich bei der Rückkehr auf die Lehren konzentrieren.«

Tamme nickte und löste Sonja bei der Berichterstattung ab. »Ove hatte vor, zurückzukehren und ein Vollmitglied im Kloster zu werden. Der Abt hatte dem bereits zugestimmt.«

»Warum ist er nicht gleich dort geblieben?«, fragte Rike.

»Weil er wohl erst einmal Schulden abzahlen musste und auch mit einer Geldspende für das Kloster zurückkommen wollte. Das sagte jedenfalls Meister Shan. Nach seinen Angaben wollte Ove dieses Jahr, sogar in den nächsten Monaten, wieder in Schneverdingen sein.« Sonja zuckte die Schultern. »Eine Schande, jemand hat dem Jungen einen Strich durch die Rechnung gemacht. Wir jedenfalls fangen jetzt an, alle Oves im norddeutschen Raum abzugleichen. Da der Name selten ist und nur jeder zehntausendste Junge in Deutschland so genannt wird, haben wir eine gute Chance, ihn zu finden. Gib uns ein paar Stunden.«

»Danke! Das war gute Arbeit«, lobte Faber. Er sah zu Friedhelm und Torben. »Ich nehme an, da dieser Ove in keinem Kampfsportstudio war, hat er auch an keinen Wettbewerben teilgenommen, oder?«

»Nee, Chef. Völlig tote Hose in der Hinsicht. Wir haben nichts beizusteuern, außer dass wir die Körperverletzung aufgeklärt haben, doch das können wir später besprechen«, erwiderte Torben und wie immer nickte Friedhelm dabei.

»Wunderbar, okay, wir reden nach der Besprechung in meinem Büro.« Dann sah Faber Rike an. »Hast du Neuigkeiten von den Antiquitäten- und Münzhändlern?«, fragte er eher rhetorisch, weil er annahm, wenn es der Fall wäre, hätte sie ihm schon davon erzählt.

Umso erstaunter war er, als sie sagte: »Ich habe gestern eine Rückmeldung bekommen. Ein großes Münzhaus in Hessen, Münzhändler Basso Preuß, bekam das Foto von zwei Münzen von einem Privatmann geschickt mit der Bitte um etwaige Bewertung und Ansicht der Provenienz.«

»Oh«, meinte der Hauptkommissar erstaunt. »Du hast gar nichts davon gesagt«, konnte er sich nicht verkneifen.

Rike grinste. »Weil ich gestern davon erfahren habe und unser Privatleben nicht unbedingt mit beruflichen Aspekten vermischen wollte. Warst du es nicht, der so etwas Ähnliches wie ›Dienst ist Dienst und Schnaps ist Schnaps‹ erst kürzlich angedeutet hat?« Aber sie wurde wieder ernst. »Ich habe gestern mit dem Inhaber des Münzhandels Herrn Preuß gesprochen, er gab mir Namen und Adresse des potenziellen Käufers und hält ihn ein wenig hin. Der Kuratorin Frau Vadin habe ich die Fotos auch geschickt, damit sie sich die Münzen ansehen kann, ob die überhaupt in den Satz der anderen zwei Aureus-Münzen passen. Ich hoffe, noch heute von ihr zu hören, und dann können wir zu dem potentiellen Käufer fahren. Es ist ein gewisser Frank Lehmann aus Weener. Herrn Preuß ist der Hobbysammler Lehmann bekannt, denn er hat schon bei ihm gekauft und lässt des Öfteren von ihm die Provenienz von Münzen prüfen, bevor er andere Ankäufe tätigt.«

»Sehr gut, dann könnte er uns eventuell den Verkäufer nennen. Wahrscheinlich den Partner von Ove. Wenn Ove es war, der die Münzen aus Horles Villa mitgehen ließ«, grübelte Faber laut vor sich hin.

»Das glaube ich nicht«, meldete sich Laurien zu Wort. »Hast du noch mehr, Rike? Sonst erzähle ich euch mal, was mir heute per Mail ins Haus flatterte.«

»Mach nur, ich bin mit meinen Neuigkeiten durch!«, erwiderte Rike.

Laurien nahm zwei Fotos, die sie bereits für das Glasboard präpariert hatte, und stand auf. Sie sah heute wieder aus, als käme sie frisch aus einem Gerichtssaal mit ihrem dunkelblauen Kostüm und den schwarzen Pumps. Sie klebte das erste Foto auf die Seite, an der die Informationen über Helge Freese standen. Es war ein Schwarz-Weiß-Fahndungsfoto. Neben der Abbildung der Person waren ein Vermerk über einen Bezirk und eine Nummer. »Das ist aber keines von unseren Fahndungsfotos. So sahen die noch nicht mal in den Sechzigern aus«, merkte Tamme auch gleich an.

»Nein, das ist ein erkennungsdienstliches Foto aus DDR-Zeiten«, klärte Laurien sie auf. »Es stellt den um einige Jahrzehnte jüngeren Helge Freese da, der damals wegen Diebstahl und Hehlerei auf ein paar Jahre Vollzug in der Strafanstalt Kaßberg in Karl-Marx-Stadt verurteilt wurde«, erklärte sie und hing daneben ein zweites altes Foto. »Und das ist Fritz Norbusch, sie saßen zur gleichen Zeit in Kaßberg wegen Einbruchdiebstahl. Beide teilten sich zwei Jahre die gleiche Zelle.«

Faber ging näher an das Glasboard. »Also hatte unser Ex-Kollege Herr Holthusen doch recht. Freese und Norbusch waren damals die Diebe in den Villen. Garantiert haben die beiden auch mit den aktuellen Ekke-Nekkepenn-Einbrüchen zu tun. Ob die beiden diesen Ove in die Kriminalität reingezogen haben, weil der dringend Geld brauchte?«, fragte er sich selbst laut.

»Nicht ganz«, korrigierte ihn Laurien. »Wenn dem so ist, dann hat nur Freese etwas damit zu tun. Denn Norbusch ist vor drei Jahren an einem Krebsleiden gestorben.«

»Helge Freese«, meinte der Hauptkommissar und tippte mit dem Finger auf das Foto. »Wenn er Ove rekrutiert hat, um in die Häuser einzubrechen, muss er sich mit Antiquitäten auskennen.« In dem Moment fiel es ihm wie Schuppen von den Augen. »Manchmal stehe ich echt auf dem Schlauch«, schimpfte er mit sich selbst, sodass ihn sein Team erstaunt ansah. »Der Preis für diesen Theodolit, ich dachte erst, dass Philipp mir davon erzählte, weil er ja immer solche Sachen weiß, aber dem war nicht so. Die beiden Streifenbeamten in Leer, die als Erste bei der Villa Horle waren, sagten mir den Preis. Sie mussten erst einmal googeln, um zu erfahren, was ein Theodolit ist. Helge Freese jedoch konnte ihnen aus dem Stegreif sagen, dass er zwischen zehn- und fünfzehntausend Euro wert ist. Woher soll ein alter Kerl, der Hausmeister ist, so etwas wissen? Warum ist mir das nicht schon früher aufgefallen?«

»Geh nicht zu streng mit dir ins Gericht. Der Freese ist mit allen Wassern gewaschen und hat uns beiden und auch Philipp das Unschuldslamm vorgespielt«, beruhigte ihn Rike.

»Tja, die Hehlerei und der Diebstahl, weshalb man ihn damals im Osten schnappte, waren ebenfalls Antiquitäten. Er hatte sich auf Ferienhäuser von Funktionären und VIPs der DDR spezialisiert. Er wurde aber verpfiffen, sonst hätte man ihn wohl nie geschnappt«, trug Laurien noch bei.

»Okay, dann auf ein Neues. Jetzt versuchen wir es anders. Laurien, du begleitest mich mit den Unterlagen der Kollegen aus Chemnitz zu Freese. Wollen doch mal sehen, ob wir ihn nicht aus der Reserve locken können«, sagte Faber und sah Rike an. »Rike, ruf noch einmal Frau Vadin an, anschließend fährst du mit Sonja nach Weener zu diesem Hobbysammler, wie hieß der noch?«

»Lehmann«, informierte Rike.

»Genau, Lehmann. Er soll dir den Namen des Verkäufers nennen. Vielleicht ist es Freese«, meinte der Hauptkommissar. »Macht das lieber persönlich, damit er versteht, wie die Informationen an die Polizei kamen. Viele Zeugen machen dicht, wenn sie keinen Dienstausweis vor Augen haben.«

»Und ich?«, donnerte Tammes Bariton.

»Du gehst mit Friedhelm und Torben dem Namen Ove nach. Wenn ihr fündig werdet, sofort einen Durchsuchungsbefehl erwirken und durch die Unterkunft dieses Ove gehen. Zur Not holt ihr Philipp mit dazu«, sagte Faber aufgeregt, weil gerade so viel Fluss in die Ermittlung kam. »Am besten ruf ihn gleich an, damit er Gewehr bei Fuß steht«, berichtigte er sich. »Hab ich noch was vergessen?«, fragte er und wollte schon losstürmen.

»Und was ist mit der Körperverletzung?«, fragte Friedhelm. »Wir denken, der Fall ist klar, muss jetzt bloß an den Staatsanwalt weitergegeben werden.«

»Na dann, gib's weiter. Ich muss nicht alle eure Schritte prüfen, wird schon gute Arbeit sein. Torben hilft Tamme mit Ove. Und du sprichst mit dem Staatsanwalt und verklickerst ihm alles bezüglich der Messerstecherei, damit er Anklage erheben kann!«

Laurien hatte mittlerweile alles zusammengeräumt, was sie an Unterlagen brauchte und in ihre große Lederhandtasche gepackt. Rike war bereits am Telefon mit der Kuratorin und Faber wollte gerade mit Kommissarin Heiligenstadt die Treppe runter, als ihm der Wachhabende mit einem Karton entgegenkam.

»Mit den besten Grüßen eines Kollegen aus Frankfurt, der hat das hier abgegeben für Sie. Er meinte, Sie warten darauf. Da er früh losgefahren ist, konnte er viel früher als geplant hier sein«, sagte der Wachtmeister und stellte den Karton hin. »Es ist eine Kopfrekonstruktion«, fügte er an, weil sie den Karton aus Sicherheitsgründen natürlich unten inspiziert hatten.

Da Faber die Fotos der Gesichtsrekonstruktion bereits an die Glaswand gehängt hatte, wo sie jeder sehen konnte, sah er keinen Grund, den Kopf seinem Team jetzt noch lang und breit zu zeigen. So nahm er den Karton einfach mit. Wenn Philipp schon Geld dafür lockergemacht hatte, wollte er ihn unterwegs wenigstens begutachten.

***

Der Montag entwickelte sich zu einem immer heißer werdenden Sommertag. Als Faber in Begleitung von Laurien wieder in der Gartenstraße vor Helge Freeses Haus parkte, kletterte das Thermometer gerade auf achtundzwanzig Grad. Das war für den kühlen Norden schon eine Hausnummer. Außerdem hatte der Regen am

Wochenende eine hohe Luftfeuchtigkeit mit sich gebracht. Daher zog Faber das Jackett aus und krempelte die Hemdsärmel hoch. Laurien schien eine Klimaanlage eingebaut zu haben oder wollte einfach nicht unkorrekt bekleidet los. Sie behielt jedenfalls ihre Kostümjacke an.

»Chef, nimm den Karton mit«, schlug sie vor. »Wenn diesen Herrn Freese wirklich nichts aus der Ruhe bringen kann, dann versuchen wir es mit der Schockmethode. Falls er mit gestohlenen Münzen gedealt hat, dann kannte er vielleicht die tote Frau aus dem Grab. Immerhin passten die Aureus-Münzen zusammen. Ich denke, so ein modellierter Kopf erschreckt selbst die Hartgesottenen.«

Faber grinste und holte den Karton vom Rücksitz. »Nicht schlecht, Frau Hauptkommissarin in spe! Einen Versuch ist es wert.«

»Unke nicht rum. Dann wird das nichts«, meinte sie. Laurien hatte sich zwar auf all das eingelassen, fühlte sich aber manchmal von ihrer eigenen Courage überrollt. Der Umzug nach Hannover gefiel vor allem ihrer Frau, weil es eine bessere Anbindung nach Hamburg gab. Sie arbeitete dort für eine Tageszeitung und ein Magazin als freiberufliche Journalistin. Laurien atmete tief durch und konzentrierte sich jetzt voll und ganz auf das Verhör mit Helge Freese.

»Übernimm du«, sagte Faber. »Sei ruhig hart zu ihm und ich bleibe im Hintergrund. Vielleicht kommen wir so bei Freese weiter! Denn Philipp, Rike und ich kamen nicht weiter. Zeig, was du kannst!«

Helge Freese saß trotz der Hitze in einer langen blauen Arbeitslatzhose und einem kurzärmlichen karierten Hemd an seinem Tisch im Hof. Die Bäume warfen angenehmen Schatten und die Hühner scharrten im Sand und Gras. Selbst den großen Berner Sennenhund schien die Hitze zu schaffen, denn er hob nicht einmal den Kopf, als die beiden Polizisten durch das Tor kamen. Er öffnete kurz die Augen, um sofort wieder einzuschlafen. Helge Freese spielte gerade mit seinem Smartphone herum. Er schien eine SMS zu verschicken und brummte dabei unzufrieden. Als er die Polizisten sah, steckte er das Handy in die Brusttasche seiner Latzhose und griff nach seiner Kaffeetasse.

»Sie haben aber einen Narren an mir gefressen. Und jedes Mal kommen Sie mit jemand anderem«, begrüßte er Faber, ohne aufzustehen.

»Bleiben Sie ruhig sitzen«, meinte der Hauptkommissar ironisch und nahm ungefragt gemeinsam mit Laurien auf den zwei freien Stühlen Platz.

»Und Sie, setzen Sie sich doch«, konterte Freese genauso sarkastisch.

»Schönen Gruß von den ehemaligen Kollegen der Justizvollzugsanstalt Kaßberg in Chemnitz«, sagte Laurien und blickte ihn an. »Aber damals hieß Chemnitz ja noch Karl-Marx-Stadt, nicht wahr?«

Ganz so kontrolliert reagierte der Alte doch nicht. Er war ein paar Nuancen blasser geworden und seine Tasse landete etwas zu laut wieder auf dem Tisch.

»Bevor Sie jetzt etwas sagen, rede ich erst einmal«, meinte Laurien entschieden und nahm ihm den Wind aus den Segeln. Faber musste an sich halten, um nicht laut zu lachen. Hol ihn dir, Laurien, dachte er und machte ein Pokerface.

Für eine kleine, zierliche Frau konnte Laurien verbal sehr massiv werden. Außerdem wirkte sie in ihrem Kostüm erschreckend offiziell. Dann legte sie los: »Sie waren wegen Einbruchdiebstahl und Hehlerei von gestohlenen Antiquitäten hinter Gittern. Als unerwünschter Bürger wurden Sie noch vor der Wende aus dem Arbeiter- und Bauernstaat abgeschoben. Aber man ändert sich nicht derart schnell, nicht wahr? Als Norbusch, Ihr Zellenkollege, nach der Wende auch nach Ostfriesland kam, haben Sie sich diese neue Einbruchsmasche einfallen lassen. Die beiden Autohäuser, die spezialisiert waren auf wertvolle Mercedes-Limousinen und BMWs. So haben Sie die Ferienhäuser und Villen der Reichen damals ausbaldowert zusammen mit Fritz Norbusch!«

Als der Name Norbusch fiel, seufzte Freese laut. »Egal, was dieser Spinner Ihnen erzählt hat, er lügt! Das hat er schon immer.«

»Soso«, meinte Laurien und hielt mit der Nachricht von Norbuschs Tod hinter dem Berg. Es machte den Anschein, dass Freese davon nicht gehört hatte. »Als Ihnen der Leeraner Polizist Holthusen immer mehr auf die Schliche kam, hörten Sie auf. Sie waren ein paar Jahre Lkw-Fahrer, bis Sie vor fünfzehn Jahren in Rente gingen. Woher hatten Sie das Geld, das Haus hier instand zu halten? Verschluckte es den Erlös Ihrer Raubzüge immer mehr, bis Sie erneut anfingen mit dem Stehlen?« Laurien hatte sich gerade erst warmgeredet.

Helge Freese wurde immer blasser, plötzlich schlug er auf den Tisch, sodass seine halb volle Tasse umkippte. »Verschwinden Sie von meinem Grund«, sagte er und stand auf.

Auch Laurien erhob sich. »Setzen Sie sich sofort hin, sonst erwirke ich einen Durchsuchungsbefehl und lasse den gesamten Hof hier auseinandernehmen. Ich wette, wir finden dieses Mal etwas. Noch ist das nur ein freundliches Gespräch mit Ihnen!« Freese blickte sie verbittert an, aber setzte sich wieder. Faber hatte alles schweigend beobachtet und merkte, dass der alte Freese langsam weichgekocht war. Darum mischte er sich jetzt ein und schlug dabei einen ruhigeren, freundlichen Ton an.

»Als Sie Ihre Raubzüge wieder anfingen, waren Sie zu alt, um es selbst zu machen. Haben Sie deshalb den Jungen rekrutiert? Ausgenutzt, dass Ove Geld brauchte und wendig wie ein Akrobat war? Warum musste er dran glauben? Wollte er nicht mehr mitmachen?«, schoss Faber ins Blaue und schmiss dem alten Kerl ein Foto von Ove aus der Pathologie auf den Tisch. Was dann passierte, damit hätte selbst der Hauptkommissar nicht gerechnet.

Helge Freese sprang entsetzt auf, sodass sein Gartenstuhl nach hinten auf den Hund kippte. Der jaulte auf und trottete davon. Helge stand mit einer Hand vor dem Mund und starrte auf das Foto. »Der Junge«, stotterte er und schnappte hörbar nach Luft. »Was ist mit ihm passiert? Er ist doch nicht tot, oder?«

Laurien richtete den Stuhl wieder auf und drückte den schockierten Mann darauf. Dann ging sie einfach rein und kam mit einem Glas kalten Wasser zurück, das Helge dankbar runterstürzte. »Ove ist tot«, bestätigte sie. »Er wurde erschlagen. Waren Sie es, spielen Sie uns nur etwas vor?«

Freese schüttelte den Kopf. Sein Gesicht war von tiefer Trauer gezeichnet und seine Augen wurden wässrig. »Nein, ich habe Ove richtig lieb gehabt. Er war wie ein Enkel für mich. Deshalb meldet er sich nicht. Glauben Sie mir, ich habe mir schon Sorgen gemacht«, sagte er und griff nach seinem Smartphone. Er rief einige SMS auf, die er erst vor Kurzem geschickt hatte, und reichte das Handy an Laurien.

»Junge, melde dich, ich mache mir Sorgen. Ist alles gut gegangen? Verdammt, wo steckst du?«, las Laurien laut vor und gab das Telefon an Faber weiter.

»Also gut«, meinte der, als er sich die vielen SMS angesehen hatte. »Ich nehme mal an, Sie waren es nicht. Herr Freese, Ove wurde ermordet. Wenn Sie ihn geliebt haben, rücken Sie jetzt mit der Wahrheit raus. Sie sind der Partner eines Diebs und wahrscheinlich eines Hehlers, das ist uns klar. Aber ich denke, kein Staatsanwalt besteht darauf, einen so alten Mann wie Sie noch großartig ins Gefängnis zu stecken. Außerdem sind Ihre Einbrüche mit Norbusch mittlerweile verjährt. Darum reden Sie jetzt«, forderte Faber ihn auf. »Vielleicht kann ich für Sie Sozialdienste rausholen. Dass ich ein gutes Wort einlege, darauf können Sie sich verlassen. Nur reden Sie!«

Freese zückte ein Stofftaschentuch aus seinem Blaumann und wischte sich über die Augen. Sein Hund kam herangetrottet und legte seinen großen Kopf auf Helges Oberschenkel. Der tätschelte den Kopf des Berner Sennenhunds, der die Traurigkeit seines Herrchens zu spüren schien. »Ove wurde mit fünf Jahren ein Waisenkind, sein Vater trank sich zu Tode und die Mutter war verschwunden. Auch wenn ich mit Oves Vater Mark, Mark Schmalstedt, sehr gut befreundet war und Ove mich damals schon Opa Freese nannte, konnte ich den Jungen nicht zu mir nehmen. Die beiden lebten bis zu Marks Tod in der Villa von Horle. Leider blieb nicht viel Vermögen für den Jungen übrig, weil Mark innerhalb von zwei Jahren alles versoff und dann am Alkohol krepierte. Ich hätte Ove genommen, aber das Jugendamt sagte, dass ich keine Chance hätte. Ich war alleinstehend und für die schon viel zu alt. Und da Oves Mutter sich aus dem Staub gemacht hatte, blieb nur das Heim übrig.«

»Als Ove volljährig wurde, stand er dann auf eigenen Beinen. Was passierte dann?«, fragte Faber, während Laurien eine SMS an Tamme schickte und ihm Oves vollen Namen mitteilte.

»Über die ganzen Jahre habe ich mich weiter um ihn gekümmert. Wenigstens Weihnachten und an solchen Feiertagen durfte er bei mir bleiben. Manchmal konnte er mit mir in den Urlaub fahren. Er war ein gewitztes Kerlchen, vor allem aber sportlich. Er durfte auch sehr früh in eine Kung-Fu-Schule in ein Doscho«, erzählte der alte Mann.

»Ein Dojo meinen Sie, wo war das? Wir konnten keines in Norddeutschland finden, in dem er gemeldet war«, unterbrach Faber ihn.

»Weil es in der Nähe von München war. Wissen Sie, ein Kind, das keine Verwandtschaft hat und noch keine Bindungen durch eine Schule, wird dort ins Heim gesteckt, wo Platz ist. Das war in Oves

Fall Putzbrunn bei München, und als Jugendlicher kam er nach Fürstenfeldbruck-Buchenau. Daher sahen wir uns nicht so viel, wie ich das gerne wollte.«

»Meine Güte, jetzt verstehe ich. Der Anruf bei der Notrufzentrale, die Nuance eines bayrischen Dialekts!«, murmelte Faber, aber erklärte sich nicht weiter. Knut hatte ihm am Sonntag endlich gesagt, dass er den Dialekt, der kaum rauszuhören war, für einen süddeutschen hielt. Bayrisch, mien Jung, hatte er gemeint. Faber fand das derart abwegig, dass er das erst einmal nicht weiter beachtet hatte und lieber auf die Meinung der Forensiker aus Oldenburg warten wollte. Auch die hatten sich noch nicht festlegen können. Daher war Faber mit der Information vorsichtig und hatte nichts an sein Team weitergegeben. Wie immer hat Opa recht gehabt, dachte er jetzt und ärgerte sich über seine Arroganz.

Währenddessen erzählte Helge Freese weiter: »Ich zahlte Ove seinen Sport und was er dafür brauchte, bis er zwölf war. Wissen Sie, er hatte einen richtigen chinesischen Meister wie dieser Bruce Lee«, dabei sprach Freese den Namen aus, wie er geschrieben wurde. Faber war einen Moment irritiert, bis er verstand, was Freese meinte. »Dann ging mir das Geld aus. Es reichte gerade noch, ihm ab und zu ein neues Smartphone zu kaufen. Meine Partnerin, die Wilma, der das Haus hier gehörte, verstarb und ich erbte. Mit der Erbschaftsteuer, einem neuen Dach und neuer Heizung war ich pleite.«

»War Ove nicht sehr enttäuscht, als er nicht mehr zu seinem Meister gehen konnte?«, fragte Laurien, um rauszufinden, ob sich das Verhältnis der beiden damals sehr verschlechtert hatte.

»Nein, im Gegenteil. Er meinte, so altklug, wie er war, dass er tief in meiner Schuld steht und das wieder gutmachen wollte«, sagte Freese gleich.

»Wie kam es zu den Einbrüchen? Haben Sie den Jungen dazu gezwungen?«, fragte Laurien sehr direkt und unterkühlt.

Helge Freese schüttelte den Kopf. »Ganz im Gegenteil! Ich hatte ihm in einer schwachen Stunde mal erzählt, was ich damals in der DDR angestellt hatte. Für ihn war das Gangsterromantik. Als er achtzehn war, stand er vor meiner Tür. Er wollte erst einmal in eine Art Shaolin-Kloster in der Nähe von Schneverdingen. Dort hat er einen Teil der zehntausend Euro verbraucht, die man ihm bei seiner Volljährigkeit noch vom Erbe seines Vaters ausgehändigt hatte. Ein paar Tausend gab er mir. Ove blieb fast fünf Monate in dem Tempel. Als er zurückkam, sagte er: Opa Helge, wir machen jetzt ein paar ganz gezielte Brüche, und dann haben wir beide ausgesorgt. Fifty-fifty, dann kannst du leben bis zum Ende, ohne jeden Cent umzudrehen, und ich gehe mit einer Spende für immer zu den Meistern und werde ein echter Mönch.«

»Kamen Sie auf Sylt und die Monstermaske?«, fragte Faber.

»Nein, Sylt kam von Ove, er wusste, wo etwas zu holen war. Außerdem hatte er in dem Jugendwohnheim mit sechzehn eine Lehre zum Anlagenelektroniker gemacht. Die hat er mit einer Eins bestanden. Also war er nicht nur ein Akrobat, er kannte sich auch mit Alarmanlagen aus. Die Maske habe ich vorgeschlagen, denn er wollte ganz in Ninja-Montur arbeiten. Das war mir zu gefährlich, dann wäre man viel schneller auf ihn gekommen. Außerdem war er mit der Monstermaske geschützt, falls es doch zu Aufnahmen versteckter Kameras kam. Zusätzlich sind die Sylter wie alle Insulaner ein abergläubisches Völkchen. So einen Ekke Nekkepenn lassen sich die Bewohner gefallen. Als die alte Dame jedoch einen Herzkasper bekam, da ging es Ove ganz schlecht. Wir wechselten aufs Festland. Hier wollte er noch in drei, vier Häuser einsteigen und anschließend Schluss machen. Theoretisch wäre er morgen schon nach Schneverdingen aufgebrochen«, meinte Freese traurig. »Was ist passiert? Jetzt müssen Sie mal reden.«

Faber zuckte mit den Schultern. »Wir wissen es nicht. Man fand den Jungen tot am Strand der Knock in Emden. Er trug seine Maske und den Ninja-Anzug. Außer einem Mountainbike in der Nähe, das von seinen Fingerabdrücken übersät war, fand man nichts bei ihm. Haben Sie eine Ahnung, was er dort wollte? Sie fragten ihn per SMS, ob alles gut gegangen ist. Was sollte denn gut gegangen sein?«

»Er wollte Diebesgut verkaufen, aber ich weiß nicht an wen und was für Zeug. Ich habe im Laufe der Jahre meine alten Kontakte verloren. Ove machte das alleine. Ich half ihm höchstens mal Häuser einzuschätzen, ob es sich lohnte, dort einzubrechen. Mehr nicht, das schwöre ich.« Freese sah den Hauptkommissar eindringlich an, dann räusperte er sich und fragte: »Wie hat man den Jungen denn ermordet?«

Es war Laurien, die antwortete. »Er wurde erschlagen mit einem Gegenstand, der schon einmal für einen Mord benutzt wurde. Damit wurde auch eine Frau erschlagen, das ist etwa fünfzehn Jahre her. Wir vermuten, es war derselbe Mörder und wie gesagt definitiv die gleiche Tatwaffe.« Sie stellte den Karton auf den Tisch und öffnete ihn. »Jetzt erschrecken Sie nicht gleich wieder so, dass Ihr Stuhl auf den Hund fällt«, meinte sie noch und hob den modellierten Kopf heraus, um ihn in die Mitte des Tischs zu stellen.

»Herr im Himmel«, war erst einmal alles, was Freese dazu sagen konnte. Das bisschen Farbe, das er beim Erzählen bekommen hatte, wich ihm jetzt völlig aus dem Gesicht.

»Kennen Sie diese Frau?«, fragte Faber sogleich.

»Das gibt es doch nicht, das ist Clara Walter. Mein Gott, es ist fünfzehn Jahre her. Jetzt brauche ich einen Schnaps. Sie auch?«, fragte er und stand auf. Die beiden Polizisten schüttelten den Kopf. Laurien ging mit ihm in die Küche, weil Helge Freese plötzlich richtig wackelig auf den Beinen war. Als sie wieder rauskamen, hatte er ein Schnapsglas und en Buttel Sluck in der Hand. Helge öffnete die Flasche und goss sich ein Glas ein, das er im Stehen runterstürzte. Erst als das Glas erneut gefüllt war, setzte er sich und blickte noch einmal in das Gesicht der Frau. »Herrgott, wo haben Sie Clara gefunden? Dort, wo auch der Rucksack mit den Goldmünzen herkam?«, fragte er plötzlich ganz ehrlich. »Klar, da muss sie gelegen haben, all die Jahre!«

Faber kräuselte die Stirn. »Jetzt machen Sie mal klar Schiff. Was wissen Sie über den Tod dieser Frau?«, bohrte Faber jetzt schon massiver nach und nahm ihm vor allem den Schnaps weg, als er sich ein drittes Glas eingeschenkt hatte.

Freese aber griff das Glas und stürzte es sofort runter, dann meinte er: »So viel kann ich Ihnen jedenfalls sagen: Wer immer Ove ermordet hat, war nicht Claras Mörder. Denn Claras Mörder ist seit Langem tot. Er soff sich zu Tode, weil er in der vermaledeiten Nacht an ihrem Tod schuld war.«

»Geht das vielleicht klarer?«, raunzte Laurien ihn an. »Reißen Sie sich zusammen, Herr Freese! Wer hat diese Frau umgebracht und was war damals in der Nacht?«

Freese seufzte laut. »Meine Güte, so lange habe ich nicht mehr an diese Nacht gedacht.«

Kapitel 8

Tamme hatte Ove Schmalstedt schneller gefunden, als Laurien ihm die Bestätigung schicken konnte. Denn das Jugendheim in Bayern bestand darauf, dass ihre ehemaligen Jugendlichen noch ein Jahr nach der Entlassung ihre Meldeadresse angaben. Für die Zeit im Kloster hatte Ove Schneverdingen angegeben, und seit er zurück war, ein Ferienhaus. Sofort waren Tamme und Friedhelm persönlich zum Staatsanwalt gefahren und hatten sich einen Durchsuchungsbefehl ausstellen lassen, den der zuständige Richter auch sofort unterschrieb. Torben hielt unterdessen die Stellung auf dem Revier, weil Rike und Sonja auf dem Weg nach Weener waren. Es war ein kleines Ferienhaus in Rysum, das der junge Mann nur für einen begrenzten Zeitraum angemietet hatte. Der Eigentümer wollte das Häuschen nach dem Auszug Ende des Monats völlig neu sanieren und hatte nicht mehr als dreihundert Euro für die Miete verlangt. Was nicht erstaunte, denn eine Wand war feucht und es bildeten sich bereits kleine Schimmelflecken.

Da der Vermieter lediglich zwei Häuser entfernt wohnte, wartete er jetzt vor dem Ferienhaus auf die Polizei. Tamme hatte ihm eingeschärft, auf keinen Fall das Haus zu betreten.

»Kommissar Tamme Hehler«, meinte der Wikinger und schüttelte die Hand des schmächtigen Ostfriesen.

»Büst ja man en groten Keerl«, rutschte es dem Rysumer Original raus. Er blickte zu Tamme auf, als seine eigene Hand in Tammes Riesenpranke verschwand. Er reichte ihm den Schlüssel und sagte dann auf Hochdeutsch: »Das ist ein netter Junge, ihm ist doch nichts passiert, oder? Ich habe von dem Toten bei der Knock gehört, dat is doch nich de Jung?«

»Es ist eine laufende Ermittlung, wir können nichts sagen. Gehen Sie nach Hause, wir sehen uns um und nehmen den Schlüssel mit. Ist das der einzige Schlüssel?«, fragte der Wikinger.

»Ja, außer dem Schlüssel, den der Junge hat. Da ist so ein Anhänger mit einem Seestern dran, genauso wie mein Ferienhäuschen heißt, der *Seestern*!« Er drückte Tamme den einzelnen Schlüssel in die Hand und nickte Friedhelm zu. »Na, denn man to. Moin zusammen«, sagte der Mann und ging nach Hause.

»Wie lange braucht ihr noch, Philipp«, fragte Tamme den Forensiker dann am Telefon. Noch bevor der Hausdurchsuchungsbefehl erstellt war, hatte er ihn und sein Team angefordert.

»Mach dir nicht ins Hemd«, hörte er Philipps Stimme aus der Freisprechanlage seines Porsche scheppern. »Ich bin schon auf der A31 in der Höhe von Ihlow. In zwanzig Minuten stehe ich vor dem Haus. Wenn du reingehst, bitte mit Überziehern und vorsichtig. Lass das Trampeltier Friedhelm lieber draußen vor der Tür«, schickte er unverblümt wie immer hinterher, dann legte er auf.

»Dem Dööskopp vertell ik wat, koom du mi nu unner de Fingers«, schimpfte Friedhelm und drohte mit dem Zeigefinger einem unsichtbaren Philipp. Leider hatte er alles gehört, weil er genau neben Tamme gestanden hatte, als der telefonierte.

»Giffst ihm en Puckel vull, wenn he kummt«, meinte Tamme lachend und holte die Überzieher aus dem Auto.

***

»Clara Walter ist eigentlich Oves Mutter. Sie und der Antiquitätenhändler Mark Schmalstedt arbeiteten kurz zusammen und hatten ein Verhältnis«, begann Helge Freese. »Sie wurde schwanger, aber wollte Mark nicht als Ehemann. Er war ihr zu weich!«, Freese lachte bitter auf. »Clara hingegen war knallhart. Sie ließ sich dazu überreden, das Kind zu bekommen, und Mark zog den Jungen groß ohne die Mutter. Jedenfalls, bis er fünf war. Dann plötzlich wollte sie den Jungen zurück, sie hatte einen neuen Geliebten, einen Professor, wie Mark mir erzählte, der keine eigenen Kinder haben konnte. Frau Professor, das hätte Clara gefallen.«

»Das alles hat Ihnen Oves Vater erzählt?«, fragte Faber skeptisch. Er traute dem alten Fuchs immer noch nicht ganz.

Freese nickte und tätschelte wieder seinen Hund, der mittlerweile mit dem Kopf auf seinem Oberschenkel eingeschlafen war. »Es war nach der vermaledeiten Sturmnacht, danach fing er an zu trinken und redete wie ein Wasserfall, wenn er genug intus hatte. Ich schaffte damals Ove so viel wie möglich aus dem Weg. Die ganzen zwei Jahre, in denen sich Mark totgesoffen hat, war der Kleene bei mir. Mark sagte, er habe Clara umgebracht am Ammersumer Sieltief. Es war eine stürmische Nacht, ein großes Gewitter zog damals auf und es gab einen Sturm, der Bäume entwurzelte. Er war ihr dahin gefolgt und dort passierte es.«

»Moment«, intervenierte Laurien. »Was hat diese Clara dort gemacht mitten in der Nacht?«

»Stimmt, das ist verdammt abgelegen, denn ich war dort. Es ist die Stelle, bei der die Goldmünzen gefunden wurden«, steuerte Faber bei und beobachtete Freese sehr genau.

Der machte zwar ein erstauntes Gesicht, doch das nahm ihm Faber nicht ab. »Was für Goldmünzen?«, fragte er eine Spur zu naiv.

»Herr Freese, mein Chef sagte Ihnen, dass er mit dem Staatsanwalt sprechen wird. Mit etwas gutem Willen wird er bei einem alten Mann Gnade vor Recht ergehen lassen. Aber wenn Sie uns zum Narren halten, dann klopfe ich den Staatsanwalt so lange weich, bis Sie im Knast Ihren Lebensabend verbringen«, drohte Laurien und Freese schluckte sichtlich.

Er hob die Hände und meinte: »Rüstig, rüstig, mien Deern! Also wenn Sie mir helfen, helfe ich Ihnen. Hand drauf.« Freese hielt ausgerechnet Laurien die Hand hin, was Faber fast zum Schmunzeln brachte. Sie schlug ein und nickte. »Clara war damals am Sieltief, um von mir einen Rucksack voller alter römischer Goldmünzen zu kaufen. Die habe ich völlig zufällig auf dem gepachteten Acker meiner Schwester in Filsum gefunden. Der Fund hatte gar nichts mit Einbruch zu tun. Ich dachte damals, ich habe Glück gehabt!«, rückte er mit der Wahrheit raus.

»Okay«, munterte Laurien ihn auf, weiterzuerzählen.

»Damals war Clara schon meine Abnehmerin von geklauten Antiquitäten, die ich mit Norbusch abgegriffen hatte. Das war ja auch der Grund, warum Clara und Mark sich immer mehr auseinanderlebten. Sie war eine Frau mit großzügiger Auslegung des Gesetzes und er gesetzestreu. Passt halt nicht. Auf jeden Fall hatte ich ihr eine Münze zur Ansicht gegeben. Sie wollte mir eine nette Summe zahlen und die Übergabe sollte im Sieltief passieren.«

»Nette Summe? Wie viel?«, fragte Faber.

»Sie kam mit fünfzigtausend und ich war zufrieden!«, warf Fresse für Fabers Geschmack viel zu schnell ein.

»Ach ja?«, fragte er deshalb.

»Ja, was denn nun? Wir wollten ehrlich sein. Glauben Sie, wenn ich damals mehr bekommen hätte, wäre ich wieder beim Einbruch gelandet?«

»Schon gut«, beschwichtigte ihn Faber. »Erzählen Sie weiter.« Mittlerweile waren die Hühner immer näher an die drei herangerückt. Wahrscheinlich war es ihre Fütterungszeit, aber es sah aus, als ob sie ebenfalls zuhörten. Manche hatten es sich sogar im Sand gemütlich gemacht und sahen erwartungsvoll von einem zum anderen.

»Ich kam pünktlich mit meinem alten Rucksack und den Goldmünzen dort an. Sie übergab mir einen Umschlag mit dem Geld. Beide waren wir zufrieden und ich haute ab. Was dann passierte, weiß ich nur aus Erzählungen. Mark, Oves Vater, war ihr hinterhergeschlichen, weil sie ihm einen Brief geschrieben hatte, dass sie ihren Jungen zurückholen wollte. Eigentlich wollte er lediglich mit ihr sprechen, landete aber mit ihr im Sieltief. Ausgerechnet bei dem Geschäft folgte er ihr. Mich hat er nicht gesehen, ich war schon weg, als er da ankam. Sie stritten über den Jungen. Clara wollte heiraten und den Jungen mitnehmen, es kam zu Handgreiflichkeiten«, meinte Freese und schüttelte den Kopf. »Nein, er sah rot, als sie damit drohte, ihm Ove wegzunehmen, und verpasste ihr einen Faustschlag ins Gesicht. Sie stürzte, schlug auf einer Wurzel auf und war tot.«

»Eine Wurzel?«, grübelte Laurien laut und Faber nahm sogleich sein Smartphone in die Hand.

»Genau, und dann sagte Mark, dass er sah, wie sie blutete am Hinterkopf. Sie war tot und er rannte weg, ließ sie und anscheinend das Gold zurück.«

»Und als Sie das erfuhren, sind Sie nicht mehr dort hingegangen?«, bohrte Kommissarin Heiligenstadt nach.

»Ich erfuhr das alles sechs Monate später, als der Kerl sich schon ins Delirium soff. Ja«, gab er endlich zu, »ich bin wieder hin. Doch da war weder Claras Leiche noch der Rucksack. Aber der Sturm hatte ziemlich gewütet, Bäume waren umgefallen. Dennoch, wenn sie dort gewesen wäre, hätte ich sie gesehen!«

»Quatsch mit Soße«, brummte Philipp am Telefon, der sich in dem aufgeheizten Ferienhäuschen von Ove befand. Unter dem weißen Spurensicherungsanzug schwitzte er wie ein Pferd beim Galopp.

»Nein, die Wunde am Schädel unseres Skeletts stammt nicht von einem Baumstamm oder einer Wurzel. Unsinn! Sie stammt von der gleichen Tatwaffe, mit der dieser Ove, wie wir jetzt wissen, ermordet wurde. Ich habe sogar die weiteren Untersuchungen jetzt vorliegen. Es gab am Schädel genau wie an Oves Kopf Spuren von Metall. Eine Silberlegierung. Damit bin ich immer mehr der Meinung, dass es sich um einen silbernen Gehstockknauf in Form eines Hundes, Wolfes oder einer großen Katze mit spitzem Maul handelt.«

»Prima, danke, Philipp. Hast du in Oves Wohnung was gefunden?«, fragte Faber noch.

»Kein Gold, keinen Rucksack, keinen Theodolit, nur eine Menge Diebesgut aus Sylt und auch Teile des Schmucks aus Aurich von dem Ehepaar. Das meiste hat er wohl schon versetzt, denn Tamme fand fast hunderttausend Euro in bar. Gut versteckt, aber vor uns ist ja nix sicher. So, jetzt muss ich arbeiten, willst du noch was?«, fragte der Forensiker zwar, legte jedoch in dem Moment auf.

»Tja, wie es scheint, hat Mark Schmalstedt Clara Walter nicht umgebracht«, ließ Faber die Bombe für Freese platzen.

»Was?«, fragte Freese entsetzt. »Dann waren seine Schuldgefühle und die ganze Sauferei für nichts und wieder nichts. Mein Gott, Ove hätte seinen Vater nicht verlieren müssen.« Er runzelte die Stirn und fragte dann: »Das Gold, wie kam denn das in Horles Villa?«

»Sie meinen in die Villa, aus der Sie es gestohlen haben. Dabei ließen Sie den Theodolit mitgehen, um es nach einem Einbruch des Seemonsters aussehen zu lassen«, half ihm Laurien etwas unkonventionell auf die Sprünge.

»Immerhin war es mein Rucksack und das Gold hatte ich ja mal gefunden. Da liegt das plötzlich mitten im Wohnzimmer wie weggeworfen. Ich dachte, Ove könnte es seinem Hehler anbieten und dann wären wir saniert gewesen. Darum habe ich den Theodolit mitgehen lassen, um einen Einbruch vorzutäuschen. Er steht bei mir im Keller, kann Horle gleich wiederhaben«, gab Freese endlich zu. »Aber wo haben Sie denn Clara gefunden und wieso kamen Sie eigentlich darauf, dass Clara und das Gold zusammengehören?«

»Sie lag in einem Grab bei der Ausgrabungsstätte Bentumersiel. Man hielt sie für eine Weile für eine Germanin, die dort begraben war. Bei ihr lag ein gesäuberter Aureus, der zu Ihrem Fund passte. Können Sie sich das erklären?«, fragte Laurien.

Freese dachte nach, dann nickte er enthusiastisch und klopfte seinem Hund dabei so unsanft auf den Kopf, dass der die Augen protestierend aufriss. »Sie wollte vor dem Geschäft eine Münze zur Ansicht. Ich habe eines dieser Dinger sauber geschrubbt und ihr zukommen lassen. Die hatte sie wahrscheinlich dabei.«

»Und der Mörder hat sie ausgezogen, im Grab verscharrt und dabei nicht gemerkt, wie diese Münze aus ihrer Kleidung fiel und bei der Toten landete«, vermutete Faber. »Helge«, duzte ihn der Hauptkommissar, »wer war Oves Hehler? Es kann gut sein, dass er der Mörder von Clara und von Ove ist. Und wenn man es noch weitertreiben will, indirekt auch der Mörder von Oves Vater.«

Freese schüttelte den Kopf. »Das weiß ich nicht, Ove wollte nicht, dass ich mich involviere. Er sagte immer, kein Gefängnis mehr, wenn man über siebzig Jahre alt ist, besser, du weißt nicht zu viel. Ich habe zu meiner Zeit immer mit Clara gearbeitet, wenn es um Hehlerware ging. Aber wenn das wirklich Ihre Theorie ist, muss der Händler doch schon ewig im Geschäft sein. Vielleicht hilft das, ihn zu finden.«

***

Faber hatte Laurien im Präsidium abgesetzt. Sie war nun einmal seine beste Recherchekraft. Sie sollte sich sofort ransetzen und die Liste aller Antiquitäten- und Münzhändler in Niedersachsen, die sie bereits zusammengestellt hatte, auf ihr Bestehen prüfen. Außerdem suchten sie jetzt eine Verbindung zu Clara Walter. Denn auch sie musste einen Abnehmer im Hintergrund gehabt haben. Faber selbst fuhr weiter zu Ove Schmalstedts Wohnung nach Rysum. Er wollte Tamme und Friedhelm unterstützen, die immer noch unter Philipps Protest nach Hinweisen suchten.

»Was willst du denn jetzt hier?«, fragte Philipp dementsprechend missmutig, wandte sich dann aber an Tamme, der die Schubladen des Küchenschranks aufzog. »Vorsichtig, du Riesenbaby, dort habe ich bisher keine Fingerabdrücke gesichert. Du verschmierst ja alles.«

»Schorlau, Schorlau, ich habe es dir schon mal gesagt. Auch wenn der Junge hier länger gewohnt hat, das ist ein Ferienhaus. Du wirst eine Million Fingerabdrücke finden, vor allem, wenn ich den Staub sehe, der hier in den Ecken liegt. Gründlich sauber gemacht hat hier seit Ewigkeiten keiner mehr«, erwiderte der Kommissar gelassen und blätterte durch die Papiere in der Schublade.

Faber rief Rike an, die mit Sonja vor dem Haus des Hobbysammlers Lehmann in Weener wartete. Eine Nachbarin hatte ihnen erzählt, dass er Montagvormittag immer einkaufen ging, aber bald zurück sein wollte. So stellte der Hauptkommissar sein Smartphone auf Lautsprecher und erzählte, was sie von Helge Freese erfahren hatten. Philipp steuerte seine neusten forensischen Ergebnisse bei. Faber war erstaunt, wie sicher er sich bei dem silbernen Gehstockgriff in Form eines Hundes oder Wolfs war. Er berichtete, dass Laurien versuchte, die Händler einzugrenzen.

»Dann wird es umso wichtiger, dass uns dieser Hobbymünzensammler seine Quelle für den Aureus nennt. Wenn der Münzhändler hier in Weener ist, statten wir ihm gleich einen Besuch ab«, meinte Rike.

»Ja, aber seid vorsichtig. Eventuell könntet ihr plötzlich einem zweifachen Mörder gegenüberstehen. Wir wissen nicht, wer dieser Lehmann ist. Keine Alleingänge. Habt ihr verstanden? Du und Sonja, ihr bleibt zusammen«, ermahnte er seine Frau.

»Alls klaar, Chef«, meinte Sonja zackig aus dem Hintergrund. Dann wurde sie ernst und fragte: »Ihr habt in der Wohnung des Opfers keine Verbindung zu dem Hehler finden können?«

»Danke auch für die Frage«, brummte Tamme. »Das hätten wir wohl erwähnt, wenn dem so wäre. Außer einem Haufen Bargeld deutet nichts auf den Verkauf der Beute hin.«

»Und davon Fingerabdrücke, Philipp?«, fragte Rike.

Der stöhnte laut auf. »Was ist denn mit dir? So dämliche Fragen stellst du doch sonst nicht.«

»Hey, hey, reiß dich zusammen. Nicht in dem Ton«, fuhr ihn Faber an. Was Rike anging, konnte er ziemlich ungehalten werden.

»Sorry, Rike«, meinte Philipp recht kleinlaut. »Aber was Fingerabdrücke an Geldscheinen angeht, die sind eigentlich nur zu gebrauchen, wenn man einen Täter bereits hat und lediglich die Beweise fehlen. Aber ohne zu wissen, welchen Abdruck du suchst, findest du mindestens genauso viele wie in einer Ferienwohnung oder einem Museum. Es sei denn, es ist ein druckfrischer Schein!«

»Hast ja recht«, erwiderte Rike. »Faber, wir müssen. Ich glaube, der alte Mann mit den Einkaufstüten, der sich gerade dem Haus nähert, ist dieser Lehmann. Wir melden uns, sobald wir mit ihm gesprochen haben.«

***

»Wie, was, Polizei?«, sagte der ältere Herr, als er etwas abgehetzt die Tür öffnete. Rike hatte gleich ihren Polizeiausweis gezückt und sich und Sonja vorgestellt.

»Herr Lehmann, Frank Lehmann?«, fragte sie.

»Was, Sie müssen lauter sprechen, ich höre nicht mehr gut!«, erwiderte er fast schreiend.

»Sind Sie Herr Lehmann? Wir kommen von der Kripo Emden, es geht um die Goldmünze, die Sie schätzen lassen wollten«, versuchte es Rike laut, ohne den Alten gleich anzuschreien.

»Gold, Münzen? Sie, Sie, Sie sind doch Trickbetrüger, geben sich als Polizei aus. Ich habe davon gelesen!«, schimpfte er. Sonja konnte gar nicht anders, sie musste einfach lachen, als Rike sie völlig verdutzt ansah. Herr Lehmann war rigoros, er knallte den beiden einfach die Tür vor der Nase zu und schrie von innen, dass er jetzt die richtige Polizei anrufen wird. Und dass es ja noch schöner wäre, wenn sich zwei so junge Weibsbilder als Kommissarinnen ausgeben.

»Am besten rufen wir eine Streife von der Polizeistation Weener, damit die uns Zugang verschafft«, schlug Sonja vor. »Sonst redet der nicht mit uns!«

»Ich glaube, das ist nicht mehr notwendig«, erwiderte Rike und horchte näher an der Tür. »Wenn er uns nicht etwas vorspielt, ruft er gerade die Kollegen an und bittet um Hilfe, weil zwei Frauen ihn überfallen wollen und sich als Polizistinnen ausgeben.« Beide mussten laut auflachen, obwohl die Reaktion des alten Mannes gar nicht unvernünftig war. In letzter Zeit gaben sich viele Trickbetrüger als Polizisten aus. Sie benutzten die Ängste alter Menschen um Enkelkinder, Eheleute und Kinder, die angeblich mit einem Auto andere Menschen verletzt haben sollten und jetzt Tausende von Euro für eine Kaution brauchten. Es waren sogar schon Fälle bekannt geworden, bei denen Diebe sich in Polizeiuniform Zugang zu den Wohnungen von Rentnern beschafft hatten. Daher nahmen Rike und Sonja es humorvoll und warteten im Auto auf die Kollegen der Streife.

Es dauerte nur eine Viertelstunde, bis wirklich eine Weeneraner Polizeistreife vor dem Haus hielt und bei Herrn Lehmann klingelte. Rike und Sonja stiegen aus dem Wagen und kamen wieder auf das Haus zu. Herr Lehmann stand an der Tür und artikulierte laut und wild in die Richtung der beiden vermeintlich kriminellen Damen. Rike und Sonja begrüßten die Kollegen und wiesen sich aus. Weil Herr Lehmann sich immer noch nicht beruhigt hatte, machte einer der Beamten von Rikes Ausweis ein Foto, schickte es in die Zentrale und erhielt ein paar Minuten später eine SMS mit Rikes Personalfoto zurück.

»Also, Herr Lehmann«, sagte Rike recht laut, doch wurde sofort unterbrochen.

»Jetzt schreien Sie nicht so, ich habe mein Hörgerät mittlerweile drin!«

»Das ist gut«, fing sie im normalen Tonfall an. »Wir müssen mit Ihnen sprechen, wegen der Schätzung der Goldmünze, die Sie bei dem Münzhaus in Frankfurt angefragt haben. Wenn es Ihnen lieber ist, können die beiden Kollegen dabei sein.«

»Dann kommen Sie mal alle rein. Ich koche erst einmal einen Kaffee!« Herr Lehmann ließ sich nicht davon abbringen und es dauerte eine Weile, bis sie endlich um den Küchentisch vor einer starken Tasse Kaffee saßen. Der alte Mann kam mit einem schweren Album aus dem Wohnzimmer. Es war wohl sein Schatz, denn er behandelte es mit der größten Vorsicht. »Das sind die Aureus-Münzen, die ich gerne geschätzt haben möchte«, meinte er und hatte die letzte Seite aufgeschlagen.

»Ja, die passen in unser Set«, meinte Rike und zeigte auf ihrem Smartphone Fotos der beiden anderen Münzen. Der alte Mann nahm Rikes Smartphone und sah sich die Fotos genau an. Dann hob er wieder das schwere Album an und blickte auf die Original-Aureus-Münzen.

»Ja, ja, es stimmt. Aber was meinen Sie denn mit Set? Mehr als zwei Münzen? … Oh«, entwich es dem alten Mann verzückt, als er die beiden fast identischen Münzen liebevoll betrachtete. »Mir wurde gesagt, es sind nur diese zwei Münzen aufgetaucht.«

»Von wem haben Sie diese Exemplare?«, fragte Rike. So langsam schien die Lösung ihres Falls zum Greifen nah. Wer immer mit diesen Münzen handelte, kannte den Verkäufer, ihren eventuellen Mörder.

Herr Lehmann machte eine abweisende Bewegung mit der Hand. »Das ist alles ganz seriös. Ein alter Freund von mir hat die beiden zum Kauf angeboten. Ich kenne ihn mehr als zwei Jahrzehnte und er kommt mit den schönsten Stücken immer erst zu mir. Ich habe mir Bedenkzeit ausgebeten. Bitte sagen Sie ihm ja nicht, dass ich die Münzen schätzen lasse, dann ist er sauer, weil er glaubt, ich traue ihm nicht. Außerdem bat er mich, dass dieses Geschäft streng vertraulich bleibt.«

»Und er hat Ihnen nur diese beiden angeboten? Herr Lehmann, wer ist Ihr Freund? Vielleicht kann er uns sagen, woher er die Münzen hat. Bitte, es ist wichtig.«

»Der Juwelier Udo Landgrebe. Er hat sein Geschäft in der kleinen Geschäftsstraße in der Innenstadt. Von ihm habe ich die meisten meiner Münzen. Er handelt so ein bisschen hobbymäßig damit, ist beruflich ein angesehener Juwelier.«

***

Faber, Tamme und Friedhelm nahmen die Ferienwohnung regelrecht auseinander, nachdem Philipp endlich mit der Spurensicherung fertig gewesen war. Auch der Forensiker beteiligte sich bei der Suche. Doch die Unterlagen, die Ove Schmalstedt besessen hatte, waren limitiert, und absolut nichts deutete auf seinen Hehler hin. Alles musste per Telefon, persönlich, und ohne irgendwelche analoge Spuren zu hinterlassen, abgelaufen sein. Sie fanden keinen Computer bei Ove, wahrscheinlich hatte er alles mit dem Smartphone erledigt und sich keinen neuen Computer mehr angeschafft. Was sollte er auch damit in einem Kloster? Nur leider fehlte sein Smartphone, wie auch der Hausschlüssel mit dem Seesternanhänger, den der Vermieter beschrieben hatte.

Ihnen blieb nichts weiter übrig, als die sichergestellten Antiquitäten, die noch in der Wohnung waren, als Asservaten aufzunehmen und abtransportieren zu lassen. Die Wohnung wurde danach versiegelt, und den alten klapprigen Golf, den Ove gefahren hatte, nahmen sie mit aufs Revier, damit Philipp sich ihn dort in der Halle gründlich ansehen konnte.

Faber und Tamme waren gerade dabei, in den Audi zu steigen, als Laurien sich aus Emden meldete. »Laurien, hast du Neuigkeiten? Irgendwelche Antiquitätenhändler, die vor fünfzehn Jahren bereits existierten und infrage kommen? Irgendwas von Clara Walter?«

»Langsam, Chef«, erwiderte sie in aller Ruhe. »Erst einmal haben wir keinen der Münzhändler auf der Liste, der irgendwie infrage kommen könnte. Keiner passt so richtig ins Bild. Aber als ich mich um Clara Walters Hintergrund kümmerte, da wurde es schon interessanter. Es stimmt, sie ist Oves Mutter. Mark Schmalstedt, der einst in Horles Villa in Leer wohnte und im Stadtzentrum einen Antiquitätenhandel hatte, war der eingetragene Vater. Sie waren nie verheiratet. Eine Weile war sie aber sogar mit Lohnsteuerkarte bei ihm angestellt.«

»Können wir Freese glauben? Vielleicht war dieser Mark Schmalstedt ein Hehler, der mit Diebesgut handelte, das diese Clara anscheinend von Leuten wie Freese und Norbusch besorgte.«

»Das ging mir ebenfalls durch den Kopf und darum habe ich den ehemaligen Kollegen Herrn Holthusen noch einmal angerufen. Er lässt dich und Rike grüßen«, meinte sie, bevor sie fortfuhr: »Er sagte, Schmalstedt war grundanständig. Weil er mit Freese bekannt war, hatte er ihn gründlich durchleuchtet. Er konnte sich dunkel erinnern, dass er mal eine Verkäuferin hatte, eine hübsche Frau, die dann wegging. Baby Ove blieb beim Vater. Das war zwar ungewöhnlich für eine Kleinstadt wie Leer, in der Zeit jedoch schon toleriert. Holthusen meinte, er traute dem Schmalstedt. Bevor der anfing zu trinken, hatte er nie einen Strafzettel, nicht einmal für falsches Parken.«

»Na gut, gehen wir mal davon aus«, sagte Faber in die Freisprechanlage. Sie parkten immer noch vor dem kleinen Ferienhaus und sprachen über Lautsprecher, damit Tamme auch jedes Wort verstand. »Also, diese Clara, was hast du zu ihr gefunden?«

»Jetzt wird es interessant. Sie war gelernte Einzelhandelskauffrau, und zwar hat sie das in einem Juweliergeschäft gelernt. Als sie von Leer wegging, etwa fünf Monate nach Oves Geburt, überließ sie den Jungen rechtlich Schmalstedt. Sie taucht dann im Melderegister von Weener auf, wo Rike und Sonja jetzt diesen Hobbysammler suchen. Sie arbeitete bei einem Juwelier, dessen Geschäft schon seit der

Gründung in der Hand der Familie lag. Ein Udo Landgrebe«, fasste Laurien den Sachverhalt zusammen.

»Moment, hat sie da gearbeitet oder gewohnt?«, bohrte Tamme sofort nach.

»Anscheinend beides, Wikinger«, erwiderte die Kommissarin. »Laut Finanzamt Leer, das für den Kreis, in dem auch Weener liegt, zuständig ist, arbeitete sie als Verkäuferin bei dem Juwelier, wohnte aber auch in dem Haus. Entweder hat ihr Arbeitgeber eine Wohnung gestellt oder sie lebte mit ihm zusammen. Denn er war in dem Haus gemeldet und ist das noch immer. Sie hingegen wurde abgemeldet, und zwar vor fünfzehn Jahren.«

»Also um den Zeitpunkt ihres Todes. Das bedeutet, wir sind mit Weener nahe rangekommen. Laurien, schick mir die Adresse von diesem Landgrebe und auch diesem Münzsammler Lehmann, bei dem Rike und Sonja sind. Tamme und ich fahren ebenfalls nach Weener. Ich rufe Rike von unterwegs an«, meinte Faber und fügte an: »Hey, das war wieder super Arbeit!« Dann legte er auf.

»Sie wird uns fehlen, wenn sie wirklich geht«, meinte Tamme bedauernd.

»Was?«, fragte der Hauptkommissar erstaunt. »Was meinst du?«

»Na, nur das, was alle im Team wissen. Laurien wird doch für den Job in Hannover gehandelt. Also manchmal denkst du wirklich, wir setzen den Hut mit dem Hammer auf. Selbst Friedhelm und Torben haben das sofort spitzgekriegt. Da Rike so hartnäckig zu dem Thema geschwiegen hat, hast du wohl irgendwann wenigstens ihr mal einen Hinweis gegeben«, meinte Tamme trocken, während Faber erstaunt über sein Team den Wagen startete. Da gerade die Adresse von Lehmann reinkam, beschloss Faber, erst einmal dort vorbeizufahren.

Sie würden Weener in einer Dreiviertelstunde über die A31 erreichen, und so fuhr Faber erst einmal gemütlich zurück nach Emden, um dann auf den Stadtautobahnring zu kommen. Währenddessen versuchte Tamme es bei Sonja auf dem Handy.

»Eigenartig, ich lande immer auf ihrer Mailbox, das ist aber untypisch für Sonja«, murmelte Tamme.

»Die beiden sind ziemlich losgestürzt, vielleicht war ihr Handy nicht geladen. Wenn der Akku leer ist, dann landest du auf der Mailbox. Ruf einfach Rike an, ihr Handy habe ich heute Nacht zusammen mit meinem aufgeladen«, sagte Faber und fuhr auf den Autobahnzubringer.

»Manchmal hat es doch Vorteile, wenn der Chef mit einem vom Team verheiratet ist«, scherzte Tamme und tippte die Kurzwahl auf der Freisprechanlage. Es dauerte nicht lange und sie hörten es klingeln.

***

Herr Lehmann hatte sich nach der Aufregung mit der Polizei endlich in Ruhe in seine Küche zurückgezogen, um die Lebensmittel in den Kühlschrank zu räumen. Die beiden Polizistinnen hatten die Wohnung reichlich überstürzt verlassen, nachdem die Wachtmeister ihnen die Adresse von Udos Geschäft am Kanal genannt hatten. Frank Lehmann sah auf die Uhr, es war kurz vor zwölf und er dachte darüber nach, sich auf den Schreck ein kühles Likörchen einzuschenken. Er hatte letztes Jahr mal wieder Rote Johannisbeeren mit Klarem und Kandis angesetzt. Gerade bei der Hitze schmeckte so ein Schluck aus dem Kühlschrank richtig gut. Eigentlich hatte der Arzt ihn davor gewarnt, mit seinen fünfundsiebzig Jahren zu viel Schnäpschen zu trinken. Aber was hatte er denn noch? Seine Frau war bereits zehn Jahre tot, und außer seinen Münzen und ab und zu een Buddel Sluck war es einsam um ihn herum geworden. Sein Sohn war mit der Familie aus beruflichen Gründen nach Bremen gegangen, und obwohl es nicht so weit war, sah er ihn und die Enkelkinder nur an Geburtstagen und Weihnachten.

»Auf dich, Rosi, dat war 'ne Aufregung«, meinte er dann auch mit dem Likörchen in der Hand und trank es auf ex. »Nicht schimpfen«, meinte er und sah automatisch hoch, denn er stellte sich immer vor, dass seine verstorbene Frau von oben zusah und mahnend den Kopf schüttelte. »Nur einen, ich verspreche es.«

Er erschrak regelrecht, als wie zur Antwort plötzlich ein Klingeln zu hören war. Ein Klingelton, den er nicht kannte. Sein Handy spielte den Schlager Rosamunde, den sein Sohn ihm in Gedenken an Mama eingestellt hatte. Vor allem kam das Geräusch aus der Küche. »Röschen, du rufst mich doch nicht vom Himmel an, um zu schimpfen«, meinte der alte Lehmann jetzt doch verunsichert. Dann konnte er den Ton lokalisieren. Es kam von seinem Münzalbum, das immer noch auf dem Küchentisch lag. Als er das schwere Album anhob, lag darunter eines dieser neuen modernen Smartphones. »Mensch, Mensch, da hat einer der Polizisten sein Telefon vergessen«, sagte Lehmann laut. Er nahm das Ding in die Hand und wischte darüber, wie sein Sohn es ihm gezeigt hatte. Wenn das so eine Gesichtserkennungs-Software hat, dann kann ich es nicht bedienen, dachte er, war aber erstaunt, als er den Anruf entgegennehmen konnte. Auf dem Display stand Faber.

»Na endlich, sag mal, was macht ihr beiden denn?«, hörte Herr Lehmann eine männliche Stimme.

»Hören Sie mal, junger Mann«, entgegnete er. »Erst einmal meldet man sich mit Namen. Hier spricht Frank Lehmann, und Sie?«

Faber und Tamme waren völlig irritiert. »Hier spricht Hauptkommissar Faber vom Präsidium Emden. Warum haben Sie das Telefon von Kommissarin Waatstedt und wo ist sie?«, fragte er und spürte eine gewisse Panik in sich aufsteigen.

»Ah, die Kommissarin, die kleine hübsche rothaarige Polizistin. Na, die ist weg und hat es hier vergessen. Es lag unter meinem Münzalbum.«

»Oh, Gott Loff un Dank«, brach es aus Faber hervor. »Sagen Sie, war auch Kommissarin Withuus mit dabei?«

»Aber natürlich, ebenfalls eine sehr schöne junge Frau, die Blonde. Beide sind schon wieder weg und die Streifenbeamten auch«, meinte der alte Mann.

Faber und Tamme sahen sich an und kräuselten die Stirn. Warum auch immer Kollegen von der Streife mit dabei waren, dachte Faber. »Wissen Sie denn, wohin die beiden wollten?«

»Aber natürlich, sie haben mich doch gefragt, woher ich die Münze habe. Sie wollten jetzt zu meinem Freund Udo fahren. Udo Landgrebe, der hat ein Juweliergeschäft hier in Weener, der hat mir nämlich die beiden Münzen vermittelt!«

»Danke, Herr Lehmann. Wir kommen später vorbei und holen das Handy«, meinte der Hauptkommissar kurz angebunden. Bevor er auflegte, konnte Frank Lehmann noch hören, wie das Martinshorn eingeschaltet wurde und ein Motor aufheulte.

Frank Lehmann schüttelte den Kopf und ging mit seinem leeren Likörglas erneut an den Kühlschrank. »Nicht schimpfen, Röschen, aber nun brauch ich noch einen! Und anschließend ruf ich Udo an und erzähle ihm, dass die nette Kommissarin ihr Handy hier liegen gelassen hat. Dann kann er sie zurückschicken und sie es sich gleich wieder abholen.«

***

»Verflucht, mein Akku ist total platt und Tamme hat es schon ein paar Mal probiert«, sagte Sonja, als Rike im Hinterhof einer Fahrschule parkte, die nur zwei Minuten Gehzeit vom Juweliergeschäft entfernt war. »Ausgerechnet heute habe ich mein altes Handy mitnehmen müssen, weil mir das Smartphone runtergefallen ist. Ich hatte gerade noch Zeit, die SIM-Karte zu wechseln. Deshalb ist es auch nicht geladen. Das wird ewig dauern, bis es wieder geladen ist«, fügte Sonja an. Ob ihr neues Diensthandy noch zu retten war, würde sie heute Abend rausfinden.

»Nimm mein Handy«, sagte Rike, als sie endlich eingeparkt hatten. Sie suchte es in der Jeans und im Jackett, doch konnte es nicht finden. »Ach nein, ich denke, ich habe es bei Herrn Lehmann vergessen. Da müssen wir anschließend noch mal hin. Wenn Faber versucht hat, mich anzurufen, und nicht durchkommt, wird er verrückt vor Sorge.« Rike dachte kurz nach. »Pass auf, entweder du nimmst die Autoschlüssel und fährst zu Herrn Lehmann mein Handy holen, oder du lädst jetzt dein Handy hier im Auto, wir haben immer einige Kabel für den USB-Anschluss im Handschuhfach. Warte zehn Minuten und dann kannst du wenigstens kurz mit Faber reden. Wahrscheinlich gibt es was Neues, wenn Tamme dich unbedingt erreichen will. Ich gehe so lange zu diesem Juwelier und spreche mal mit ihm.«

»Das wird Faber nicht gefallen, wenn ich dich da alleine hinlasse«, warf Sonja zwar ein, aber nickte.

»Was soll schon passieren, wenn ich in das Juweliergeschäft gehe? Ich glaube, dem wurden die Goldmünzen auch nur angeboten. Vielleicht kann er mir innerhalb von einer Sekunde den Namen des Hehlers nennen und schon bin ich wieder zurück«, beschwichtigte Rike Sonjas Bedenken.

»Okay, zehn Minuten. Sobald ich mit Tamme geredet habe, komme ich nach«, stimmte Sonja zu und suchte das passende Kabel aus dem Handschuhfach, um ihr Handy anzuschließen. »Und sei vorsichtig!«, rief sie Rike hinterher, die ihr die Schlüssel in die Hand gedrückt hatte und ausstieg. Sie sah auf die Ladeanzeige ihres Handys. »Na, hoffentlich habe ich in zehn Minuten genug Saft, um anzurufen.«

Rike verließ den Parkplatz an der Kirche und wandte sich von der Norderstraße in Richtung Neue Straße. Die Neue Straße machte nicht gerade den Eindruck einer Einkaufsstraße. Rike kam nur an einem Fahrradhändler und einem Fachgeschäft für Bodenbeläge vorbei, bis sie den Juwelier sah. Es war ein älteres Geschäft, das vom Erscheinungsbild wahrscheinlich schon vor dreißig Jahren so ausgesehen hatte. Selbst die Schmuckstücke in der Auslage sahen etwas altbacken aus. Aber die Lage war nicht schlecht. Touristen, die den Alten Hafen besichtigt hatten, kamen auf dem Weg zur Innenstadt hier vorbei. Außerdem war der Campingplatz von Weener nur einen Kilometer entfernt. Jemand in Urlaubslaune verirrte sich bestimmt in den Laden und kaufte das eine oder andere Stück.

Als Rike öffnete, klingelte ein Glöckchen über der Tür. Hier ist die Zeit wirklich stehen geblieben, dachte sie in dem Moment. Vor allem weil der Mittfünfziger hinter dem Tresen gerade den Hörer eines alten grauen Festnetztelefons mit Kabel ans Ohr hielt. »Vielen Dank für deinen Anruf. Ja, mach ich!«, sagte er noch und legte den Hörer auf die Gabel. Mittlerweile war klar, dass die ganze Retro-Atmosphäre hier gewollt war. Eigentlich war es hübsch, hier in dem Laden zu stehen, der Rike ein Gefühl von Opas Jugend widerspiegelte. »Tut mir leid, Sie erwischen mich gerade in der Mittagspause«, sagte der Verkäufer. »Leider muss ich schließen, ich bin um drei Uhr wieder für Sie da.« Er kam hinter dem Tresen auf sie zugehumpelt.

Rike zückte ihren Polizeiausweis und hielt ihn dem Mann hin. »Sind Sie Udo Landgrebe, der Besitzer des Juwelierladens?«, fragte sie. Der etwas korpulente kleine Mann im tadellosen Anzug blickte sie an. Er hatte bereits schütteres Haar mit angehender Glatze und versuchte das durch einen albernen Seitenscheitel zu kaschieren. Seine braunen Augen fixierten sie jedoch hart, obwohl er lächelte. Aber im Grunde genommen wirkte er weder aggressiv noch irgendwie bedrohlich. Vor allem, weil er so stark humpelte.

»Das bin ich, Udo Landgrebe. Was kann ich für die Polizei tun?«, fragte er, wartete jedoch keine Antwort ab und meinte: »Ich schließ nur schnell den Laden, dann können wir in mein Büro gehen und reden.«

Plötzlich warnte ihr Instinkt die Polizistin. In dem Moment, als er von innen die Tür schloss und das Schild an der Tür umdrehte. Doch da sie in letzter Zeit einige ungewöhnliche Emotionsschwankungen hatte, tat sie ihr Bauchgefühl einfach ab. Er ist auch nicht viel größer als ich und bestimmt zwanzig Jahre älter, den kriege ich in den Griff, beruhigte sie sich. Er humpelte voraus hinter den Glastresen, in dem Trauringe ausgestellt waren. Plötzlich stoppte er und ließ sie vorbei. »Entschuldigen Sie, ich muss den Schlüssel und das Handy mitnehmen«, sagte er und zog eine Schublade neben dem Glastresen auf. Rike sah ihn etwas nervös an und legte eine Hand unter das Jackett an ihr Waffenholster, atmete jedoch beruhigt durch, als er tatsächlich lediglich einen Schlüsselbund mit einem auffällig großen Seestern herausnahm und ein Smartphone der neuesten Generation.

»Sie wollen also etwas über die Goldmünzen wissen?«, fragte er hinter ihr. Sie konnte sich gerade noch umdrehen, um zu fragen, woher er das wusste. Doch der Juwelier hatte bereits den Gehstock, der neben dem Türrahmen gestanden hatte, gegriffen.

Rike sah aus dem Augenwinkel, wie der Knauf in Form eines Wolfes mit spitzer Schnauze auf sie niedersauste, und drehte ihren Kopf im letzten Moment weg. Der Schlag, der stattdessen ihr Schlüsselbein traf, war dennoch überaus schmerzlich. Er verursachte ein furchtbares Knirschen, als die Klavikula brach. Sie hatte das Gefühl, ihr Oberkörper stände plötzlich in Flammen, so sehr hallte der Schmerz in ihr nach. Mit der rechten Hand ihre Waffe zu erreichen, war gar nicht mehr möglich. Sie fiel und schlug sich den Kopf am Türrahmen zum Büro. Kurz bevor sie bewusstlos wurde, hob der Kerl wieder seinen Stock an und beugte sich runter. Wahrscheinlich, um ihr den Rest zu geben. Sie dachte in diesem Bruchteil einer Sekunde nur an Richard, Benny und Opa, an ihre so sehr geliebten Menschen und daran, dass sie leben wollte. Dann wurde es schwarz um sie.

***

»Meine Güte, endlich. Wo seid ihr?«, schrie Faber in die Freisprechanlage, weil das Martinshorn auch innerhalb des Wagens einen ziemlichen Lärm machte. »Ist alles okay?«

»Ja, mein Akku war leer und Rikes Phone liegt bei Lehmann, dem Zeugen«, erwiderte Sonja. Das Laden hatte knappe zehn Minuten gedauert, bis sie wenigstens so viel Saft hatte, um einen Anruf abzusetzen. »Was ist denn los?«

»Hört zu, geht nicht alleine zu diesem Juwelier. Udo Landgrebe könnte unser Mörder sein, er ist brandgefährlich. Clara Walter hat, bevor sie verschwand, bei ihm gearbeitet und gewohnt. Wartet auf uns«, gab Faber ganz klare Anweisung, während er mit einhundertachtzig Sachen über die A31 bretterte. »Wir sind in spätestens fünfzehn Minuten bei euch und treffen uns vor dem Juweliergeschäft. Keine Alleingänge!«, betonte der Hauptkommissar.

»Scheiße«, fluchte Sonja, der normalerweise solche Wörter nur schwer über die Lippen kamen. Sie riss das Handy vom Ladekabel und die Beifahrertür auf. Mit dem Telefon am Ohr rannte sie auf die Fußgängerzone zu. »Faber«, keuchte sie dabei, »Rike ist bereits alleine vorgegangen. Ich ruf zurück!« Sie konnte gerade noch sein entsetztes, fast hysterisches ›Was‹ hören, bevor sie ihn wegdrückte. Das Handy verschwand in ihrem Jackett, wo es dann sofort wieder anfing zu klingeln. Sie zog ihre Waffe unauffällig und hielt sie beim Laufen so neben ihrem Oberschenkel. Es galt zu vermeiden, dass die Waffe Touristen auffiel und eventuell eine Panik unter den Leuten entstand. Vor dem Juweliergeschäft angekommen, sah sie das Schild und drückte gegen die verschlossene Tür. Sonja klopfte laut mit dem Griff ihrer Waffe an das Glas. In dem Moment sah sie eine Bewegung im Raum hinter dem Tresen. Als sie, die Augen mit der Hand abgeschirmt, durch die Tür linste, sah sie eine Hand am Boden liegen. Sie erkannte sofort Rikes Ehering, denn sie und Faber hatten sich für recht breite eckige Goldringe entschieden.

In dem Moment zögerte sie keine Sekunde mehr. Sie entsicherte ihre Waffe und schoss zweimal auf das Türschloss. Sie trat gegen die Tür, bis diese nachgab. Sofort waren Schreie zu hören und die Menschen auf der Straße versuchten, sich hinter Häuserecken zu verstecken. Einige vorwitzige dieser Leute, die jeglichen Instinkt für Gefahr durch Sensationslust ersetzt hatten, filmten sie mit ihrem Handy. »Polizei, rufen Sie einen Krankenwagen«, schrie sie in deren

Richtung und stürmte mit der Waffe im Anschlag in den Laden. Sie sah kurz zu Rike, fasste an ihre Halsschlagader und war mehr als erleichtert, einen recht regelmäßigen und starken Puls zu fühlen. Dann sicherte sie schnell den hinteren Raum, der das Büro des Juweliers war. Der Tresor stand auf, er hatte wohl noch die Zeit gehabt, einiges daraus mitzunehmen. Die graue Stahlsicherheitstür, die aus dem hinteren Raum führte, war verschlossen. Da war kein Durchkommen, dachte sie mit dem Handy am Ohr, während sie auf die Notrufzentrale wartete, um einen Krankenwagen anzufordern.

»Rike, hörst du mich?«, fragte Sonja und sah sich vorsichtig die seitliche Kopfwunde an. Die war Gott sei Dank nur eine Art Schürfwunde, die schlimmer aussah, als es war. Soweit die Kommissarin es sehen konnte, war kein Loch im Schädel.

Endlich flatterten Rikes Augen und dann sah sie desorientiert Sonja an. »Meine Güte, ich lebe«, kam es zittrig von ihr. »Sonja, er wollte mir gerade mit dem Wolfsstock eine überziehen, aber ich wurde vorher ohnmächtig.« Eigentlich wollte sie sich gerade erheben, weil sie sich gar nicht schlecht fühlte, als sich ihr Schlüsselbein bemerkbar machte und sie aufschrie. »Oh, meine Schulter!«

»Ganz ruhig, bitte beweg dich nicht. Er hat dich erwischt, aber nicht deinen Kopf. Die Schulter ist wahrscheinlich gebrochen. Je weniger du dich bewegst, desto besser. Hast du Kopfschmerzen, siehst du doppelt?«, checkte Sonja eine mögliche Gehirnerschütterung.

»Nein, auch keine Blitze im Kopf. Ich hatte schon eine Gehirnerschütterung, die habe ich nicht. Mit dem Kopf bin ich nur gegen den Türrahmen geschlagen, als der Stock mich an der Schulter erwischte«, sagte sie leise. »Beruhige Faber, der wird sich mächtig aufregen, und sag ihm, ich habe den Alleingang zu verantworten. Er wird sehr böse sein!«

»Vergiss das jetzt mal, erst einmal musst du versorgt werden. Wir hatten Glück, ich denke, er ließ von dir ab, als ich das erste Mal klopfte. Aber er konnte ent…«, weiter kam sie nicht.

»Hände hoch und treten Sie von der Person weg«, schrie sie ein Uniformierter an. Er hatte seine Waffe mit beiden Händen im Anschlag.

»Kommissarin Withuus und Kommissarin Waatstedt aus Emden. Frau Waatstedt wurde von dem Geflüchteten verletzt, ist ein Krankenwagen vor Ort?«, fragte Sonja und fügte an: »Sehen Sie, hier ist meine Dienstwaffe im Holster«, sie hob das Jackett an, »in der Innentasche ist mein Ausweis, ich nehme ihn jetzt langsam raus.« Sie griff vorsichtig in die Innentasche. Als sie den Dienstausweis dem Uniformierten hinhielt, nahm er ihn und steckte seine Waffe ein. Der Kollege, der links hinter Sonja gestanden hatte, tat es ihm gleich. Endlich konnte Sonja ihre Hände runternehmen und griff wieder die Hand von Rike. Dann erzählte sie schnell, worum es ging, und bat den Polizeimeister, eine Fahndung nach Udo Landgrebe einzuleiten. Kaum dass sie fertig war, kam auch schon der Notarzt und untersuchte Rike kurz vor Ort, bevor man sie unter schmerzhaftem Stöhnen auf die Bahre hievte.

Als Tamme und Faber zehn Minuten später mit Blaulicht in die mittlerweile abgesperrte Straße fuhren, stand Sonja mit einem Polizeibeamten des Weeneraner Reviers vor dem Laden. Die Spurensicherung war noch nicht angekommen.

Faber rannte auf Sonja zu und griff sie mit beiden Händen hart an den Oberarmen. »Wo ist Rike?«, schrie er sie fast an.

»Beruhige dich, es geht ihr gut. Sie wurde gerade von der Ambulanz mitgenommen, weil sie sich wahrscheinlich die Schulter gebrochen hat. Aber Landgrebe hat sie nicht am Kopf erwischt. Wahrscheinlich noch nicht einmal eine Gehirnerschütterung, als sie am Türrahmen angeschlagen ist. Alles gut, Faber. Sie hat mit mir geredet, es geht ihr nicht schlecht.«

Faber atmete tief durch und versuchte sich wirklich zu beruhigen. »In welches Krankenhaus hat man sie eingeliefert?«, fragte er so kontrolliert wie möglich.

»Ihre Kollegin ist im Krankenhaus Rheiderland, keine zwei Minuten zu Fuß von hier«, mischte sich der Weeneraner Polizist ein. »Laufen Sie die Straße runter, an dem Friseur vorbei und die nächste rechts rein. Sie sehen dann schon das Café Rheiderland und gleich daneben ist die Notaufnahme.« Das ließ sich Faber nicht zweimal sagen, schmiss Tamme die Autoschlüssel zu und rannte los. »Ihr Chef?«, fragte der Kollege.

»Unser Chef und der Ehemann der verletzten Kollegin!«, erwiderte Tamme und schüttelte dem Mann endlich zur Begrüßung die Hand.

Faber konnte mit seinem Dienstausweis schnell erfahren, dass Rike eingeliefert worden war und man sie gerade behandelte. Es gab erst einmal keine Chance, sie zu sehen, bis der Arzt sich um den Bruch des Schlüsselbeins und die Kopfverletzung gekümmert hatte. Er erfuhr jedoch, dass sie bereits im Untersuchungszimmer war und man sich ohne Verzögerung um die Kommissarin kümmern würde. So tigerte Faber fast eine Stunde im Aufenthaltsraum herum und zog sich einen miesen Kaffee nach dem anderen aus dem Automaten. Endlich kam dann die Schwester der Notaufnahme und brachte ihn in das Besprechungszimmer eines der Ärzte. Die beiden Männer schüttelten sich die Hand.

»Ich bin Doktor Weiman, Frau Waatstedt ist Ihre Kollegin?«

»Ja, aber vor allem ist sie meine Frau, wir sind verheiratet. Geht es ihr gut?«, fragte Faber nervös und etwas hektisch.

Der Arzt lächelte und hob beschwichtigend die Hände. »Ich verstehe Ihre Nervosität. Der Bruch der Klavikula konnte ohne Eingriff gerichtet werden. Die Verletzung am Kopf ist ganz harmlos, hat nur viel geblutet und wurde nur geklammert. Zwar wird Ihre Frau mich noch einige Zeit in Erinnerung behalten, weil ich den Knochen ohne Lokalanästhesie gerichtet habe, aber dafür haben wir sichergestellt, dass dem Baby nicht geschadet wurde. Da Ihre Frau ziemlich gestresst war und wir nicht sicher waren, ob sie vor lauter Adrenalin vergisst, uns etwas zu sagen, haben wir einen schnellen Bluttest gemacht. Unter anderem gehört ein Beta-hCG-Test mit dazu. So wussten wir sofort, dass Ihre Frau schwanger ist, und haben keine belastenden Medikamente zugeführt«, sagte der Arzt.

»Ähm«, war alles, was Faber rausbekam, und irgendwie entglitten ihm alle Gesichtszüge, bevor sie sich in ein glückliches, etwas dümmliches Grinsen wieder sortierten.

»Verstehe«, sagte der Arzt. »Sie wussten es noch nicht. Na dann, herzlichen Glückwunsch! Sie können Ihre Frau jetzt sehen. Und gleich nebenan ist das Café Rheiderland, da gibt es auch Eis. Sollten Sie für Ihre Frau kaufen. Denn das ist etwas, das die meisten schwangeren Frauen sehr schätzen. Ich habe selbst drei Kinder«, meinte er und stand auf, um dem Hauptkommissar ein letztes Mal die Hand zu schütteln, bevor er den Raum verließ.

Kapitel 9

Faber hatte Tamme und Sonja mit der weiteren Suche nach Udo Landgrebe beauftragt. Rike hatte natürlich darauf bestanden, allen dreien am Krankenbett erst einmal von den kurzen Momenten mit Udo Landgrebe und der verschlagenen Art des kleinen korpulenten Mannes zu erzählen. Als sie den Schlüsselbund erwähnte, schaltete Tamme sofort. Denn er vermutete, der Seestern gehörte zu dem Ferienhaus. Wenn Landgrebe so gierig war, wie sie annahmen, würde er versuchen, noch mehr von dem antiken Diebesgut mitgehen zu lassen. Wenn er den Mut hatte und es in dem Ferienhaus versuchen sollte, dann in derselben Nacht. Daher rasten Sonja und Tamme sofort zurück nach Rysum, um das Ferienhaus wieder von außen so zu präparieren, dass von dem Polizeieinsatz nichts mehr zu sehen war. Die Adresse von Oves Häuschen rauszubekommen, war mit dem Handy des Jungen für Landgrebe bestimmt kein Problem. Obwohl Handys heutzutage entweder mit Fingerabdruck, Gesichtserkennung oder einer PIN gesichert waren, vermuteten sie, dass Landgrebe das bedacht hatte. So kaltblütig, wie der Mann war, hatte er bestimmt den Fingerabdruck des toten Jungen genommen und für sich die PIN danach geändert. Daher gingen sie davon aus, dass er vorhatte, im *Seestern* einzubrechen und mit den Goldmünzen, die, nach den Dreckresten zu urteilen, im Tresor gelegen hatten, und dem restlichen Diebesgut erst einmal Richtung Dänemark oder Schweden abzuhauen.

Aus diesem Grund würde Fabers Team in der nächsten Nacht auf der Lauer liegen. Er selbst blieb jedoch bei Rike. Er hatte bereits im *Gästehaus am Deich* in Weener, keine zwei Minuten Autofahrt vom Rheiderland-Krankenhaus gelegen, eingecheckt. Doktor Weiman wollte Rike vorsichtshalber eine Nacht zur Beobachtung im Krankenhaus behalten. Sie hofften, am anderen Morgen dann nach Hause fahren zu können. Natürlich musste Faber mit Engelszungen auf Knut einreden, sonst wäre der mit Benny in Hannes' altem Kastenwagen sofort nach Weener aufgebrochen. Benny zuliebe verzichtete der alte Mann darauf, ins Krankenhaus zu fahren. Faber wollte in der Nacht vom Gästehaus aus die Observierungsaktion im Auge behalten, denn es gab ein massives Problem. Udo Landgrebe hatte Rikes Dienstwaffe mitgenommen und war jetzt noch gefährlicher.

Aber erst einmal gab es, kurz bevor die Besuchszeit endete, ein Eis aus der Eisdiele *Venezia*, für die Faber noch einen kurzen Umweg gemacht hatte. Rikes Gesicht strahlte, als er mit einem Riesen-eisbecher voller Amarenakirschen und Sahne erneut an ihr Kranken-bett kam. Da wurde ihr plötzlich klar, dass der Arzt ihren Mann bereits eingeweiht hatte. Sie selbst hatte die vage Vermutung gehabt, schwanger zu sein, aber bisher keinen Test gemacht. Für nächste Woche hatte sie jedoch schon länger einen Termin mit ihrer Gynäkologin vereinbart. Als Rike das Eis genoss, Fabers Hand auf ihrem Bein lag und sie in sein Gesicht blickte, wurde ihr plötzlich einiges sehr klar. Der Fakt, dass sie schwanger war, machte aus Richard Faber einen noch besseren Menschen, Ehemann, Vater und wahrscheinlich auch Polizisten. Denn das tiefe Glück, das seine Gesichtszüge widerspiegelten, wirkte sich auf jede seiner Taten aus. Es erinnerte sie an ihre Anfangszeit – die Tage, Wochen und Monate ihrer Verliebtheit, in der man eigentlich nicht Frau oder Herr seiner selbst war, in der die ständigen Hormonüberflutungen einen fast zum Fliegen brachten.

Mittlerweile war es Mittwochmorgen und Rike lag gemütlich im Schatten des Gartens der Alten Schule. Sie musste sich mit Händen und Füßen wehren, damit Opa nicht ständig was zu essen und zu trinken brachte oder seine Enkelin herzte. Dass jetzt endlich ein Baby ins Haus stand, war für Knut wie ein Sechser im Lotto. Um ein bisschen Zeit zu haben, hatte Faber Opa und Benny nach Greetsiel geschickt, um Fisch einzukaufen. Außerdem hatte sich Laurien angesagt, um beide über den Abschluss der Ermittlungen zu informieren.

Als auch Kommissarin Heiligenstadt bequem auf einem Gartensessel mit einer Tasse Kaffee und einem Stück gedecktem Apfelkuchen saß, konnte Faber nicht länger warten. Rike war für eine ganze Weile krankgeschrieben, bis die Schulter wieder einigermaßen abgeheilt war. Faber hatte sich den Rest der Woche freigenommen, um bei ihr zu sein. Daher hatte das Team seine Anrufe gestern gar nicht erst angenommen. Rike war genauso neugierig zu erfahren, was passiert war.

»Laurien, hör auf zu grinsen und Kuchen zu essen. Rede endlich, sonst platzt mein Mann noch!«, sagte Rike, war aber selbst zum Platzen gespannt.

»Also gut, ich spanne euch nicht länger auf die Folter. Dass wir Udo Landgrebe gefasst haben, habt ihr heute Morgen bestimmt schon in der Zeitung gelesen.«

»Unter wildem Schusswechsel, stand da!«, meinte Faber kritisch.

Laurien hob die Hand mit aufgerichtetem Zeige- und Mittelfinger, als ob sie einen Eid leisten wollte, und meinte gut gelaunt: »Er hat angefangen, ich schwöre!«, dabei lachte sie entspannt. »Im Ernst, der Kerl war irre. Sonja wartete mit Tamme im Haus, Friedhelm, Torben und ich draußen versteckt. Als er die Tür aufschloss, riefen wir ihn an, aufzugeben, da stürmt er rein und schließt die Tür hinter sich. Bevor Sonja und Tamme einen Zugriff machen können, hat der schon das kleine Fenster wie Clint Eastwood zertrümmert. Dann fängt er an zu schießen wie in einem Italowestern. Wir drei draußen brauchten uns keine Sorgen machen, denn er wusste selbst nicht, auf wen oder was er da schoss. Ein lausiger Schütze. Das merkten Tamme und Sonja da drin schnell. Sie gaben sich erst gar nicht zu erkennen und blieben im Nebenzimmer. Sie zählten die Schüsse. Als das Zehnschussmagazin leer war und es anschließend vier Mal klickte, weil er einfach weiter abdrückte, nahmen sie ihn ohne Gegenwehr fest.«

»Kriegen wir, Sonja und ich, Ärger wegen des Alleingangs, bei dem meine Dienstwaffe verschwand?«, fragte Rike zaghaft an Faber gewandt. Ein solcher Schusswechsel war kein Pappenstiel.

»Als dein Chef rüge ich dich hiermit mündlich. Es gibt keinen Eintrag«, sagte er dann zu aller Erleichterung. »Ich habe wenigstens das schon Montag mit Heuer klären können. Er hat es mir ganz klar überlassen, wie ich das intern handhabe. Solange mit Rikes gestohlener Dienstwaffe niemand zu Schaden kommt, hatte ich Freiheiten. Darum schickt ein Stoßgebet wohin auch immer, dass nichts passiert ist«, meinte er und rückte Rike ihr Kissen im Rücken zurecht. »Sonja schimpfe ich nächste Woche aus. Aber im Ernst, nie, hört ihr, nie wieder Alleingänge. Immer mit Partner! Verstanden?«

»Klaar, Chef, verstanden«, sagten Laurien und Rike fast unisono.

»Und hat der Vogel denn dann gesungen?«, fragte Faber, gedanklich wieder bei Landgrebe angekommen.

»Er hat nur so gezwitschert«, erwiderte Laurien, trank noch einen Schluck Kaffee und stellte die Tasse auf den Tisch, bevor sie anfing. »Landgrebe lernte Clara Walter vor siebzehn Jahren kennen, weil er schon damals eine rege Hehlerei mit gestohlenen Münzen und Antiquitäten betrieb. Sie bot regelmäßig Ware an, die sie wohl von Freese und Norbusch bekam. Hinter der seriösen Fassade des Familiengeschäfts war Hehlerei Landgrebes eigentliche Einkommensquelle. Er verliebte sich in Clara, wusste aber nichts davon, dass sie einen kleinen Jungen mit dem Antiquitätenhändler Schmalstedt in Leer hatte. Sie arbeitete offiziell bei ihm und lebte mit ihm zusammen. Doch er beschrieb sie als umtriebig und falsch. Damals bekam sie ein Angebot für Goldmünzen und wollte von ihm fünfzigtausend. Er sagte, er traute ihr damals nicht mehr, weil er glaubte, sie habe eine Affäre mit einem Hochschulprofessor aus Münster. Ein Historiker, den sie bei einem Seminar über Numismatik kennengelernt hatte.«

»Landgrebe dachte ursprünglich, sie wolle ihn verlassen und seine fünfzigtausend einfach mitnehmen. Das Geld war jedoch für Freese bestimmt. Die Münzen waren auch damals schon mindestens das Dreifache wert. Ich nehme an, sie wollte ihn zwar verlassen, aber mit den Münzen«, spekulierte Faber.

Laurien nickte und zeigte mit dem Finger auf ihn. »So ist es!«, erwiderte sie. »Daher folgte Landgrebe ihr unauffällig am Abend des Sturms ins Ammersumer Sieltief. Aber wegen seines Beins konnte er ihr nicht so schnell folgen und bekam die Übergabe zwischen ihr und Helge Freese nicht mit. Erst als Mark Schmalstedt schon dort aufgetaucht war, der ebenfalls hinter ihr her war, um sie wegen seines Sohnes zur Rede zu stellen, beobachtete er die Szene. Deshalb wusste er auch nicht, wo sie die Münzen versteckt hatte, als sie Schmalstedt kommen hörte. Dort belauschte er, wie sie von dem Jungen sprach und dass sie einen Professor heiraten wollte. Mark Schmalstedt schlug Clara wirklich nieder. Sie fiel mit dem Kopf auf eine Baumwurzel und er dachte, sie wäre tot. Der Mann rannte weg, als wäre der Teufel hinter der armen Seele her.«

Jetzt nickte Rike. »Landgrebe sah seine Chance. Clara wollte ihn wegen dieses Professors verlassen und deshalb schlug er noch einmal mit seinem Gehstock zu, richtig?«

»So ähnlich«, erwiderte Laurien. »Erst dachte er auch, dass sie tot war nach Schmalstedts Schlag, dann rappelte sie sich wieder auf. In dem Moment schlug er zu und beendete ihr Leben. Als ihm klar war, was er getan hatte, schleppte er ihre Leiche von dort zu seinem Auto, fuhr sie zu der bekannten Ausgrabungsstelle bei Bentumersiel und vergrub sie dort. Es war, wie du angenommen hast, Faber. Er zog sie aus, wusste, dass sie nie Schmuck trug, der sie verraten konnte, auch keine Operationsnarben hatte, und hoffte, dass man sie erst in vielen Jahren finden und für ein altes Skelett halten würde.«

»Von C14-Bestimmungen der Knochen hatte Landgrebe wohl noch nichts gehört«, murmelte Faber und dachte an Philipp. Dem hatte er bisher nichts von seinem Vaterglück erzählt. Er nahm sich vor, ihn unbedingt heute anzurufen. Wer weiß, wie lange Knut den Mund halten kann, dachte er. Philipp wäre über Wochen beleidigt, es nicht persönlich von seinem Freund zu erfahren.

»Aber wurde sie denn nicht vermisst?«, wandte sich Rike an Laurien, weiterhin ganz in den Fall vertieft.

»Landgrebe kündigte förmlich das Angestelltenverhältnis mit ihr, informierte die Sozialversicherung, das Finanzamt und meldete sie unter seiner Adresse ab. Er behauptete, sie wäre umgezogen, aber er wüsste nicht wohin, und sie hätte wohl vergessen, sich selbst abzumelden. Daher erregte er kein Aufsehen beim Einwohnermeldeamt, als er sie abmeldete.«

»Und dieser Professor? Oder gab es den gar nicht?«, fragte Faber, als auch er wieder bei der Sache war.

»Landgrebe fand raus, wer er war, und schrieb ihm einen Brief in Claras Namen. Dass sie es sich anders überlegt habe und ins Ausland gehen wolle. Er beherrschte ihre Schrift wohl ziemlich gut, weil er auch gut im Fälschen von Provenienzen war. Damals unternahm er eine Urlaubsreise durch Europa und schickte den Brief aus Madrid ab.«

Faber nickte, kräuselte aber die Stirn. »Okay, clever, aber wenn der Professor wirklich in Clara verliebt war und sie heiraten wollte, hätte er sich nicht mit einem Brief abspeisen lassen.«

Laurien lachte wieder. »Daran sieht man es, dass du ein guter Ehemann bist. Denn du hättest dich nicht abspeisen lassen. Aber unser Professor auch nicht«, beantwortete sie die Frage. »Ich dachte mir schon, dass du die Frage stellst, und habe mich gestern Nachmittag noch auf Recherche nach diesem Professor begeben. Ich fand seine Schwester. Sie erzählte mir von Clara, dass ihr Bruder Wolfgang sie damals heiraten wollte und wie unglücklich er war, als sie ihn verließ. Er hatte vor sie zu suchen, wollte sogar zu ihrem letzten Arbeitgeber fahren, also zu Udo Landgrebe, doch dann machte das Schicksal einen Strich durch die Rechnung«, sagte sie. »Der Professor Wolfgang Peter beschloss nach Madrid zu fahren, er wollte auf gut Glück dorthin in den Semesterferien und Clara suchen. Alles war geplant. Vorher fuhr er nach Weener, um ihren ehemaligen Arbeitgeber zu treffen. Wahrscheinlich erhoffte er sich eine Andeutung, wo sie in Madrid abgestiegen war. Landgrebe bestätigte sogar, dass ein Professor Peter angerufen hatte und ihn treffen wollte wegen Clara. Doch auf der B 51 hinter Steinfurt überholte an dem Abend ein unerfahrener Führerscheinneuling einen Traktor. Mit über neunzig Sachen prallte er direkt in Peters Wagen. Peter war schwer verletzt und wachte aus dem Koma nie wieder auf. Seine Schwester ließ die Geräte auf Anraten der Ärzte fünf Monate später abschalten.«

»Himmel, wenn man es genau nimmt, hat Landgrebe dann damit drei Personen auf dem Gewissen, denn dieser Professor wäre um diese Zeit nie an der Stelle gewesen, hätte Landgrebe Clara nicht beseitigt.« Rike schüttelte den Kopf.

»Na ja«, meinte Faber, »das ist dann eher so, wie Laurien es nannte: Schicksal! Jetzt verstehe ich nur eines nicht, wieso hat Landgrebe Ove Schmalstedt erschlagen?«

»Er wusste nicht, dass es Ove ist, beziehungsweise dass der Dieb ausgerechnet Claras Sohn war. Der Kerl war richtig überrascht, als er es erfuhr. Nein, Ove hatte die Liste der Hehler von Norbusch. Denn von dem Jugendheim in Fürstenfeld erfuhr ich, dass ein gewisser Fritz Norbusch den Jungen dort genauso besuchte wie Freese. Er kannte und mochte den Jungen, den er als Kind bei Freese kennengelernt hatte. Auch er blieb so etwas wie ein guter Onkel, als der Junge ins Heim musste. Das letzte Mal besuchte ihn Norbusch kurz vor seinem Tod. Das war ein Jahr, bevor Ove das Jugendheim mit achtzehn Jahren verlassen konnte. Der Rest ist erst einmal Spekulation, doch ich denke, Ove erzählte Norbusch von seinem Vorhaben, in den Antiquitätendiebstahl einzusteigen. Wir fanden auf Oves Handy eine Mail mit den Hehlern, die Norbusch dem Jungen schickte. Für Münzen war ein Experte in Niedersachsen mit Wohnsitz in Weener angegeben.«

»Udo Landgrebe, verstehe«, meinte Rike.

»Als Landgrebe den Aureus als Ansichtsexemplar von Ove zugeschickt bekam, dachte er, wer immer das ist, der Mann weiß von dem Mord. Denn er erkannte den Aureus, den Clara ihm damals gezeigt hatte, als sie für das ganze Set fünfzigtausend wollte. Es konnte kein Zufall sein, dass genau dieser Aureus jetzt wieder auftauchte, das dachte er jedenfalls. Ove schlug als Treffpunkt den Knockstrand am sehr frühen Morgen vor und verlangte eine halbe Million für die etwa vierzig Münzen.«

Faber nickte. »Landgrebe wusste, dass es damals ebenfalls um etwa vierzig Münzen ging. Deshalb vermutete er eine Falle, richtig?«, fragte er.

»Genau. Und als dann Ove auch noch in seinem Ekke-Nekkepenn-Kostüm kam und den alten Rucksack vor Landgrebe schmiss, zögerte der nicht lange. Er schlug so plötzlich zu, dass der Junge keine Chance hatte. Dann nahm er die Münzen, den Schlüssel und sein Handy, entsperrte es und änderte die PIN. Eigentlich wollte er nur checken, ob noch jemand an der Sache beteiligt war. Früher oder später wäre er auf Freese gekommen, denn die Textnachrichten von ihm an Ove hat er gesehen«, meinte Laurien bitter, wenn sie an den jungen Mann dachte. »Damit sind zwei Mordfälle, eine Körperverletzung und eine Menge Diebstähle gelöst. Einiges von dem Diebesgut kann wieder zurückgegeben werden, den Rest sammeln wir bei den Leuten ein, die bewusst oder wie Lehmann unbewusst für gestohlene Ware bezahlt haben. Wobei Lehmann für die zwei Aureus-Münzen ja noch nicht gezahlt hat. Aber wir müssen sein geliebtes Album genau ansehen. Würde mich nicht wundern, wenn der alte Mann schon vorher unwissentlich Diebesgut gekauft hat.«

»Tja, und die Kuratorin Zana Vadin wird sich schon auf ihre Aureus-Münzen freuen. Denn jetzt kommt ein ganzer Rucksack voll zu ihren zwei Goldmünzen ins Museum!«

Epilog

Opa hatte für Sonntag Philipp und Silvia zu Kaffee und Kuchen eingeladen. Faber hatte noch am Mittwoch Philipp angerufen und von seinem Glück erzählt. Jetzt saßen sie auf Rikes und Fabers Terrasse. Dort hatte Opa für die beiden angehenden Mamis die bequemsten zur Liege klappbaren Stühle mit zusätzlichen Kissen aufgepolstert. Knut hatte darauf bestanden, dass beide zwei Stück von seinem, wie er betonte, gesunden Quark-Kirsch-Streuselkuchen aßen. Rike und Silvia dösten im Schatten der Obstbäume, umgeben vom herrlichen Duft der Strauchrosen. Der Rundbogen zu Knuts Garten hin war herrlich zugewachsen und übersät von leuchtenden roten, rosa und weißen Blüten. Eigentlich waren Faber und Philipp nur reingegangen, um das Geschirr rein und vor allem die Torte in den Kühlschrank zu bringen. Benny war ihnen natürlich hinterhergerannt. Als die drei jedoch nach zehn Minuten nicht rauskamen, wollte Knut mal nachsehen.

Man hörte plötzlich verzücktes Gelächter und Oh- und Ah-Rufe von drinnen, und die beiden Frauen sahen sich an. »Spielen die da drinnen Carrera-Bahn?«, fragte Silvia und klappte die Fußleiste nach unten. Wenn man es wusste, konnte man ihr bereits den kleinen Bauch ansehen. Rikes jungenhafter Figur sah man noch gar nichts an. Die behandelnde Ärztin war jedoch sehr zufrieden mit der Entwicklung der Schwangerschaft und erwartete bei Rike eine späte, aber drastische Gewichtszunahme. Sie würde eine der Frauen sein, denen man von hinten gar nichts ansah und die im Profil einen Wasserball vor sich herschleppen müssten. Richard war schon ganz wild darauf, dass sie endlich etwas sehen könnten, und dann wollte er stolz mit ihr überall herumspazieren. Sein Team würde Montag alles erfahren, wenn er selbst wieder ins Büro ging. Rike blieb mit der Schulter noch mindestens eine Woche zu Hause und ließ sich von Opa verwöhnen.

»Das hört sich nicht nach Carrera an, denn dabei macht Benny immer einen Lärm, als wäre er selbst ein Formel-1-Wagen. Er schreit regelrecht vor Glück, wenn Fabers Wagen aus der Kurve fliegt«, meinte Rike und setzte sich ebenfalls vorsichtig auf. »Nee, nee, unsere Jungs hecken etwas anderes aus. Besser, wir schauen mal nach«, schlug sie vor.

Die drei Männer standen in der Küche um das Buffet herum. Sie starrten in Fabers Laptop und Benny zeigte wie wild auf den Bildschirm. »Der da!«, rief er auf Opas Arm.

»Wie süß«, schnurrte Philipp und tippte demonstrativ auf die Entertaste.

»Aber den da müssen wir auch nehmen. Der mit dem kleinen Wal drauf!«, kam es von Opa, und Faber und Benny stimmten ihm begeistert zu.

Als Rike und Silvia endlich erkennen konnten, mit was sich die Jungs da beschäftigten, sahen sie sich an und schüttelten den Kopf. Die drei erwachsenen Männer und selbst Benny blickten begeistert auf eine Shoppingseite für Babyzubehör. Im Warenkorb lagen bereits vier Artikel. Den begeisterten Gesichtern zufolge war das noch nicht das Ende der von Glückshormonen geradezu überfluteten Internet-Shoppingtour.

»Couvade-Syndrom!«, meinte Silvia, als sich die vier zu ihnen umdrehten und mit reichlich verblödetem Grinsen auf die beiden Frauen sahen.

»Opa, hat es dich jetzt auch erwischt?«, fragte Rike, als sie das strahlende Gesicht von Knut sah. Er wirkte, seit er von Rikes Schwangerschaft erfahren hatte, mindestens um zehn Jahre verjüngt.

»So is es, mien Deern. Und nur dass wir uns verstehen: Benny und ich wünschen uns ein kleines süßes Meitje!«

»So is dat«, fügte Benny mit roten Bäckchen an.

ENDE

Ostfrieslandkrimi-Empfehlungen des Klarant Verlages

Kennen Sie schon die anderen Bände der Ostfrieslandkrimi-Serie **»Faber und Waatstedt ermitteln«** von Elke Nansen?

»Tödliche Krummhörn«, Band 1
Taschenbuch-ISBN: 978-3-95573-707-8
eBook-ISBN: 978-3-95573-708-5

»Tödliche Leyhörn«, Band 2
Taschenbuch-ISBN: 978-3-95573-784-9
eBook-ISBN: 978-3-95573-785-6

»Tödliches Ostfriesland«, Band 3
Taschenbuch-ISBN: 978-3-95573-842-6
eBook-ISBN: 978-3-95573-8-433

»Tödliches Pilsum«, Band 4
Taschenbuch-ISBN: 978-3-95573-900-3
eBook-ISBN: 978-3-95573-901-0

»Tödliches Rysum«, Band 5
Taschenbuch-ISBN: 978-3-95573-931-7
eBook-ISBN: 978-3-95573-932-4

»Tödliches Campen«, Band 6
Taschenbuch-ISBN: 978-3-96586-016-2
eBook-ISBN: 978-3-96586-017-9

»Tödliches Wangerooge«, Band 7
Taschenbuch-ISBN: 978-3-96586-077-3
eBook-ISBN: 978-3-96586-078-0

»Tödliches Fehnland«, Band 8
Taschenbuch-ISBN: 978-3-96586-149-7
eBook-ISBN: 978-3-96586-150-3

»Tödliches Wattenmeer«, Band 9
Taschenbuch-ISBN: 978-3-96586-251-7
eBook-ISBN: 978-3-96586-252-4

»Tödliches Marschland«, Band 10
Taschenbuch-ISBN: 978-3-96586-314-9
eBook-ISBN: 978-3-96586-315-6

»Tödliches Rheiderland«, Band 11
Taschenbuch-ISBN: 978-3-96586-423-8
eBook-ISBN: 978-3-96586-424-5

»Tödliches To Huus«, Band 12
Taschenbuch-ISBN: 978-3-96586-500-6
eBook-ISBN: 978-3-96586-501-3

»Tödliches Ostfriesenherz«, Band 13
Taschenbuch-ISBN: 978-3-96586-600-3
eBook-ISBN: 978-3-96586-601-0

»Tödlicher Ostfriesenschwindel«, Band 14
Taschenbuch-ISBN: 978-3-96586-747-5
eBook-ISBN: 978-3-96586-748-2

»Tödliches Ostfriesengold«, Band 15
Taschenbuch-ISBN: 978-3-96586-820-5
eBook-ISBN: 978-3-96586-821-2